講談社文庫

# チーム・オベリベリ(上)

乃南アサ

JN041484

講談社

# チーム・オベリベリ（上）目次

第一章　9
第二章　89
第三章　195
第四章　307

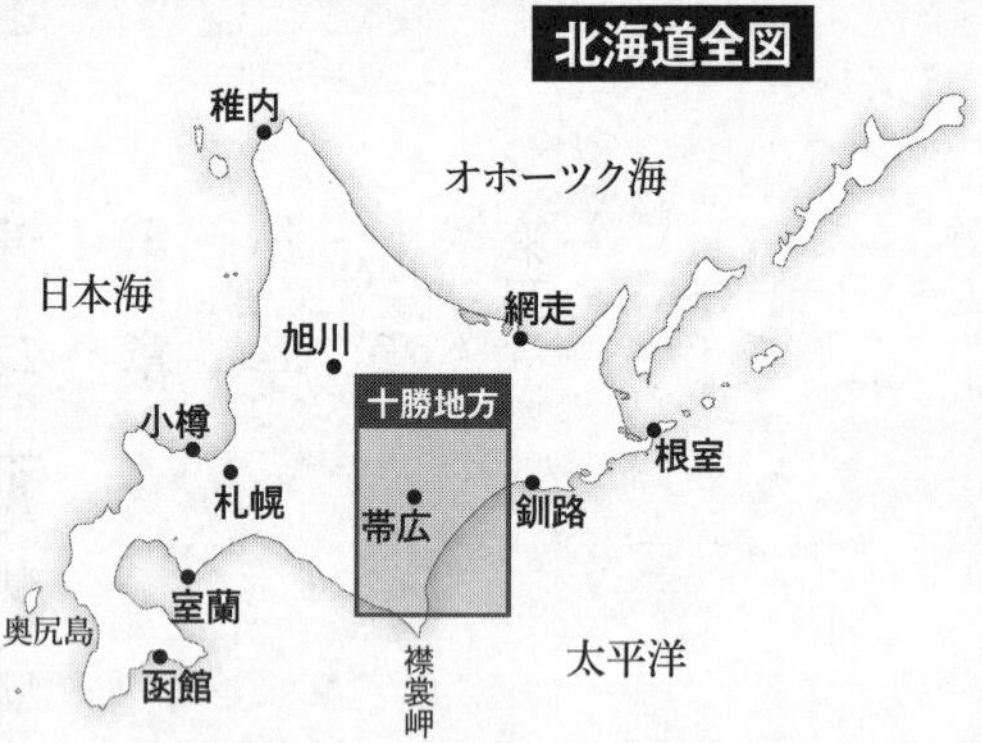
北海道全図
稚内
オホーツク海
日本海
網走
旭川
十勝地方
小樽
根室
札幌
釧路
帯広
室蘭
奥尻島
函館
襟裳岬
太平洋

利別川
トシペツプト
ヤムワッカ
猿別川

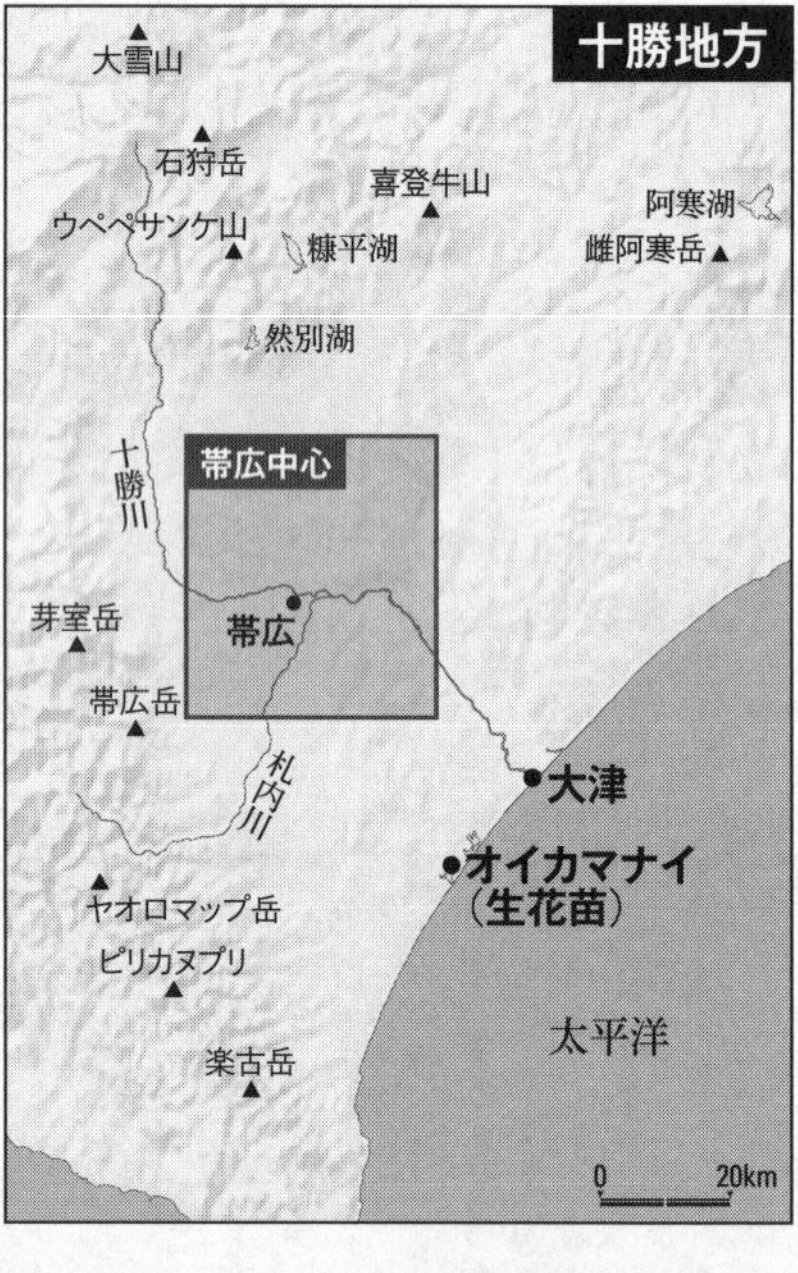
十勝地方
大雪山
石狩岳
喜登牛山
阿寒湖
ウペペサンケ山
糠平湖
雌阿寒岳
然別湖
十勝川
帯広中心
芽室岳
帯広
帯広岳
札内川
大津
オイカマナイ
（生花苗）
ヤオロマップ岳
ピリカヌプリ
太平洋
楽古岳
0
20km

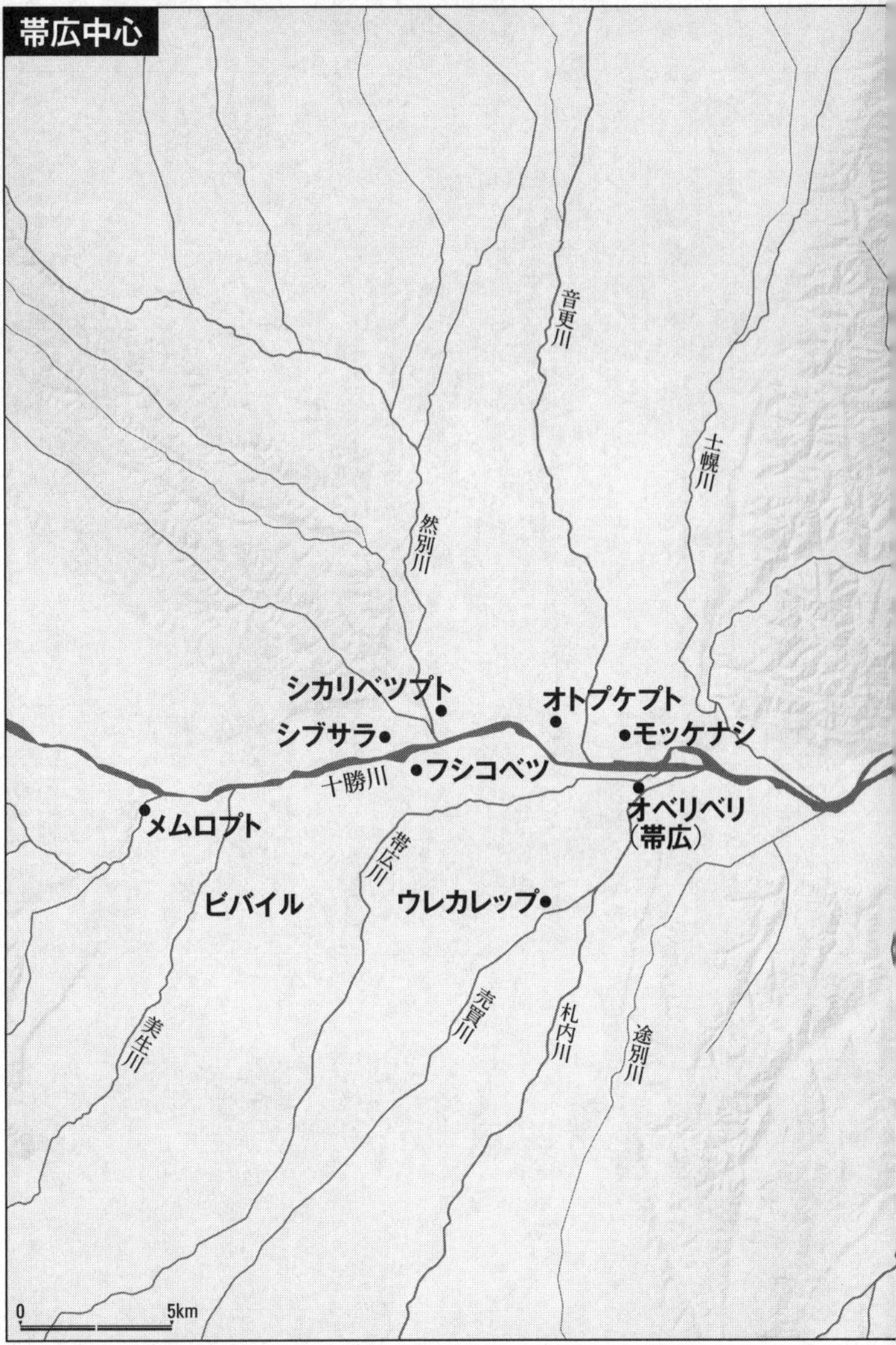
帯広中心
音更川
士幌川
然別川
シカリベツプト
オトプケプト
シブサラ
モッケナシ
フシコベツ
十勝川
オベリベリ
（帯広）
メムロプト
帯広川
ビバイル
ウレカレップ
売買川
札内川
途別川
美生川
0
5km

# チーム・オベリベリ（上）

# 第一章

# 1

校門を出て坂の上に立つと、吹き抜ける風は微かに潮の香を含んで、首筋をすうっとすり抜けていく。ああ、季節が変わったのだなと思わず小さく身震いして、鈴木《すずき》カネは頭上に広がる空を見上げた。すっかり秋の色になった大空は見事なほどに高く澄みわたり、ところどころに刷毛《はけ》で掃いたような白い雲が見える。一方、眼下に見えている港には、今日も大小の船がいくつも浮かんでいて、それぞれが午前の陽に照り映えていた。

今日もいい一日になりますように。

汽船から、ぼーっと汽笛が上がった。さらにどこからか、たーん、たーんと槌《つち》を打つ音も響いてくる。いずれも耳に馴染《なじ》んだ、この街の音だ。そういえばもうどれくらい、こんな音を耳にしながら、この風景を眺めているだろうか。

ひい、ふう、と指折り数えると、もう六年になることに改めて気づいた。横浜《よこはま》は、カネが東京《とうきょう》から越してきた七年前にはもう既に多くの外国人が出入りする港町として、東京とはまた異なる華やかさと賑《にぎ》わいを持っていたものだが、それから年月がたって街はさらに大きくなり、夜にはガス灯の明かりも瞬《またた》くようになったし、家々の屋根も確実に増えていることが感じられる。

この山手《やまて》地域は、港近くに広がる山下《やました》という平坦な地域に続く小高い丘になっており、どちらも西洋人たちの居留地になっている。彼らはこの一帯に故国で暮らしていたのと変わらない様式の家を建てていく他、自分たちの生活様式をそのまま持ち込むつもりらしかった。たとえば今も坂の下に見えている、埠頭から真っ直ぐに延びる日《に》本《ほん》大通り一つとっても、それまでのこの国の道とはまったく趣が違っている。道幅そのものからしてとても広いし、ただ土を踏み固めただけでなく雨でも泥濘《ぬかるみ》にならないように煉瓦《れんが》で舗装というものがされていて、しかも道の両脇には見事な植樹帯が出来ているのだ。

日本大通りと並行して、西洋人たちが馬車を走らせるだけでなく、東京行きの乗合馬車も通っている馬車道も整備されたし、その二本の道を海沿いでつなぐ格好の海岸通りには各国の領事館が並んで、様々な国旗をはためかせている。この三本の道が囲む地域には特に時計店や印刷所、薬局をはじめとして、他にもレストランやパン店など、西洋人たちが持ち込んだ新しい商売をする店が多く軒を連ねていた。

「あ、やっぱりカネさんの方が先に来てた」

「今日こそ私たちが一番になるつもりだったのに」

下級生の少女たちが校門から出てくるなりカネを見つけて残念そうな顔になった。カネは当たり前でしょうと言う代わりに、小さく微笑《ほほえ》んで見せる。自分が下級生よりも遅くなるわけにいかないではないか。そういう気持ちが、常にある。続いて、次々に生徒たちが集まり出した。

「ねえねえ、カネさん」

いつでも人なつっこく甘えてくる下級生の一人が瞳を輝かせながらカネの袷《あわせ》の袖を引っ張ってきた。振り向いて視線が合ったとき、彼女の背丈がまた少し伸びたらしいことにふと気づく。この分では、小柄なカネはじきにこの子にも追い抜かれてしまうだろう。別段、何に不自由しているというわけでもない。けれど、本音を言えば本当はカネだってもう少し背丈が欲しかった。何でも大きいのが好きなのだ。

「私、今度ね、南京町《なんきんまち》にある中国料理のお店に連れていってもらうの。親戚のおじさまが横浜に越してきて、石鹼《せっけん》工場を始めることになった、そのお祝いなんですって」

「へえ、中国料理。どんななのかしらね」

この街で新しい事業を始めているのは西洋人ばかりではない。彼らが大陸から連れてきた中国人も、また日本人も同様だった。西洋料理店やパンを焼く店も出来て、そこで西洋人から技術を学んでいるそうだし、貿易会社はもちろん、楽器店や写真館なども増え、さらに西洋人向けの靴店や服の仕立屋、それから帽子店を始めた人もいると聞いた。この街を目指す人間たちは、誰もが今を絶好の機会と捉えているらしい。いち早く西洋の衣食住を取り入れ、新しいものに飛びついて、ものにした方が勝つのだと言い切る人たちもいる。

こんなにも人が増え、家や店が建て込んできたら、横浜はいよいよ狭くなるだろうと思うのに、西洋人の考え方というのは不思議だ。彼らは何年か前、普通の家なら何十軒も建つだろうと思うような大きな広場を街のど真ん中に造った。ちょうど港から延びる日本大通りがぶつかる場所だから、つまり横浜でも一等地に違いない。日本人しか住んでいなかった時代には何か他のものが建っていたのだろうが、わざわざそこを整備して、果たして何に使うのかと思えば、彼らはそこでテニスやフットボール、クリケットなどといった遊びに興じるようになった。

お城が建っても不思議ではないような場所を広場にして、大の大人が昼日中から外で遊ぶなんて、これまでの日本人の生活ではまずあり得なかったと思う。そればかりでなく、近くには立派な劇場も出来たし、音楽会を開く建物もある。

音楽！

その不思議な音色や旋律は、中でもカネが大好きなものだ。学校で賛美歌を習うときでも、まずオルガンの音色にうっとりするし、音の高低や緩急のある流れには、いつ聴いても心が震える。ことに二部合唱するときなどは、自分たちの歌声でありながら、人の声というものの澄んだ滑らかさや調和の美しさに鳥肌が立つほどだ。

こうした音楽も、また広場で繰り広げられる娯楽の数々も、カネの目にはすべてが西洋人たちの豊かさのあらわれに見えた。物質的な、というだけでなく、気持ちの余裕、喜びの見出し方の違いのように思えるのだ。たとえば、ひたすら無駄を嫌い、質素倹約に努めて生きる日本人の、中でも武士の家の静寂に包まれた暮らし向きなどとは、まったく正反対なもののような気がする。

広々としている。のびやかだ。美しく鮮やかな色彩を好み、女の人でもどんどん外に出てくるし、よその国に来ているというのに遠慮している風などまるでない。それが、カネが日頃から目にしている西洋人達の印象の一つだった。

その上、彼らはどこかしら華やかだ。住まい一つとっても日本の家とは比べものにならないくらいに大きくて堅牢そうで、色や形も均一でなく、それぞれが思うままに個性を出したものを建てていく。カネたちが寮生活を送りながら学んでいる山手二一二番地こと、この共立女学校《きょうりつじょがっこう》にしても、広々とした芝生の庭を持ち、ところどころにこれから大きく育っていくはずの木が植えられたり、子どもたちも遊べるブランコや緑色の素敵なベンチが置かれたりしていて何とも清々《すがすが》しい。そこに建つ校舎や寮も、すべてが大きくて立派な造りだし、廊下も広く、清潔でゆったりした建物だ。六年間もそういう環境で生活してきただけに、たまに両親や弟妹のいる自宅に帰ると、家の暗さや天井の低さ、息苦しいほどの間取りの狭さに内心がっかりするほどだった。

生徒がまた一人、下駄を鳴らして小走りに出てきた。

「先生はまだいらしてないですよね？　よかった、間に合った！」

ちょうど、陸《おか》蒸気の汽笛がピーッと鋭く聞こえた。いつも決まった時刻に横浜駅を出る陸蒸気のこの音が、そろそろピアソン先生が出てこられるという合図にもなっている。

「さあ、お行儀良くならんでね」

下級生達から順番に、坂道に二列に並ばせながら人数を確認していると、やがて長いスカートの裾《すそ》を揺らし、ピアソン校長がいつもの通り、西洋人にしては小柄な身体をせかせかと揺らしながら現れた。

「ミス鈴木、全員揃っていますか？」

今から十年くらい前、アメリカからやってきたプライン、ピアソン、クロスビーの三人の女性宣教師が、この学校の前身を創った。そのうちの一人であるミセス・ピアソンは、見た感じからすると多分、もう五十歳前後なのではないかと思う。どんな嘘も見通してしまいそうな深い色の瞳と、強い意志を感じさせる口元を持った先生は、本当は日本語もずい分お話しになる。だがミセス・ピアソンは、日頃の授業はすべて英語だし、カネたち生徒にも常に英語で話しかけてこられた。

「イエス、メアム」

カネが大きく頷いて見せると、ピアソン先生は「オーライ、デン、レッツゴー」と列の先頭に回り込んでいく。スカートに靴という出で立ちの先生に率いられて、着物姿の少女たちが十数人、列を作って歩く風景は、ちょっとした日曜日の見ものになっているらしい。中には坂の途中にある洋館から西洋人の女性が出てきて、門の横でにっこり微笑んでいることもあった。カネが歩くのは、常に列の一番後ろだ。誰に命じられたわけでもないが、下級生達を見守ることを忘れてはならないのも校費生の役割の一つだと、自分で自分に言い聞かせている。

校費生は授業料や舎費、食費などすべてが免除になる代わりに、学校の事務の手伝いをする他、低学年の生徒の面倒を見ることが役割として義務づけられている。この校費生という制度がなければ、正直なところカネの家の経済力では、女学校へ通うことなどとても無理だった。

江戸《えど》が東京と呼ばれるようになるのと前後して、カネの父上、鈴木親長《ちかなが》が父祖の代から仕えていた信州《しんしゅう》の上田《うえだ》藩も消え去った。その後、家禄は奉還することになり、父上はついに失業の憂き目に遭う。もともと江戸詰だった経験もあることから、ならば心機一転とばかりに一家揃って東京に出て、父上は土地を購入し、養蚕《ようさん》業を始めたのだが、ほどなくして周囲から「武士の商法だから」と陰口を叩かれる有様《ありさま》の、惨憺《さんたん》たる結末を迎えた。その時点で、一家はほとんど路頭に迷う状況に陥ったことになる。当時カネは十四くらいだったが、その頃暮らしていた駒込東片町《こまごめひがしかたまち》の旧同心組屋敷で、母上の直《なお》が商家だった実家を訪ねるために身支度を整えながら、「どんな顔をすればいいんだか」などという独り言を繰り返してはため息ばかりついていたのをよく覚えている。

　母上の里のお蔭で当面の暮らしは何とかなったものの、父上はなかなか新しい職を見つけられず、生活の目処《めど》が立つこともなかった。世間では「ザンギリ頭を叩いてみれば文明開化の音がする」などという歌が流行《はや》っていたが、父上は髷《まげ》を落とすこともせず、毎日のように歯を食いしばるような顔つきで、新たな職を探して心当たりを訪ね歩く日々だった。母上の機嫌は常に悪く、弟妹たちの口数も減って、家の雰囲気は得も言われぬ重苦しさだったことを、カネは今でも覚えている。

「あ、さんま焼いてる匂い」

　列の中ほどから下級生の囁《ささや》きになっていない内緒話が聞こえてきた。

「ああ、いい匂い。私、今度家に帰ったら、絶対に食べるわ」

　また後ろの方から別の声。

「それに、お味噌《みそ》汁とお漬物も」

寮生活の食事は完全な洋食だ。食事の度に真っ白いテーブルクロスを敷き、ナイフとフォークを使って、テーブルマナーも厳しく教わっている。パンにバターやジャム、ハチミツなどを塗り、ホウレンソウのソテーやポテトの添えられたソーセージ、ベーコンエッグなどにケチャップをかけたものがテーブルに並ぶ食生活は、焼きメザシに香の物、味噌汁などで育ったカネにしてみれば、まさしく天と地ほどの違いだった。お茶の時間ともなれば何とも言えない香りのする甘いクッキーや、ときには特別にアイスクリームなどを食べさせてもらえることもあって、そんなときはカネだけでなく、誰もがうっとりとため息をつくくらいに感激する。それでもやはり日本人は日本人だった。週に一度こうして教会へ行くために街を歩くとき、どこからか漂う日本食の香りを感じる度に、生徒達は歩きながらのお喋りを禁じられているのに、ひそひそと食べ物の話をすることが多かった。カネ自身、醤油《しょうゆ》や味噌の香りが懐かしいし、出汁《だし》を取る匂いがしてくれば刻みネギをたっぷりのせた信州のそばが食べたくなる。ご飯や納豆も恋しかった。

カネたちがこうして日曜ごとに礼拝に通っている海岸教会は、日本大通りよりも道一本、山手寄りにある居留地の、埠頭の近くに建っている、ごちごちした印象の四角い石を積み上げたようなとんがり屋根の建物だ。女学校に入った翌年、カネはその海岸教会で洗礼を受けた。つまり、父上や兄上と同じ、耶蘇《やそ》教の信徒になった。

もともと、あれほど厳格に武士道を貫いてきた父上がタムソン先生という宣教師から教えを受けて、耶蘇教の信徒になると聞かされたときには、いくら元の主君・松平《まつだいら》忠礼《ただなり》さまの異母弟・忠厚《ただあつ》さまからのすすめがきっかけとはいえ、にわかには信じられなかったものだ。母上は、目をつり上げて猛反対した。だが、もしもあの時、耶蘇教と出会わなかったら、仕える藩も、家禄も、家も仕事も財産も失い、ついでにいえば養蚕事業に失敗したことで母上に対する威厳だって損なっていた父上は、それこそ生きる気力さえなくしていたのではないかと思う。それを救ってくれたのがタムソン先生であり、まさしく耶蘇教だった。聖書の存在を知り、その教えを学んでいくことで、父上は気力を取り戻していったのだ。以来、父上はかつての主君に対するよりもさらに忠実に天主さまに仕え、聖書の教えを少しでも世の中に広めることを自分の新たな使命として生きている。

カネとは三つ違いの兄上も、それまでは鈴木家の嫡男としての役割を果たすことこそ生きる道と信じて育ったのに、世の中が大きく変わったことで進むべき道を見失っていた。そんなときに父上と一緒に教会に通うようになって、やはり救われたのだと思う。今では父上に勝るとも劣らぬ熱心さで伝道の道を歩んでいる。

そんな二人の姿を見ていたからこそ、カネも西洋人の宣教師が開いた女学校に行ってみないかと言われたときに、迷うことはなかった。耶蘇教に恐れや偏見といったものもなかったし、何より学校というものに通えることが、小躍りするほど嬉しかったからだ。ただし母上だけは、婦女子に理屈っぽい学問は不要という考えの人だから、決していい顔はしなかったけれど。

「あ、来た来た、また来やがった！」

坂道を下りきったところに流れる小さな川の近くにさしかかったとき、ふいに耳障りな声が聞こえてきた。このあたりは川を挟んで日本人の居住地も近い。橋のたもとに何人かの日本人少年らがたまって、にやにやと笑いながらこちらを見ていた。先週も、その前の週もいた連中だ。

「いっつもいっつも、よく飽きねえなあ」

「女のくせに隊列なんか作っちゃってよぉ」

脇目も振らずに黙々と歩く女学生たちの列に向かって、彼らは今日も野次を飛ばしてきた。

「よう、また、耶蘇の作り話を聞きに行くのかよ」

「雨雨ふれふれアーメンうどん、だ！」

「やーい、異人かぶれの、耶蘇かぶれ！」

「破れかぶれの、西洋かぶれ！」

いずれも十歳くらいから、せいぜい十二、三歳といったところだと思う。全体に垢《あか》じみていて幼いなりに野卑な顔つきをしており、瞳には強烈な憎悪にも近い色を浮かべて、彼らはそれぞれにつま先で下駄をぶらぶら揺らしたり、欄干《らんかん》に寄りかかったりして、一人前の与太者《よたもの》のようだ。ところが先頭を行くピアソン先生は、そんな連中にまで「みなさん、おはようございます」などと陽気な日本語で話しかけている。すると少年達は妙に癇《かん》の強い裏声を張り上げて、芝居がかった大げさな身振りで笑いころげた。

「何だぁ、またまた下手《へた》っくそな日本語使いやがって」

「オッハヨ、ゴザイマッスってよ、何弁だよぉ」

「ガイジンばばあ、とっとと国に帰ぇれよぉ！」

カネは思わず唇を嚙《か》み、ぐっと握りこぶしを作った。本当は正面から「お黙り！」とでも怒鳴りつけてやりたいぐらいだ。

「何だっていうのよ、いつもいつも」

つい口の中で呟《つぶや》くと、すぐ前を行く同級生の木脇《きわき》さんが、ちらりとこちらを振り向いた。

「ほら、またカネさんの短気。相手になったら駄目って、いつも言われてるでしょう？」

「分かってます。今のはね、私の心の声だから。あれ、おかしいな、人には聞こえないはずなんだけど」

「ちゃあんと聞こえてますったら。よろしくて？　私たちは、むしろあの子たちを哀れまなければいけないのよ」

木脇さんと並んで歩いていた皿城《さらしろ》さんまでが、いかにも分別のありそうなことを言う。こういうとき、普段は自然に接している同級生たちが少しばかり生意気に思えてしまう。確かに三人の中で一番小柄ではあるが、何といってもカネはもう二十二歳、彼女たちとは五歳も違うのだ。

カネが生まれたのは江戸幕府も終わりに近づいていた安政六年だ。もともと父上が藩校で教えていたこともあるほどだから、幼い頃から世の中が明治に変わっても、父上から直接、学問を教わっていた。漢文や和文、書道、算盤《そろばん》などの他、論語も覚えさせられた。また、行儀作法、茶道、裁縫などといったものは奥女中だった経験を持つ母上から教わった。その上で、母上はカネを行儀見習いにでも出すつもりでいたのだろうが、時代が変わり、家の状態もガタガタになって、それどころではなくなった。そんなときに縁あって、この女学校で学んでみないかと言われたのだった。カネが幼い頃から「三従の教え」を説いてきた父上が、あの時初めて違うことを言った。つまり、父、夫、子以外にも仕える相手がいる。それこそが天主さまであり、エス・キリストさまである、ということだ。だからエスさまのことを学んだ方がよい。さらに父上は、天主さまの前では、人はすべて同じであるとも言った。殿様も家来も、日本人も西洋人もないと。

以来、カネはこの学校の生徒として、懸命に勉強に励んできた。週に二回の祈禱《きとう》会にも必ず参加して、聖書の教えも学んでいる。英語、ことに発音に関しては、幼い頃から学び始めた同級生たちに今ひとつ敵わない点もあったが、もともと意地が強いこともあって、必死で食らいついてきた。だからこそ校費生でい続けることが出来たのだ。だが、何しろおっとり育っている同級生に比べて、カネの方は年上というばかりでなく、少しばかりせっかちというか、気が短いところがある。その上、思ったことは口にせずにいられない性分でもあった。だから今のようにたしなめられると、つい妹に対するように「おなま言うんじゃないの」くらいのことを言い返したくなってしまう。

「可哀想な子たちよ。エスさまのことも何も知らないから、あんなことを言ってしまうんだわ」

いかにも優等生らしい皿城さんの言葉に、カネはやはり「だから」と反応してしまった。

「分かってるんだってば。でも、頭では分かってても、腹が立つもんは仕方ないじゃないの。あんな汚らしいガキどもに馬鹿にされるなんて」

大体うちの先生達が、日本人のためにどれだけのことをして下さっているかと思っているのだ。

「ピアソン先生に対してだって、失礼だったら、ありゃしない。その辺のばばあと、ばばあが違うっていうのよ。一緒にしてもらったら困るんだっていうの」

木脇さんたちが「ばばあなんて」と眉をひそめながらもくすくす笑うのを尻目に、カネはまだ小声で文句を言い続けた。

「日本人がそんなに偉いとでも思ってるのかしらね。こっちにしてみれば、いい迷惑だわ」

実は道行く大人たちの中にも、カネたちをまるで奇異な生き物でも見るような、またはは冷ややかな目つきで眺める人たちは少なくない。西洋人嫌いということもあるのかも知れないが、おそらく未《いま》だに耶蘇教を邪教扱いしているのだ。ご禁制が解けたのは明治六年。つまり、もう八年も前のことなのに。同じ言葉を話す、同じ国の人間にそんな眼差しを向けられること自体がカネには理不尽に思えたし、何しろ不快でならなかった。いくら「汝《なんじ》の敵を愛せよ」と言われたって、ああいう人たちのことを愛するなんて無理ですと、つい天主さまにもエスさまにも、文句を言いたくなるほどだ。

これが日本人というものなのだろうか。

自分たちと異なるというだけで、すぐに排除しようとするのが私たちなのだろうか。何と狭量な。異国の人たちの方がよほど心も広く、大きな信念を持ち、何より日本人のためになることを考えているではないか。カネたちに嘲《あざけ》りの目を向ける日本人の中に、生命をかけて大海原《おおうなばら》を越えてまで、自分たちの思いを遂げようという勇気と信念のあるものが、どれほどいるものか。

　そこまでの覚悟が、あんたたちに出来るとでもいうの。

　そんなことを考えると、カネの目には自分たちをはやし立てたり、冷ややかに眺める人々が、ひどく俗悪で煩《わずら》わしい存在にうつり、どうしても苛《いら》立ちと共に不快感がこみ上げてしまうのだった。

2

　礼拝の後で教会に集まった人たちと雑談をしていると父上がすっと近づいてきて、目顔でカネを呼んだ。耶蘇教の信徒になってからというもの、刀剣類を売り払って東京の麴町《こうじまち》に耶蘇教の講義所を開いたり、故郷の上田まで伝道の旅に出たり、西洋人の宣教師に日本語を教えたり、またカネの在籍する共立女学校で国漢の講師を務めたりしながら、どうにか糊口《ここう》をしのいできた父上は、現在はこの海岸教会の執事を務めている。

「こういう話を聞かせてよいものかどうか、迷ったのじゃが」

礼拝堂の外までカネを呼び出した父上は、天皇さまも斬髪されたという話が流れてだいぶ経ってからようやく髷を落とした。とはいえ、月代《さかやき》を剃っているわけでもないのに、頭頂部の髪がきれいになくなっているせいで、髷を結っていた頃と、あまり印象は変わらない。

「何かあったのですか？　母上か、弟たちがどうかしたとか？」

父上は鼻から大きく息を吐き「そうではない」と口をへの字に曲げる。

「家の方は相変わらずじゃ。みな、変わりなく過ごしておる」

父上はそこで懐《ふところで》手を組み、またひとつため息をついた。

「他でもない、銃太郎《じゅうたろう》がな」

そういえばこのところ、埼玉《さいたま》の兄上から便りがないことを思い出した。普段は筆まめな人なのだが、それだけ伝道活動が忙しいのだろうとさして心配もしていなかった。だがこの父上の顔つきからすると、どうやら何事か起こったらしい。

「実は今、ワッデル師のところに戻っておると言うてきた」

話の内容が分からないだけに、つい目を瞬《しばた》いた。

宣教師のワッデル先生は、いわば兄上の恩人だ。経済的に困窮の極みにあった鈴木の家から、自分一人の食い扶持《ぶち》だけでも浮かせようと兄上が家を出て行ったのはカネが女学校に入ったのと同じ年のことだった。その後、兄上が身を寄せることになったのが東京の芝《しば》区にあるワッデル先生の私塾だ。そこで世話になりながら、兄上は東京一致神学校に通い、牧師を目指すことになった。そうして努力した甲斐《かい》あって今では埼玉の教会で初代牧師として伝道の日々を送っている。それなのに東京に舞い戻っているとは、どういうことなのだろう。

「お身体の具合でも悪くされたのですか？　または、ワッデル先生に何かあったとか？」

「そういうことなら、まだいいのじゃが」

父上は難しい表情のまま、どうやら兄上は教会を罷免《ひめん》されたらしいと言った。今度は、え、と言ったまま言葉を失っているカネをちらりと見て、父上はさらに口元を歪め、それがどうも要領を得ない話なのだと続けた。

「噂《うわさ》によれば、銃太郎の教会に通っていた家の——奥方との間に、そのう、よからぬ噂が立つようなことをしでかしたとか」

カネは、思わず自分の眉間《みけん》に力がこもるのを感じた。

「奥方って——つまり、兄上が間違いを犯したということですか？　ご亭主がいらっしゃる方と？」

あれほどひたむきに信仰の道を歩んでいたはずの兄上に、そんなことのあるはずがないと言いかけたとき、父上は、無論、兄上本人はそれを認めているわけではないと言った。

「噂を確かめようと文を送ったところ、銃太郎から返事が来たわけじゃが、それによれば、自分は天に恥じるようなことは何一つしておらぬし、まったくの誤解だということじゃ」

「そうでしょう、そうでしょうとも」

カネがほっと胸を撫《な》で下ろそうとする間もなく、父上は「じゃが」とため息をついた。

「そういう誤解を招くようなことになったこと自体が、自らの不徳のいたすところだと、そう書いてきおった。武士として言い訳はせんし、見苦しいこともしたくはない。何より、こんなことで教会に悪い噂が立てば、それこそ宣教師の諸先生方や神学校や、他の伝道者たちにも迷惑をかけかねん。したがって、ここは罷免という処分も甘んじて受けることにした、ということなんじゃが」

カネは、つい言ってはならないことを口にしそうなのを感じて、今度は口元に力を入れた。

だってもう、武士ではないでしょうに。

思わず喉元まで出かかった言葉を、何とか呑み込む。時代が変わって、その変化を受け容《い》れようとしながらも、父上も兄上も結局は武士の心を捨てていないことは百も承知している。カネ自身もまた、武家の娘としての誇りを失うまいと思っている部分があった。

だが、武士としての誇りもさることながら、つまり兄上はまた行く末を案じ、懐具合を心配しなければならない日々に戻るのかという落胆の方が、カネには勝っていた。一体いつになったら兄上に、また自分たち家族に、平穏な日々というものが訪れるのだろう。別段、贅沢《ぜいたく》したいなどとは思っていない。ただひたすら信仰と共に心穏やかな日々を過ごしたいだけなのだ。

「それで、兄上はこれからどうなさると言っておいでなのですか」

「今はまだ、先のことまで考えられる心持ちにはなっとらんらしい。とにかく、わしの顔に泥を塗る結果になって申し訳ないと書いてきおった」

けれど、ここまでひたすら信仰の道を歩んできた兄上に、他に何が出来るというのだと、思わず天を仰ぐようにしたとき、はたと思い当たった。

「母上は、このことは？」

途端に父上は首を横に振る。

「そう簡単に、言えると思うか？」

「無理でしょうね」

ただでさえ耶蘇教を快く思っていない母上にそんな話を聞かせたら、罷免されるくらいならこちらから辞めてやれとか、好い加減に目を覚まして、少しでもまともに生活出来る仕事を探せとか言い出すに決まっている。

「よいな。これは、カネだけに聞かせる話じゃ」

「承知しました」

「銃太郎にも、向こうから言ってこない限りは問いただしたりするでないぞ」

「承知しております」

カネは生真面目《きまじめ》すぎるほど生真面目で家族思いの兄上の顔を思い浮かべ、それにしても何という不運に見舞われるものかと、ため息をつくしかなかった。家にはまだ四人の弟妹がいるし、生活は常に苦しい。

どこかで突破口を開かなければならないというのに。

兄上にその力がないとなると、長女である自分が頑張らなければいけないところだが、未だ学生の身分では、何をする力もない。

「落ち着いてくれれば、銃太郎もまた新たな道を考えようとはするじゃろうが、今の世の中では、ただでさえ我らが生きていく道は、そう容易《たやす》くは見つからんからのう」

それは、ことあるごとに父上が言っている。今さらどう足掻《あが》いても、侍が肩で風を切って歩き、その家族が、たとえ質素であろうとも、明日の米の心配などせずにいられる時代には戻れない。出自などに関係なく、目端の利く世渡り上手から先に豊かな暮らしを手に入れて、文明の恩恵にあずかるのが、今の、またはこれからの時代ということだ。

お気の毒な兄上。

学校に戻ってからも、カネは兄上のことが気にかかってならなかった。何も知らないふりをして便りを出してみようかと思う。だが、不在と分かっていながら埼玉の教会に宛てて出すような無駄はしたくないし、かといってワッデル塾に宛てて出したら、それだけで兄上は、カネが何か聞きつけたに違いないと感づくだろう。父上に言われるまでもなく、噂の内容が内容なだけに、兄上に恥をかかせるような真似《まね》だけはしたくない。あれこれ考えながら結局、何も出来ないまま日が過ぎた。

ただでさえ卒業を来年に控えて、授業の内容は以前にも増して難しくなっていた。午前中はすべて英語を使って、暗唱、数学、天文、物理、化学、聖書などを学ぶ。午後になると今度は日本語で漢文や国文を習った。その他にも手芸や裁縫、賛美歌合唱、礼法の授業もある。

それらの勉強に加えて、カネには校費生としての仕事があった。やっと雑務が終わって少しでも予習や復習をしようかと思うと、下級生の誰かが腹痛を訴えてきたり熱を出したりして、それどころではなくなる。また寮生同士で小さないざこざが起こることもあった。そんな中で、どうにか時間をやりくりしては教科書を開き、石盤に向かう。水曜日には学校で祈禱会があるし、日曜日は礼拝のために海岸教会だ。その都度、兄上の様子を尋ねても、父上は黙って首を横に振るばかりだった。結局、気を揉《も》んでいる間に季節はまた一歩前に進み、次第に寒さが感じられるようになった。

師走《しわす》に入って少しした日曜日、礼拝の後でまた父上がカネを呼んだ。このところしばらく見なかったくらいに、いつになく目の表情が明るいことに、カネはすぐに気づいた。

「銃太郎から便りがあってな」

カネは「それで」と身を乗り出すように先を促した。父上は、うん、と一つ頷いて、どうやら兄上は北海道《ほっかいどう》開拓について考え始めているらしいと言った。

「北海道、ですか？」

あまりにも意外な言葉に、カネは一瞬、言葉を失った。それも、開拓？ 開拓って。

北海道といえば、ついこの間まで蝦夷地《えぞち》と呼ばれていた土地だ。露西亜《ロシア》にも近く、いつ攻め入られるかも分からないという、遠く遥かな極北の大地だという。気候は厳しく熊や狼が跋扈《ばっこ》する、この上もなく危険な場所だとも聞いている。どうしてまた、そんな最果ての地に、しかも開拓に行くなどということを思いついたのだろうか。そして、この父上のどことなく楽しげなお顔つきといったら。

「何でも、神学校で一緒だったことのある男がおってな、最近になって偶然、再会したらしいんじゃが」

その人物が兄上を北海道開拓に誘ったということだった。さらに、ワッデル塾にも通ったことがあるという別の人がいて、もとはといえばその人物が開拓に興味を持っているらしい。つまり、縁あって耶蘇教でつながりあっている知り合いたちが、北海道開拓を言い出しているということのようだ。

「最初に言い出したというのは、なかなかどうして大した男らしいぞ。何しろ、この夏には実際に一人で北海道まで行って、相当な奥地までずっと歩いてきたそうじゃ」

「一人で？　そんな方がいらっしゃるのですか。おいくつ位なのでしょう」

「銃太郎よりも三歳ほど年長だということじゃった。神学校で一緒だった男というのは、二歳上なんじゃと」

つまり、もう三十歳近いのではないかとカネは頭の中で素早く計算した。そんな年齢の人が単なる夢物語を口にして、周囲まで巻き込むとも考えにくい。父上の話では、最初に開拓を言い出した人物は何でも伊豆《いず》の素封《そほう》家《か》の息子だということで、かれこれ五、六年も前から北海道開拓に興味を持っていたという。既に、具体的に準備に取りかかるところまで来ているらしいと、兄上からの便りに書かれていたと語る父上は、気持ちの高ぶりからか、何となく落ち着かないようにも見えた。

「ほれ、以前わしが読んでおった書物があるじゃろう。『没落士族ノ北海道移住説』という。銃太郎は、あれのことも思い出したらしい」

そういえば確かに何年か前、父上は、自分たちのような没落士族が生きていく道は、北海道移住より他にはないかも知れないと言っていたことを思い出した。つまり父上は、兄上に自分の夢を託そうとしているのだろうかと、思いが至った。けれど、あの時だって母上から即座に反対されたのだ。何を夢物語のようなことを考えているのです、と。

「わしからは何も言うておらんが、銃太郎も今の世の厳しさは経験しておる。何をするにせよ、生半可な覚悟では生きられん時代じゃ。あれも、そのことを十分に承知した上で、どうにかして道を拓《ひら》きたいと考えておるのだろう」

カネは不安半分、興味半分で父上の話を聞いていた。自分が女学校の寮という、ある意味で周囲から切り離された環境にいて、衣食住の心配もなく信仰と勉学の道に励んでいる間に、兄上は一体何を考え、どこまで行ってしまうつもりなのだろうかと考えると、何かしら羨ましいような、一方で心細いような気持ちにもなった。

## 3

その年の暮れ、女学校でのクリスマス礼拝が終わり、寮生活を送る生徒のすべてが自宅に戻るのを見届けてから、カネは久しぶりに家族のいる家に帰った。すると、いつ戻ったのか、狭い借家の四畳半では兄上が一人、炬燵《こたつ》に当たりながら何かの書物を広げていた。

「ただいま——母上は？」

「妹たちを連れて暮れの買い物に行った」

牧師でなくなった以上、自分でクリスマス礼拝を執り行うことも出来なかったに違いない兄上は、以前と変わらない物静かな佇《たたず》まいで、父上は今日も教会の関係の仕事らしいと続け、それから「元気か」とカネを見あげてきた。もちろん、と言うように少しばかり大げさなくらいの笑顔で頷きながら、カネも炬燵に入る。

「三月には卒業試験があるんだけれどね、それ全部、英語で行うんですって。覚悟はしていたけれど、心配だわ。だから年が明けたらもうすぐに、少しずつでも準備に入らないとと思っているところ」

ふうん、と頷く兄上はいつの間にか髭《ひげ》も生やし、全体に髪も伸びていて、ほんの少し前まで牧師だったとは思えないくらい、まるで昔の野武士のような風貌になっている。それでも目元だけは、相変わらず柔和な兄上らしいものだった。

「三月か。その頃、俺は何をしているかな」

兄上の身の上に起こったことには触れない方がいいのだから、こういうときにはどう応えるべきなのだろうかと考えている間に、兄上の方が「父上から聞いたろう」と本を閉じながら口を開いた。

「俺が教会をやめさせられたこと」

カネは仕方なく小さく頷いた。

「何か、行き違いというか、誤解があったのでしょう？」

兄上は自分の髭に触れながら今度は宙を見上げてため息をつく。

「まあ、俺も脇が甘いというのか、油断していたのだ。だが、今度のことでは学ばせてもらったよ。つくづく、女は、こわいものだな」

「つまり、変な女に引っかかったっていうことなんじゃないの？」

「やけに熱心に通ってくる人だとは思っていたんだが、まさか聖書を学ぼうと思うような人が、人の生き方を左右するような嘘をつく人だとは思いもしなかった」

兄上は髭に囲まれた口元に苦笑とも自嘲の笑みともつかないものを浮かべている。

「取り返しはつかないの？」

カネはつい、たたみかけるように「だから」と兄を見た。

「だから、北海道なの？　開拓なの？」

兄上は「だから、というわけでもないが」と、小首を傾げる。

「父上から聞いてるのか」

「大体のことはね」

「これも、天のお示しか、巡り合わせかなと思ってな」

神学校時代の友人と最近になって再会したのは、まったくの偶然だった、と兄上は言った。父上が語っていた通りだ。

「渡辺《わたなべ》くんというのだが、あの男は伊豆に行ったと聞いていたから驚いた。共にいた期間は短かったが、俺とは妙にうまが合う男だったんだ」

その渡辺勝《まさる》という人物が英語教員として勤めている学校を設立したのが、地元の素封家である依田《よだ》という家で、北海道開拓を言い出しているのは依田家の三男、勉三《べんぞう》という人物なのだそうだ。一時期は慶應義塾《けいおうぎじゆく》にいたこともあり、英語を学ぶためにワッデル塾に通っていたこともあるという。

「渡辺くんが、その依田勉三という人を、それは褒めるんだ。身体は小さいが、考えることはとてつもなく果てしがないと。その辺の連中には到底、理解など出来んくらいだとな。それに、何しろ生一本なところがあって、一度こうと言い出したら何が何でもやり遂げてみせるという性格らしい。その男が、今の時代に生まれたからには、是非とも人のやらないことをするべきだ、これまで誰も踏み込まなかった世界へ行くべきだと、それは力説するんだそうだ」

いくら北海道開拓の話など出てきていても、あんなことのあった後だ。よほど落胆して表情も暗いのではないかと思っていたのに、兄上はカネが想像していたのとは違って、案外、快活な様子で、教会での出来事も吹っ切れている様子だった。

「依田くんと渡辺くんは、年が明けたらもうすぐに、共に北海道に渡る小作人たちを集める作業に取りかかるんだそうだ」

「もうそこまでお話は進んでいるの」

そうだなと、自分も見知らぬ大地に思いを馳せている様子の兄上を眺めながら、カネは改めて、もしも自分が男だったらと想像した。

北海道。

誰も拓いたことのない土地。獣がいて、厳しい自然が立ちはだかって。そんなところに行こうと思うだろうか。

想像がつかない。

だが、何となく憧れた。

この頃、カネは漠然と考えることがある。

来年卒業したら、カネはそのまま女学校に残ることになっている。校費生になると決まったときの約束で、舎監を兼ねて教壇に立つのだ。また、もっとも得意としている皇漢学をさらに学んでみたいとも思っている。それは間違いなく、カネにとってもっとも着実で安定した将来像であり、また家族を安心させる生き方でもあった。

でも。

それで本当にいいのだろうか。満足なのだろうか。

「実はこの年明けに、渡辺くんが横浜に来ることになってるんだ。いい機会だから父上に彼の話を聞いていただいて、渡辺くんの人となりはもちろん、話の内容を見極めていただこうかと思ってる」

「父上はきっと反対なんてなさらないわ。出来ることならご自分も開拓に加わりたいと思っていらっしゃるみたいだもの。問題は、母上なんじゃない？」

兄上は、とたんに憂鬱《ゆううつ》そうな顔つきになって「そうだな」と低い声を出した。

「まあ、折を見て話すつもりではいるが」

「頼むから、お正月の間くらいは穏やかに過ごさせてちょうだいね。たまに帰ってきて、家の中がゴタゴタするのはいやよ」

兄上は「分かったよ」と苦笑気味に頷き、実際、年末年始は父上も兄上も家族の前で北海道開拓の話をすることはなかった。兄上が罷免になったことも知らないままの母上は、カネや妹たちを手伝わせながら、上機嫌で忙しく立ち働いた。そんな母上に心の片隅で申し訳ないような気持ちを抱きつつも、カネは家族の笑顔に囲まれる幸せを噛みしめ、久しぶりの家庭の味に舌鼓《したつづみ》を打った。雑煮《ぞうに》を食べ、おせち料理をありがたくいただいた。そして何より家族揃って健康で穏やかな新年を迎えられることを天主さまに感謝した。

松が取れると兄上は再びワッデル塾へ帰っていき、カネも女学校での日常が戻ってきた。だが、次の日曜日に海岸教会に行くとすぐに、父上が母上のことを告げてきた。兄上の罷免のこと、北海道開拓行きのことを知って激怒しているというのだ。

「お話しになったのですか。母上に」

「いつまでも黙っておくというわけにもいかんじゃろう」

父上は相変わらず口をへの字に曲げていたが、その割には大して気にしている様子もない。

「銃太郎にしても、もう一人前の男じゃ。己の人生をかけて新しい道を進もうというものを、たとえ親とはいえ、引き留められるものでもないからな」

それに、父上自身が兄上の計画に、いかにも乗り気なのだ。その証拠に、翌週も、その翌週も、父上はカネと教会で顔を合わせる度に兄上の近況と北海道の話をするようになった。

「依田勉三という人物は、開拓団を結成するにあたって、株式会社というものを設立するつもりなのだそうじゃ。財力のある依田家が後ろ盾となって、まずは株主を募って、じゃな、相当な資金を投入して北海道開拓を後押しするということらしい。これはいよいよ本気じゃな」

父上は、それは嬉しそうだった。そして新年に会った渡辺勝という男性のことも「面白い男」と評した。

「尾張名古屋《おわりなごや》から出てきてしばらくは、我らと同様、金のことで相当に苦労した様子じゃが、あれは、なかなかの硬骨漢と見た。やはり武家の出じゃが、北海道開拓に当たっては微塵《みじん》もためらうことなく自らの手をとことん汚し尽くして、どんな百姓よりも働いてみせると言うておった」

「神学校へ行っていらしたということは、その方も受洗しておいでなのですよね？」

「じゃから、北海道開拓は天主さまの示された道に違いなく、その道を突き進むのみとも言うておったぞ。あれはいい。まず、眼差しがいいな」

要するに、素封家の息子の依田勉三、名古屋出身の渡辺勝という二人が北海道開拓を計画し、そこに兄上も加わって、開拓農民たちを募り、株式会社という組織を作った上で未開の大地を切り拓こうという計画らしかった。

「渡辺くんも銃太郎と同様、長男ということじゃから、やはり、いつまでも寄る辺ない身で浮き草暮らしを続けるというわけにはいかんと思うておるようじゃ」

依田勉三という人は食べるに困るということもないだろうが、兄上と渡辺という人は、まず自分たちが誰にも頼らず食べていかれるようにならなければと考えている。さらに武士の誇りを失わないまま、確かに根づくことの出来る世界を探している様子だった。そしてそれは、父上も同じ気持ちらしかった。

「会社の名前が決まったそうじゃ。『晩成社《ばんせいしゃ》』じゃと」

三月、カネが最後の試験を受け終わったのを待ちかねたように、父上がそわそわとした様子で兄上からの便りについて知らせてきた。

「私の試験の結果は心配なさらないのですか」

半分すねたように言ってみると、父上は意外なことを聞いたような顔つきになる。

「そんなことを心配するわけがなかろう。カネなら大丈夫に決まっておる。おまえはいつだって、しっかりしとるから。それよりも『晩成社』じゃがな」

その晩成社に兄上も幹部として正式に名を連ねることになったという。開拓事業とひと口に言っても、何もない大地を切り拓くなど短期間で出来るはずもなく、並大抵の努力で成し遂げられるものではない。それだけに「大器は晩成す」から社名をつけ、どこまでも粘り強く、最後に大きな結果を生み出してみせるという決意のもとにつけたのだそうだ。

「では、兄上は本気なのですね」

「本気も本気。これからは依田くんと、渡辺くんと、晩成社の三幹部として生きていくことになる。農民たちには土を耕す以外の、知識も教養もないからのう、『晩成社』という組織として必要なことや、出来高の計算や、土地の測量、それから役場との交渉、その他のことはすべて学問を身につけておる三幹部で片づけていくことになるらしい」

カネは「晩成社」という耳に馴染まない組織の名前を呟いてみた。

「何となく、北海道を開拓するような会社に聞こえませんけれど」

だが父上は最近になって伸ばし始めた薄い髭を撫でつけながら、「いやいや」と、まるで自分が名付け親にでもなったかのような表情で首を横に振る。

「なかなかどうして、心意気の伝わる名前ではないか。五年や十年で結果など出るものではないという、そのことを承知した上で向かうということが、よう分かる」

ああ、父上は羨ましいのだ。

そして、私も。

試験はきっと及第点だろう。これで五月には無事に卒業を迎えられるはずだ。こんなに喜ばしいことはない。それなのに、心のどこかに何か物足りないような、隙間風が吹くような感覚があった。このままでいいのかと、常に誰かが問いかけてくる気がする。正月以来、どれほど「これでいい」と答えても、その問いかけは未だに止むことがなかった。

兄上は、にわかに忙しくなったらしかった。カネには簡単な便りがたまに来るだけだから、あとは父上を通してしか分からないが、晩成社の幹部として北海道開拓について調べ始めただけでなく、自分も依田勉三たちの暮らす伊豆に赴き、渡辺勝だけでなく、依田家の人々や、近隣の農民らとも話したりしているらしい。

父上からそんな話を聞くにつけ、カネは「もしも」という前提で想像を膨《ふく》らませることがあった。もしも、北海道開拓へ赴くことになるとしたら、どんなことが必要なのだろう。持ち物、服装、知識、技術。大自然以外に何もない場所へ乗り込むためには何を心配し、どれほどの準備をしなければならないのだろうか。

本当は、少し前までのカネは、出来ることなら自分もいつか海を渡って、布教の人生を送ってみたいと夢見ることがあった。またはピアソン先生たちを育んだアメリカに行って、もっと学んでみたいと思ったりもした。今だってそんな未来を夢見ることがある。だが、自分のすぐそばで北海道行きを現実のものにしようとしている兄上たちの話を聞いていると、何もアメリカまで行かなくとも、この同じ日本の中に「新天地」はあるのだという気がしてきた。それでも、開拓の話にカネは関わることが出来ない。非力な女の身で、学問しかしてこなかったカネに、共に大地を拓こうという誘いなど、来るはずがなかった。

　〈俺は六月に入ったら依田くんと二人で開墾地選定のため北海道へ向かうつもりでいる。カネの卒業式は五月末日と聞いた。函館《はこだて》行きの船は横浜からの出航だから、カネの卒業式には俺も列席出来るだろう〉

　時折、兄上から届く短い文には、兄上らしい几帳面《きちょうめん》な文字が連ねてあったが、その行間からでも、兄上の弾む気持ちが伝わってくるようだった。既に準備に入っているという。調べれば調べるほど必要な知識、用意すべき事物が増えていくから、依田、渡辺の二人と共に、ますます忙しい日々を送っているなどと読むと、心配な反面、やはり羨ましいと思ってしまうのが常だった。

　やがて桜の花が咲き、四月生まれのカネは二十三歳になった。春霞《はるがすみ》に包まれ、時として優しい雨に降られる横浜の風景は、柔らかい色彩に満ちてのんびりと美しく、耳を澄ませばいつものように、船の汽笛や様々な暮らしの音が響いてきた。そんな景色を眺めながら、カネは気がつけば北海道のことを考えるようになっていた。そこに桜は咲くのだろうか。どんな鳥のさえずりが聞こえ、雨はどんな風に感じられるのだろう。今ごろの時期はどんな気候だろうか。何も分からないまま思いばかりを膨らませて、カネは女学校での生活を続けていた。

明治十五年五月三十一日、午後七時半。

横浜共立女学校英文全科第一回卒業生として、鈴木カネは同級の皿城ひさ、木脇そのと共に卒業証書を授与された。何かしら甘い蜜のような香りのする夜気の中、点々と灯《とも》されたランプの光に包まれて、卒業式は多くの人々に見守られ、厳粛な雰囲気の中で進んでいった。式の始まりには在校生たちが賛美歌を歌い、来賓として招かれた海岸教会のジェームズ・バラ牧師が祝辞を述べる。カネは二人の同級生と共に、晴れがましい気持ちで壇上に並んだ。この日ばかりは日頃、あまり学校には来ることのなかった母上が、父上や兄上と共に列席してくれて、しきりに目元を押さえているのが見えたときには、胸に迫るものがあった。

「よく今日まで頑張ったな。見事なものだ」

授与式の後、兄上がまず話しかけてきてくれた。カネは、厳《おごそ》かな雰囲気の中で味わった高揚感に包まれたまま、皮紙に手書きの卒業証書を広げて見せ、両親に今日まで勉学に励むことの出来た礼を述べた。母上も「よかった」と何度も繰り返し、満足そうに頷いてくれた。

「これで一つ心配事が減って、俺も北海道へ行ける」

ところが、兄上のひと言に母上の表情が一変した。そういえば兄上は、明日はもう旅立ってしまうのだ。カネは改めて兄上を見た。

「明日、本当に行かれるの？」

「天候がどうにかならない限りはな」

「依田さんはもう横浜にいらしてるの？」

「何日も前に着いている。写真館をやっている親戚の家に泊まっているんだ」

「あら、写真館を」

「偶然にも、そこも鈴木という家でな。俺もこの前、依田くんにすすめられて写真を撮ってもらってきた。もしかすると二度と内地の土は踏めんかも知れんから」

そんな、と言いかけたカネを制する勢いで、ついに母上が「もう」と、いかにも悔しそうな声を絞り出した。

「何という親不孝なことを言うんだろう、縁起でもない。ねえ、今からでも取りやめにすることは出来ないの？　母からその依田さんという人に掛け合おうか、『うちの長男を巻き込まないでいただきたい』って」

父上が「やめんか」と小声で制する。母上はまだまだ言い足りないという表情で父上を睨《にら》みつけ、唇を噛んだ。思った通り、母上は納得していないのだ。それを振り切ってでも、兄上は旅立つという。

思えば昨年の暮れに北海道開拓を言い出してからというもの、兄上も、そして父上も、まるで何かに取り憑《つ》かれたかのようだ。その勢いは、耶蘇教に出会ったときと同様か、または、それ以上にも見えた。それほどまでに彼らをかき立てるものが北海道にあるのだろうか。カネはいつもと変わらず物静かな表情の兄上を改めて見上げた。

「必ず、お便りを下さいね」

すると兄上は、どこか諦めたような、または悪戯《いたずら》っぽくも見える表情になる。

「便りなど出来るような環境ならいいが」

「お便りも出せないような土地へ行かれるつもりなの？」

「まだ皆目、見当もつかんのだ。取りあえず船は函館の港に入るから、小樽《おたる》を回って札幌《さっぽろ》に向かうことになっている。そこで役場に寄って、色々と詳しい事情を聞いてみないことには、どこを目指すかも、まだはっきりしていない」

「ねえ、銃太郎。考え直しなさいったら」

また母上が身を乗り出してきた。父上が「好い加減にせえ」と厳しい顔をする。

「みっともない。男が一度、心に決めたことを、そう簡単に翻《ひるがえ》すわけがないじゃろうが」

「そんなこと言ったって、教会はやめたんじゃありませんか。あ、ちがう。そっちはやめさせられたのね」

「――そのお蔭でさらに大きな目標が出来たのじゃ。よいではないか。それが天主さまのお導きでもあると考えたからだと、説明したじゃろう」

兄上も「分かって下さい」と困ったような顔になった。

「何度もお話ししたではありませんか。これは鈴木家のためでもあるのです。長年、禄《はん》を食んできた我々が、これからは自分たちの土地を持ち、誰に遠慮することなく生きていく、これがただ一つの道と、熟考の末に下した決断なのですから」

それでも母上は、到底、納得出来ないという表情を変えない。カネはそんな母上を見ているのがいたたまれなくて、授与されたばかりの卒業証書を再び広げて、ピアソン先生と共に日本に来たクロスビー先生が描いて下さったという美しい模様を眺めたり、また「神の御言葉が入り光を与える」という聖句を嚙みしめたりしていた。

翌日、両親と共に港まで兄上の見送りに行ったカネは、そこで初めて依田勉三という人と会った。兄上と比べるとずい分と小柄だが、なかなか整った顔立ちの人だ。そして確かに、そのぎょろりとした印象的な瞳の奥に、何か分からない力を蓄えているようにも見えた。

「兄を、よろしくお願いいたします」

むっつりと黙りこくったままの母上の横で、兄上よりも三つ年長だという人に丁寧に頭を下げると、勉三は「いやいや」と、表情を動かさずに、ただ軽く手だけあげて見せた。

「よろしくも何も、お互い助けあわんと。何しろ前人未踏の地を目指すんだもんで」

勉三の隣で兄上も一緒に、うん、うん、と頷いている。それから、ふと思い出したようにカネの名を呼んだ。

「この間撮った我らの写真だが、渡辺くんに送ってもらう手はずになっている。万が一の場合は、その写真が最後の記念だと思って、もらい受けるといい」

するとまた母上が「そんな」と唇を噛む。カネは、母上の袖をそっと引っ張って、なだめるように頷きかけた。

「気持ちよく見送ってさし上げましょう。これから何が起きるか分からない旅に出られるのですから」

それでも母上は頑《かたく》なな表情を崩そうとはしなかった。代わりに父上の方が、兄上や勉三に、何かと話しかけていた。いよいよ出発の時刻が近づいてきたとき、カネは大切なことを聞き忘れていたことに気がついた。

「それで、いつお帰りになるの？」

「分からん。今、開拓地は肥沃な土地から早い者勝ちだという話になっているそうだ。もしも最適だと思う土地が見つかったら、まず晩成社の開拓地として確保せねばならんだろう。それに、向こうの生活に慣れる必要もあるし、本格的に移民が入る前に、ある程度の準備もしておかなくてはならないから」

「それを、依田さんとお二人だけでなさるおつもり？」

するとと兄上は勉三と顔を見合わせ、その辺りは手分けをしながらやっていくことになると言った。他に誰もいないのだから、と。

「まあ、向こうにだって人っ子一人おらんわけじゃないけん、何せ『晩成社』としては二人だけで行くもんで。何もかんも、まずは鈴木くんと二人で手分けしてやるしか、ないもんで」

勉三は固い意志をうかがわせるように口元を引き締め、「必死でやるだけずら」と、にこりともせずに言った。

「無理をしないでとは、とても言えないけれど、とにかくお身体に気をつけて。お便りをお待ちしていますからね」

「言ったろう、約束は出来んと」

「兄上がお便りを下さらなかったら、こちらから出そうにも、宛先も分からないじゃないの」

「手紙くらい、何してでもやり取り出来るら。ちったあ日にちはかかんだろうが、俺だってうちっちに手紙一つ出せんようじゃあ、困るもんでさ」

場合によっては今生《こんじょう》の別れになってしまうかも知れないという切羽《せっぱ》詰まった雰囲気が、勉三の真面目くさった顔と方言混じりの言葉に、わずかでも和らいだように感じた。そうして兄上たちは、沖に停泊している「九重丸《ここのえまる》」まで運ぶ小舟に乗り込んでいった。

「それでなあ、カネ」

兄上たちを乗せた船が行ってしまい、それでも未練がましく沖を眺めていたとき、父上が口を開いた。

「無事に女学校も卒業したことだし、いい機会だから尋ねるのだが」

「何でしょう？」

「嫁にいく気はないか」

あまりにも唐突で、さらに意外な言葉に、カネが耳を疑うようにしていると、父上は、兄上たちの仲間である渡辺勝と一緒になる気はないかと重ねて言った。その途端、母上の「あなたっ」という悲鳴のような声が辺りに響いた。

「そんなお話は一度だって聞いておりませんっ。第一、銃太郎たちのお仲間と言ったら、その方も開拓に行くということではないですか！」

カネはまなじりを決して父上を睨みつけている母上を、半ば呆気《あっけ》にとられたように見つめながら、一方で、自分の心の中に小さな何かが灯ったのを感じた。

そうだわ。そういうことよ。

私も行くことになるのかも知れない。北海道に。結婚したら。

結婚。私が。

何だか急に、考えなければならないことが増えたような気がした。

## 4

〈一昨日、函館に無事到着した。ここは二、三年前に大火に遭ったということだが、もうだいぶ落ち着いている。港の近くまで山が迫っていて少ない平地の先には坂道が延びている。坂の途中には洋館もあって、後にしてきたばかりの横浜を思わせる街だ。西洋人も多く見かけるし華僑《かきょう》もいる。耶蘇教会も見つけた。だが、何しろ寒い。依田くんと、毛布をまとってきたのは正解だったと話しているところだ。

　それにしても洋服とは、着物に比べるとずい分と活動に適しているものだな。裾さばきが不要だし、袖も下がっていないお蔭で、何をするにも動きやすい。野良仕事には向いていいそうだ。

　昨日は日曜日だったので、礼拝所を探して行ってきた。民家を使った小さなところだったが、近いうちにきちんとした教会を建てたいと話していた。伝道師の夫人、桜《さくら》井《い》ちかという人は、偶然にも共立女学校で英語と割烹《かっぽう》の勉強をしたことがあるのだそうだ。内地でも教えていたが、今も教員をしておられると聞いて、ついカネの話をした。あちらも共立の名を聞くと懐かしそうにして喜んでおられた。礼拝では、主は世の終わりまで、いつも共におられるという言葉が特段、心にしみた。数日のうちに小樽行きの船に乗る。小樽から先は陸路、札幌に向かう。そちらは変わりないか。カネのことだ、教員となって、また忙しく動き回っていることだろう――〉

兄上から届いた北海道からの初便りは六月五日付のものだった。つまり三日には函館に到着したことになる。一日に横浜を発って、たったそれだけの日数で北海道まで行かれるものなのか、こうして無事に便りが届くのかと、カネはまずそのことに感心し、何よりも兄上が無事であることに胸を撫で下ろした。次の日曜礼拝の時には早速、父上とその話になった。

「カネのところにも便りが届いたか」

「礼拝所に共立女学校の先輩にあたる方がおいでだったそうです」

「ほう」

「それにしても、こんな時期でもあちらは寒いんですね。きっと今ごろは、もう札幌に着いている頃かと思いますが」

「札幌では忙しくなりそうなことを書いておったな。役人に会ったり札幌官園に行ったりするそうじゃ。それから県庁に、土地の下付《かふ》願書も出さねばならんというし。その辺りのことは依田くんが詳しいのじゃろうが、銃太郎も一緒に段取りなど考えておるらしい」

生徒から教師へと立場は変わったものの、舎監を兼ねていることもあって、カネはやはり自宅から学校へ通うことが出来ていない。しかも、新たに皇漢学科に進んで学生の身分も続いていたから、大枠としての女学校生活は、そう変化しているとも言えなかった。そんな毎日を送っているカネに対して、兄上は何と遠くまで行ってしまったことか、活発に動いていることかと思う。日々どんな空気の中で、何を見聞きしているのか、もはやカネには想像もつかなかった。

「二十四日に札幌を発ったようじゃ」

七月に入ると、父上のところへはまた新しい便りが届いた。函館から小樽経由で札幌に着いた兄上は依田さんと手分けして役場の書記や地理係に会い、開拓の現況を尋ねたり土地の下付願書を作成したりしたらしい。何度も同じ相手を訪ねては頭を下げて、やっと時間を割いてもらうなど、思わぬ手間がかかった様子だと父上は教えてくれた。それでも何とか必要な情報は入手出来たので、札幌を後にしたのだろう。

「これでいよいよ入植地を探しての旅が始まったということじゃな。県庁では札幌の郊外や石狩《いしかり》方面に行くことをすすめられたようじゃが、依田くんは、もう既に人の手が入っておる土地の隙間なんぞを狙うより、文字通り手つかずの、前人未踏の地を拓きたいと言うて、役人の説得を振り切る形で十勝《とかち》に向かうことにしたらしい。十勝はよそ者が入ることを制限しておった漁業組合が解散になって間もないとかで、ようやっと誰でも自由に出入り出来るようになったというが、海から離れた奥地となると、まだ役所もほとんど手をつけておらんのだそうじゃ」

最近、父上は北海道の地図を持ち歩いている。それを広げて見せる父上と向かい合い、カネも一緒になってしばらくの間、指でなぞるようにしながら札幌の位置を確かめたり、十勝という場所を探して地図を覗《のぞ》き込んでいたが、少しすると「実はな」という、父上の押し殺したような声が聞こえた。

「直にはまだ言うておらんことじゃが、銃太郎たちが無事に入植地を決めた暁《あかつき》には、わしも晩成社に加わり、共に北海道に行こうかと考えておる」

「やっぱり、それをお考えだったのですね」

何もないところから土を耕し、新たな土地を拓いていくことこそが、これからの日本ではお国のためになると、かつて熱っぽく語っていたこともある父上だ。ここしばらくの高揚した様子を見ていても、いつかそんなことを言い出すのではないかと思っていた。父上が「それで」とこちらを見た。

「おまえはどうする」

「え——私ですか」

「縁談の話は、考えてみたか」

「でも、あのお話は母上が——」

父上が渡辺勝という人との縁談を切り出してきたのは、ちょうど兄上が出発した日だから、かれこれひと月以上も前の話になる。だがあの時は母上が即座に、それも激しく反対したし、カネはカネで、これから始まる新生活のことを考えたかったこともあって、結局そのままにしてしまった。

「あの時は間が悪かった。だが単なる思いつきで言ったわけではないぞ。わしはな、あの男なら申し分ないと思うておる。人柄はもちろんじゃが、つり合いという点から言うても」

父上は懐手を組んで「こういうことはつり合いが大事なのだ」と言った。

「高等教育を受けたおまえに、たとえば英語の挨拶《あいさつ》ひとつ分からんとか、聖書も天主さまも知らん、何をとっても太刀《たち》打ち出来んという亭主では、向こうも面白くなかろうし、カネも物足りんに違いない。家と家とのつり合いという点も同様じゃ。両家のつり合いが取れない縁談というものは、どちらにとっても不幸せなことになる。だが渡辺くんなら武家の出でもあるし、その他の点も心配いらん」

父上の言葉に一応は頷きながらも、カネは果たして自分の方が、嫁として喜んで受け入れられるものだろうかと考えていた。

たしかに、世間一般の目で見れば平均以上、いや、かなり恵まれた教育を受けてきたカネだが、一方ではそうこうするうちに二十三という年齢になり、既に少しばかり婚期を逃しつつある。そのことは否定出来ない事実だ。母上がことあるごとに口にする台詞《せりふ》ではないが、学問と屁理屈ばかり身につけて、結局は男性から煙たがられる存在になってしまったのではないかという不安が、カネ自身にもないといえば嘘になる。もしかすると自分はこのまま一生、誰とも結婚せず、子ももうけず、女学校という閉ざされた世界の中だけで生きていくことになるのだろうかという、うっすらとした淋しさのようなものも、ないわけではなかった。

それならそれで構わない。天主さまのお導きに従うまでのこと。教師というやりがいのある職をまっとう出来るのなら十分満足と、ことあるごとに自分に言い聞かせてはいる。だが、この生き方で本当に間違ってはいないのか、悔やむことはないだろうかという疑問が時折ふと頭をかすめるのもまた正直なところだった。特に兄上が北海道へ行ってからというもの、その思いは以前にも増して強くなっている。

「実は四、五日前に渡辺くんから便りがあってな。方々で流行っておるコレラが、このところ伊豆の方でも流行っておるとかで、勤めておる学校の夏休みが繰り上げになるんだそうじゃ。そうしたら東京に来るつもりだが、そのついでに横浜にも足をのばそうと思うと書かれておった」

いい機会だから一度会ってみないかと続けられて、カネはつい返答に詰まってしまった。柄にもなく急に気恥ずかしい気持ちになる。

つまり、お見合い。

私が。

その人と。

一瞬のうちに色々なことを考えてしまいそうになったとき、父上は「ただ」と少し口調を変えた。

「あの男と所帯を持つとなると、共に北海道に渡る決心が必要じゃ。そのことを承知の上でないとな」

「でも、北海道行きを決心したとして――」

カネは、改めて父上を見た。

「私に務まるでしょうか。開拓者の妻が」

父上は一瞬、虚を突かれたような顔になった。

「カネに出来んことなど、あるものか。家のことにしても仕立物から料理まで、一通り身につけておるのだし」

「でも、あとは学問しかしてこなかったのです。農業のことなど何も分からないし、力仕事一つしたことのない私が、夫となる方や、他の開拓団の方々の足を引っ張ることには、ならないでしょうか」

最初に父上から縁談の話を切り出されたとき、その場では適当に受け流しはしたものの、カネだって一応は自分なりに北海道という土地を思い描き、そこで夫と暮らしていく自分の姿を想像してみた。何度か繰り返す想像の中で、どうしても消すことの出来なかった不安がそれだった。

開拓するということは、これまで人が足を踏み入れたことのない土地を切り拓いていくということだ。この身体をとことん使い抜いても、まだ足りないかも知れない。だがカネはこれまで、校庭の草一本さえ満足に引き抜いたこともなかった。それに、たとえばいつも食卓に上る卵が鶏の産んでいるものだとは教えられていても、実際に鶏が産んでいる場面は見たことがない。そういう点が、我ながらあまりにも無知だと思う。

「わしとて農業の経験はないぞ。歳から言うても、とても若い連中のようには動けんじゃろう」

父上は口をへの字に曲げて大きなため息をついた。

「だが、力仕事でかなわん分は頭を働かせるまで。すべて無の状態から学んでいく覚悟じゃ。そうすれば、必ず何かしらの役に立つ。カネにしても、同じことではないか。女手が必要なことは、いくらでもあるじゃろう。それに幸い、おまえは今まで病気一つしたこともなく、健やかに生まれついておる。これが病弱であれば、開拓団に加わるなど考えることも出来んじゃろうが」

　とにかく相手がどうしても気に入らないとなれば話にならないのだから、まずは会うだけでも会ってみることだと父上は諭《さと》すような表情になる。

「父上がおっしゃるのなら」

　素直に頷いてはみたものの、会うと決心した先には、いくつもの課題が立ちはだかっている。結婚。退職。旅立ち。すべて、一度決めてしまったら取り返しのつかないことばかりだ。父上の言いつけに逆らうつもりは毛頭ないが、それで本当に大丈夫なのだろうか。

　これまで経験したことのない大きな不安が胸一杯に広がっていく。その一方では、何かしら心が浮き立つような、足もとが定まらなくなりそうなふわふわとした気持ちもこみ上げてきた。お芝居の場面が変わるように、すとん、と何もかも変わるかも知れないことへの期待が、不安と同じだけカネの中で頭をもたげてきていた。

〈横浜を発ってひと月あまり。札幌から先は山を越え川を渡り、何足もの草鞋《わらじ》を履きつぶし、ひたすら歩きに歩いて、ようやくこの六日、大津《おおつ》という港町に着いた。やっと風呂にありつけると思ったら、湯銭が何と三銭だというから驚きだ。どれだけ高い風呂なのだと文句を言っても仕方がない。久しぶりの湯（臭くて汚い）で汗と汚れをすっかり落として、依田くんと祝杯をあげようと焼酎《しょうちゅう》を買い求めたところ、こちらは二十五銭で今度は安さに驚かされた。行く先々で違うものだな。

ここは存外賑やかで、函館から船が入るせいか、必要なものは大体揃っている。人の往来も多いし、アイヌという土着の人たちもずい分と多く見かける。ここまで来る途中でも何度も出会い、時として世話になってきたが、アイヌは人なつこく、素朴で善良な人たちだ。大抵は日本語が通じるが、彼らには彼らの言葉があって、我ら和人《わじん》のことはシャモと呼ぶ。シャモ、シャモと言われると、鶏にでもなった気分だよ。

この大津では戸長《こちょう》役場を訪ねたり、色々な人から話を聞いて数日を過ごす。その後は舟で川をさかのぼるつもりだ。ただの物見遊山《ものみゆさん》ではない、海辺ばかり歩いていても開拓に適した沃土など見つかるものではないからな。

父上母上にはここに着いてから撮った写真も添えて便りをするつもりだ。届いたら、見せてもらうといい――〉

兄上から二通目の便りが届いたのは既に八月に入った暑い日で、カネが渡辺勝と会うことになっていた、まさしくその日だった。こんな偶然さえ何かしら縁のような気がして、カネは手紙を繰り返し読んだ後、心の中で兄上に話しかけた。

これから渡辺さんという方にお目にかかるのよ。もしも、その方と一緒になると言ったら、兄上は賛成する？　兄上とはうまが合う方なのでしょう？

せめて兄上の居所が定まっていて、便りの一つも出せるのなら、ぜひとも尋ねてみたかった。だが、どのみち今からでは遅すぎる。ことの顚末《てんまつ》を伝えられるようになる時、果たして兄上はどこにいて、自分の運命はどうなっているのだろうかと漠然と考えながら、カネは身支度を整えた。とはいえ見合いそのものが初めてなのだから、まるで実感が湧いてこない。夏休みの女学校に生徒たちの姿はなく、家庭の事情で寮に残っている数人のうちの誰かが弾くオルガンの音だけが、のんびりと響いていた。

蟬《せみ》の声に包まれながら日傘をさして坂道を下り、指定された知人の家に着くと、玄関先には既に父上のものと分かる履き物が揃えられていて、奥からは何やら楽しげな笑い声が聞こえていた。案内されて客間の外に立ったとき、また笑い声が上がった。その大きく伸びやかな声を聞いた途端、それまで冷静な気持ちで歩いてきたつもりのカネは、自分の心臓が小さく跳ねるように感じた。

いやだ。私らしくもない。

深呼吸を何度か繰り返している間に「おいでになりましたよ」と、家の人が声をかける。障子戸の向こうが急に静かになって、父上の声が「通してやってください」と聞こえた。カネは伏し目がちのまま、障子戸が開かれるのを待った。

畳敷きだが洋式のテーブルが置かれた部屋の奥に、父上の顔が見えた。手前には単《ひと》衣《え》姿の大きな背中があって、しきりに団扇《うちわ》を動かしている。開け放たれた窓からは心地良い風が入り、軒先の風鈴が涼しげな音を立てていた。

「こっちに来て、座りなさい」

言われるままにテーブルを回り込み、父上と並んで腰掛けた後も、カネは顔を上げることが出来ないままでいた。視界の片隅に、ぱたぱたと動く団扇が見えている。ひたすらかしこまっていると、しばらくして「に」という詰まった声が聞こえた。何事かと顔を上げた目の前に、団扇で自分を扇《あお》ぎながら、首を突き出すようにしてこちらを見ている彫りの深い顔があった。

「あ、いや。に、似てますね、と言おうとしました。やっぱ兄妹だなも。銃太郎くんと面差しが」

言った後でえへん、えへんと咳払《せきばら》いをしている。カネは妙に顔がかっかして、額の汗を押さえたりしていたが、それからはっと思い出し、慌てて「カネでございます」と頭を下げた。

「あ、ご無礼。僕が渡辺勝です」

団扇を置いてひょこりと頭を下げた後、渡辺勝はまた咳払いをして、今度は懐から紙を出す。

「いきなりだが、これ、釣書《つりがき》です」

カネも風呂敷包みから生まれて初めて書いた釣書を出し、テーブルの上を滑らせた。渡辺勝は「拝見」と言って早速、カネの釣書に目を通し始めている。その表情を、カネはそっと盗み見た。

本当に彫りが深い。それに、まつげの長いこと。

秀でた額に豊かな前髪が少しかかっている様子など、教師というよりは剣術師のような雰囲気もなくはなかった。

〈渡辺勝
生年月日　嘉永七年九月十一日
出生地　尾張国名古屋城下武平町《ぶへいちよう》
父　渡辺綱良《つなよし》　尾張藩徳川《とくがわ》家槍術指南役
母　桂《かつら》
経歴　明治六年　名古屋洋学校
明治七年　上京
工部大学汐留《しおどめ》修技科
明治八年　教員と争って退学
明治九年　ワッデル塾入塾
明治十年　受洗
東京一致神学校

明治十一年　伊豆伝道
明治十二年　豆陽《とうよう》学校教頭（英語）
明治十五年　晩成社幹部
　破談　〉

悠々とした書体に目を通すうち、「教員と争って退学」という一文にまず目が留まり、さらに最後の一行まで読んだところで、思わず目の前の男を見てしまった。渡辺勝は、まだカネの釣書に目を落としている。

破談ですって？

どういうこと。

それに、教員と争ったって。

気が短いの？

それとも正直な人なのだろうか。

こんなことまで書くなんて。

戸惑っている間に、渡辺勝がカネの釣書から目を離して顔を上げた。

「さすが、親父さまや銃太郎くんが自慢しやあすだけあるなも。ずっと校費生を続けてきたとは、さぞ辛抱も努力もしやあしたわなも。僕みたゃあにちいと向こうの言うことが筋が通らんがやって、教師に食ってかかって辞める羽目になるものとは、違うわなぁ」

あっはっはと笑う相手と目が合いそうになっては反射的に顔を伏せ、またそっと相手を見る。勝は笑顔のまま、こちらを見つめていた。涼やかで、真っ直ぐな目をしていると思った。最初は剣術師のような印象を受けたが、それは口髭のせいで、目元はむしろ穏やかで優しげだ。

それでも。

教員と争ったのは正義感の表れだと解釈するとしても、破談にもなったというのだから。

見かけによらない人なのだろうか。

しかも、そのことを釣書にまで書いてしまうなんて。

「何か質問はござるかなも」

「あ、あの」

「何でも聞いてちょうだやあ」

「では、あの、破談になったというのは」

これは父上も初耳だったらしい。うん、という意外そうな声と共に隣から手が伸びてきて、カネの前から勝の釣書を持っていった。渡辺勝の目元がふっと弛《ゆる》んだ。

「やっぱり、そのことかゃあも。何、簡単なことだがなも」

髭の下の勝の口元に微かな笑みが浮かび、その表情のままで、彼は父上の方も見ている。

「名古屋で、親のすすめる縁談が持ち上がっとったんで、僕は向こうの素性も聞いとらんまんまですが、何せ長男だもんで、好い加減、嫁取りせないかんということで、話が勝手にすすんどったんだがゃあ。それが、北海道へ開拓に行こうと思っとることを伝えたら、すぐに向こうの家から『ほんな相手に、嫁になんかようやれん』と言われたとかで、破談にされたがゃあ」

言った後で、また、あっはっはと笑っている。その声が、窓からの風が微かに吹き抜ける部屋の空気を揺らした。

「要するに、まあ、勝手に許嫁《いいなずけ》が出来て、勝手に消えたいうわけだばなも」

カネは、ついつられて自分も頬を緩めてしまい、それから慌てて口元を引き締めた。ちらりと隣を見ると、父上は「なるほど」というように頷きながら、まだゆっくりと釣書を眺めている。

けれど、変な人。

そんなことならいちいち釣書になど書くこともないだろうに。

馬鹿正直なのかしら。

それとも、誠意を見せているつもりだとか。

「ほんじゃあ、こっちからも質問さしてまってええですかね」

今度は勝の方が聞いてきた。カネはわずかに背筋を伸ばして「どうぞ」と頷いた。

渡辺勝は、ちらりと父上の方を見た上で、改めてカネを見つめてくる。ああ、この人はまつげが長いばかりでなく、二重まぶたなのだなと気がついた。だから、少しばかり日本人離れして見えるのかも知れない。彫りの深いことと合わせて。

「おカネさんは本当に、北海道へ行ってもええと、思っていらゃあすか」

とん、と胸を衝かれたように感じた。実を言うと兄上からの便りを読んでも、ここに来るまでの間も、カネの中ではまだはっきりとした結論が出ないままだったのだ。それなのに、気がついたら「はい」と応えてしまっていた。

「本当がゃあ？」

「父からも、共に行こうと言われておりますし」

渡辺勝の瞳が一瞬わずかに細められた。

「ただ行くだけではなゃあんですわ。向こうに骨を埋める覚悟あるかゃあもと、こういうことだがゃあ」

「はい」

「たとえば伝道しようにも、人なんぞおれせん場所ですよ」

「はい」

「今の仕事をうっちゃってでも？」

「それが、天の思し召《おぼめ》しなら」

今度は、渡辺勝は口をすぼめるような顔つきになって、ほうう、という相づちとも嘆息ともつかない声を出す。それから、はっと我に返ったように出された麦茶をひと息に飲み干すと、また団扇に手を伸ばしてぱたぱたと扇ぎ始めた。窓の方を向いて「今日はまた、どえらゃあ暑いもんで」と呟く勝の横顔を見つめながら、カネは密かに自分自身に驚き、改めて、言ってしまった、と思っていた。

## 5

カネの頭から、渡辺勝の面影《おもかげ》が消えなくなった。

だって、嫌な感じじゃなかった。

父上の言葉通り、気骨のありそうな雰囲気だったし、率直なのも好ましい。何よりもあの眼差しが、目に焼きついている。

深みがあって、つい引き込まれそうな力がある。これまでにカネが関わることのあった男性といえば、家族の他は女学校か教会の関係者だけだから、比べる対象があまりにも少ないが、それでもああいう風貌と雰囲気を持つ人は、これまでにいなかったと思う。それに、声もいい。

その上、渡辺勝という人は長身だった。それなりに背丈のあるはずの兄上より、もしかするとさらに高いのではないだろうか。自分が小柄であることを気にしているせいか、そんなところにも目が行った。そして自分が案外、人柄とは関係のない外見なども気にするらしいと分かって、我ながらおかしくなってしまった。

「手紙を書くでなも。返事をもらえんかなも」

あの日は父上と渡辺勝とで北海道の話ばかりしているのを、カネはひたすら聞いているだけで終わってしまった。晩には東京に戻らなければならないという渡辺勝は、別れしなに言った。

「僕は、これからやらないかんことが山ほどあるもんで。それに伊豆からでは、そう簡単にこっちまで来れんでしょう。手紙ででも僕という人間をちょっとずつ分かってもらえば、ええと思うんだがなも。僕にもカネさんのことを知らせてちょうだゃあ。そして今度の正月休み、またこっちに来るときには、お互いよう納得したところで答えを出すというんで、どうだゃあ」

だから、カネは手紙を待つようになった。すると一週間ほどして最初の手紙が来た。だがそれは、待ちわびていた気持ちがしおれるほど素っ気《そけ》ない内容の、ごく短いものだった。これではとりつく島がないと思い、少し腹も立ったから、こちらも挨拶状に毛が生えたような返事を出すと、ほどなくして二通目が来た。今度は前回とは異なり、まず兄上から便りがあったことが記されていた。

〈――ついにたどり着いたというのです。条件にかなった土地が見つかったと。銃太郎くんは『是《これ》ぞ十勝国オベリベリにぞありける』と高々とうたっておる。勉三くんと銃太郎くんとが野宿も厭《いと》わず、日によってはアイヌの小屋でノミにたかられる夜を過ごして旅を続けた果てに選び出した土地は『東北に十勝川、東南に札内《さつない》川、北にヲビヒロ川を帯び、遠山遥《はるか》に西南に横たわり、実に広漠たる平原にして地味すこぶる膏腴《こうゆ》なり』とも書かれている。オベリベリ。そこが、我ら晩成社が入る新天地に違いない――〉

続けて渡辺勝は、自分も彼らと行動を共にしてオベリベリという場所に一番乗りしたかったという思いと、だが、一緒に行っていたらおカネさんには会えなかったのだから、ここは致し方ない、第一、今の自分の役割は内地に残って晩成社の準備をすることに三人で決めたのだから、不平不満を持つ理由はないとも書いていた。

〈――ここは勉三くんとおカネさんの兄上とが受け入れ態勢を整えるのを待ちながら、黙々と進むのみと自分に言い聞かせつつ、日々、教壇に立っています――〉

手紙は前回に比べてずっと長く、また、渡辺勝の開拓への希望と責任感とが感じられるものだった。

　オベリベリ。

　何ていう不思議な名前。カネは手紙を何度も繰り返して読み、耳慣れない地名を嚙みしめた。

「もともとがアイヌの土地じゃから、山も川もすべてアイヌの言葉で名前がついておるところに、おそらくは蝦夷地探査の草分け、松浦武四郎《まつうらたけしろう》どのか、役人の誰かが漢字をあてたんじゃろう。オベリベリには帯広という漢字をあてておるようじゃが」

　ほぼ同時に父上のところにも兄上からの便りが届いていて、オベリベリへは大津からアイヌが操る舟で川をさかのぼるしか行く方法はなく、「上るに三日、下るに一日」の距離だと書かれていたという。

「文字通り原始の土地らしいな。川縁には密林とも呼ぶべき巨木の森が広がっておって、オベリベリは人の背丈よりも高い草の生い茂るばかりの大平原じゃと書かれておった。道などあるはずもない」

「道が、ないのですか」

　幼い頃には信州上田に住んでいたこともあるから、カネだって東京や横浜といった開けた町しか知らないというわけではない。それでも、道さえない大平原や密林というものが、まず想像がつかなかった。さらに驚かされたのは、そんな場所で、兄上はどういう手づるからかこの地で商売をしている大川宇八郎《おおかわうはちろう》という人物の小屋を譲り受け、この冬を越すつもりらしいということだ。しかも一人で。依田さんは、札幌に戻ってしまったらしい。開拓地を決めたからには、正式に土地を手に入れる手続きや、開拓団を受け入れる準備などが必要になるからだ。

〈――あれから、銃太郎くんからの手紙を読み返さない日はありません。あの手紙が書かれたのが八月に入ったばかりの頃だ。つまり、こちらに届くまでにひと月あまりかかっている。すぐに返事を出したが、向こうに届くまでにも、やはり同じくらいはかかるだろう。大津で留め置かれる手紙を銃太郎くんが受け取るまで、さらにどれくらいかかるものか。おカネさんも同じことを思い、気をもんでいることだろうと思っています。

今、銃太郎くんを励ますことが出来るのは、天主さまの他は自分たち仲間と家族だけです。だから、おカネさんもぜひとも天主さまに祈り、また励ましてやって欲しい。我々が開拓のひと鍬《くわ》目を入れる土地を、銃太郎くんは一人で守って冬を越し、勉三くんは諸事万端整えようと奮闘しているのです。二人を落胆させないためにも、僕もやらねばという思いを強くする毎日です――〉

渡辺勝から来る手紙は、いつでもその大半が北海道のことに割かれていた。それでも、カネを「おカネさん」と呼んで、兄上の話題と何とかからませようとしているらしい努力が伝わってくるようで、それだけでもカネは嬉しかった。だから、すぐに返事を書く。すると、また次の手紙が来る。やり取りを繰り返すうちに「晩成社」というものについても少しずつ形が分かってきた。

依田勉三が北海道開拓を強く希望したために、勉三の長兄であり依田家の当主、豆陽学校を設立し、他にも様々な事業に乗り出している伊豆大沢村《おおさわむら》の依田佐二平《さじべい》という人物が、近親者に声をかけて数名で発起人となり、「大器は晩成す」という言葉から社名を取って結成された株式会社、それが晩成社だという。会社の代表である社長には、やはり親戚の依田園《その》という人が就き、勉三は副社長という立場にあるということだ。そして、カネの兄上である鈴木銃太郎と渡辺勝は幹部になっている。晩成社は依田家の人々の他からも出資者を募り、資本金五万円を集めて、十五年を目処として一万町歩を開拓するのが目標とされている。

一万町歩といったら、三千万坪。

三千万坪を十五年で拓くということは、一年あたり二百万坪。

二百万坪。

そんなに拓けるものなのかという思いと共に、つまりオベリベリにはそれだけの広さがあるのかという驚きもある。

三千万坪の開拓のために、晩成社は農夫を募集して北海道へ送る。実際に開拓にあたる農夫たちは、活動がまだ軌道に乗らないはずの最初の年は除外するとして、二年目からは収穫したものの二割を、本社に地代として納めることになっているという。つまり、開拓が進めば進むほど収穫も増え、株主も潤《うるお》うという計算だ。

家財道具や農機具などはすべて移住者が自分で都合し、費用も支払わなければならないが、買い物などの煩雑さを避けるために、まずは晩成社がまとめて購入し、それらのものを借り受けることも出来る。ただし、この支払い料金には利子がつく。

〈――だから僕は暇さえあれば伊豆中を歩き回ってあらゆる人に北海道開拓の可能性を説いて回り、晩成社という会社について話し、農夫を集める役割を負っている。伊豆は平地がほとんどなく、山また山の狭い土地だ。もうこれ以上、耕す場所もないではないか、ここにいても先はない。それならば無尽蔵に土地のある北海道へ行こうではないかと、どこへ行っても懸命に話すのだが、誰もが尻込みするばかりで、特に土への執着の強い農夫は、たとえ小作人であっても田畑から離れようとはせず、どうあっても首をたてに振ろうとはしない――〉

秋は深まっていった。カネは教師としての仕事と学業の両方に追われながら、日々、聖書を開くことだけは忘れず、あとは暇さえあれば渡辺勝のことを考え、また兄上の身を案じて過ごした。

兄上からカネに宛てた便りが届いたのは、もう師走に入ろうかという頃だ。

〈――一昨日、オベリベリから川を下り、大津まで出てきたところだ。こちらに来てから色々と世話になっている江政敏氏《こうまさとし》という人の家に寄ったら、父上母上、カネ、弟妹ら、渡辺くんからも手紙が届いていて、無性に嬉しかった。兄は生きているよ。手紙を書いたとしても容易に出すことさえかなわない土地にいて、それでも生き抜いている。

去る七月十五日に到着、依田くんと共に、ここぞ我らの入植地と定めたのは、オベリベリという土地だ。大きな川から枝分かれした小さな川が幾筋も流れる他は、見渡す限りの蘆《あし》の野だ。それに大きな柏《かしわ》の森もある。俺は毎日、背丈よりもある蘆を刈り、少しずつ畑を開いては『晩成社付与願地』という標杭を立て、一人で（依田くんは札幌に行った）色々な野菜の種を蒔《ま》いては、芽の出方や育ち具合などを見て過ごしてきた。多少なりとも収穫もあった。だがこのところは想像以上に寒くなって、土も凍りついて鍬も入らないほどになったから、畑仕事は春まで無理と諦めて、まずは必要な物を手に入れるために大津まで来たというわけだ。

オベリベリ到着から今日までの日々は、とても簡単に語り尽くせるものではないが（おこりも患《わずら》った。小さな怪我《けが》はしょっちゅう）、こんな未開地にも和人が何人かいる他、アイヌたちも何かと親切にしてくれるお蔭で救われている。それがなければ未知のことだらけのこの土地で、とても一人きりでなど暮らしてはこられなかった。

ところで父上からの便りにあったが、渡辺くんと縁談が持ち上がっているのだそうだな（渡辺くんからは何も書いてきていない。柄にもなく照れているのだろう）。渡辺くんは真っ直ぐな、気持ちのいい男だ。俺は終生を共に出来る友だと思っている。カネが渡辺くんに生命を預けて、オベリベリで一緒に生きるつもりさえあるのなら、俺はこの縁談に賛成だ。

ただし、夏からこれまで過ごしてきた俺が言うことだから間違いないと思ってくれ。こちらでの暮らしは、生半可な覚悟で出来るものではない。気候、自然、何もかも違っている上に、まず『暮らし向き』というものが、まだ何一つとしてないのだ。ここで生きていくためには、箸《はし》の一膳、椀《わん》の一つから手に入れなければならない。幸い、草木だけは豊富だから、それらを使って作れるものなら何でも作る。アイヌは衣服から生活道具まで自分たちで作っている。

辺りにはアイヌの小屋がぽつぽつとある以外はまとまった集落もないし、人もいないのだから、もちろん学校などあるはずもない。カネがこれまで積み重ねてきた学業や経験などは、ほとんど役に立たないことを覚悟しなければならないだろう。

俺は、ことあるごとに聖書を読み、日曜日には一人で朝昼晩と祈りを捧げている。そのお蔭で毎日を耐え忍び、乗り越えていられるのだと思っている。

依田くんも、今ごろは札幌で奮闘しているはずだ。渡辺くんも伊豆で開拓農民を募

りつつ、来たるべき春に備えていることだろう。離れていても俺たちは一つの目標に向かって迷うことなく進んでいる――〉

例によって几帳面な兄上の文字だった。ここ何年も聖書を開いたり、祈りを捧げるばかりだったはずの手に鍬や鋤《すき》を持ち、たった一人で荒れ地を拓きつつ、「箸の一膳」から手に入れなければならない暮らしをしているのかと思うと、何ともいえず胸に迫るものがあった。そんな兄上が「終生を共に出来る」と書いてくるのだから、渡辺勝という人は、きっと間違いがない。ここまで来たら、後はカネ自身が決断するだけだった。

暮らし向きというものが、まだ何もないという土地、こちらはまだ秋の色を楽しんでいる頃に、土まで凍るという厳しい自然の中で生きる覚悟。そんなことが出来るものなのかという不安というより、さらに大きな恐怖が先に立つ。けれど、現に兄上はそこで暮らしている。アイヌもいるという。どうしても無理というわけではない。

考えようによっては、そんな処女地に足を踏み入れて、一からすべてを築き上げていこうというのだから、無限の可能性と未来とがあるとも言える。集落さえない土地に人々が集い、アイヌという人たちと交わり、やがて子どもたちの声が聞かれるようになって、そしていつか学校も出来たら素晴らしいではないか。それは、アメリカからはるばるやってきて、この女学校を設立したピアソン校長やクロスビー先生たちの歩んできた道と似ているという気もする。

渡辺勝は学校が冬休みに入ったら、横浜に来る。そのときにはカネの気持ちをじかに聞きたいと、手紙にも書かれている。

「心を決めようと思います」

次の日曜礼拝の後、カネは思いきって父上に伝えた。

「渡辺さんに嫁いで、父上と一緒に、北海道へまいります」

「そうか。決めたか」

「ただ、気がかりなのは母上のことです」

母上は未だに父上の決心も、カネの縁談も知らないままだ。申し訳ない、後から分かることになれば余計に反対され、また叱《しか》られると分かっていながら、どうしても言えないまま今日まで来てしまった。

「直には、わしから話して聞かせる」

「それで容易に承知してくださるとも思えませんが」

「するもせんも、わしが決めたことじゃ」

どれほど意に染まなくても、結局、母上だって最後は父上に逆らえない。それはそうなのだが、だからといって母上は、何もかも黙って飲み込んでしまう性格でもなかった。

そして心配していた通り、翌週カネは母上に呼びつけられた。遅かれ早かれこういう日が来ると覚悟はしていたものの、女学校からさほど離れていない家までの足取りはやはり重たいものだった。

「本気なの？」

玄関先でカネを出迎えたときから険しい表情をしていた母上は、薄暗い茶の間で向き合うなり、眉根を寄せて切り出した。

「父上のことは、もう諦めています。私がいくら夢物語でしょうと申し上げても、これまでと同じように、あの人に通じないことは百も承知していますからね。けれど、カネ、あなたまで、どういうことなの。そんな、どこの馬の骨とも分からないような男のところに本気で嫁ぐつもり？　その上、北海道へ行くだなんて。一体、これまで何年も努力して女学校で学問を身につけたのは何のためだったの」

「馬の骨だなんて、母上」

つい言い返すと、母上はさらに表情を険しくしてカネとの距離を詰めてきた。膝の上に置いた手が、握りこぶしになっている。

「そうじゃないのっ。尾張名古屋だか剣術指南役の息子だか知らないけれど、結局は食いっぱぐれて流れ者のような生き方をしてきた人なんじゃないの」

「槍術です。それに、そんなことを言うのなら、うちだって同じではありませんか」

「何という——誰の責任でそんな風になったと思っているのっ」

ここで父上の悪口は聞きたくない。カネは大きく一つ深呼吸をした。

「渡辺さんは兄上が『終生の友』と信じている方です」

だが母上は表情を変えない。むしろ、眉間の皺《しわ》をさらに深くした。

「銃太郎だって、何を考えているんだか。せっかく耶蘇教の牧師でなくなったと思ったら、鳥も通わないような土地に行ってしまって、その上、たった一人でこの冬を越すんですって？　いくら手紙で親不孝を詫びてきたところで、だったらすぐに戻ってきなさいとも言えないどころか、手紙も届かないところなどで。とても正気の沙汰《さた》とは思えない」

こういうやり取りになるのが分かっていたから、これまで言えずにいたのだと、カネは唇を噛んだ。母上には申し訳ないと思うけれど、この話は、まず父上が言い出したことだ。そして、カネももう決めてしまった。

「いいですか、まともな人は、そんな馬鹿なことはしないものなのよ。いくら父親に言われたからって。あなたは誰よりも賢いはずではなかったの？」

母上の目は半分、血走っていた。カネは母上から視線を外し、畳の目を見つめた。

「きっと、これも天主さまの思し召しなんだと——」

「まずそれが気に入らないのですっ。父上も銃太郎も、そしてあなたまで、何かというと天主さま、天主さまって。だから弟や妹たちまで染まってしまう。いいですか。天主さまが、あなた方に何をしてくれたっていうの。あれだけお仕えしてきたお殿さまでさえ、時代が変われば知らん顔というのが、ことに今の、世の常となっているのですよ」

「お殿さまと天主さまとは全然、違います」

ちらりと見ると、母上はうんざりした様子でこめかみを押さえている。腹に据えかねたことがあったときの、いつもの癖だ。

「それくらいのことは分かっています。それでも私にとっては同じこと。どれほどひれ伏したところで、いざというときにお米粒一つ、金子《きんす》の一枚も都合して下さるわけではないでしょう。カネだって忘れたわけではないはず、父上が蚕《かいこ》で失敗したときに、力になってくれたのは私の実家ですよ。だからこそ父上だって私たちだって、今日まで何とか体面を保ち続けて、生きのびてこられたのです」

母上は「それでも」と、恨めしげにこちらを見る。

「天主さまの思し召しだと言うの？　蝦夷地へ行くのも、その渡辺という人のもとへ嫁ぐのも」

カネは「すみません」と頭を下げるより他に出来ることがなかった。もともと、カネは父上とは話が合うし、よく分かり合えると思っている。だが母上とは、どうも今ひとつ噛み合わない。ずっと以前から、そうだった。逆らいたいなどと思っていないし、諍《いさか》いも好きではなかったが、結局はいつもこうしてむっつり黙り込んで、根比べのような形になるのだ。

「私もよくよく考えて、覚悟もしたつもりですから」

「そんな覚悟をする必要があるの？　何もわざわざ――」

「もう、決めましたから」

それからずい分長い間、二人の間に沈黙が流れた。やがて母上から深く長いため息が洩《も》れた。

「どうして母親の気持ちを分かってくれないんだろうか」

「――――」

「あなたの、その頑固さはどこから来たんだか」

母上の瞳には、悲しみとも哀れみとも、また絶望ともつかない色が浮かんでいた。カネは膝の上に揃えた自分の手元に目を落とした。おそらく苦労するだろうとは、自分でも思っている。これまで積み上げてきたことがすべて無になるかも知れないのも承知の上だ。それでも仕方がない。今カネは、父上や兄上と、そして、あの渡辺勝という人に賭けてみたいという気持ちで一杯だった。こんな気持ちは、母上には到底、分かってもらえないのだろうけれど。

「これほど言っても、気持ちを曲げないというのですね」

「――すみません」

それからどれくらいの時間が過ぎただろう。陽が翳《かげ》り、やがて部屋の片隅から夕暮れが忍び寄ってきた。カネは心の中で、ひたすら天主さまへの祈りを唱え続けていた。膝の上に揃えられているのは、どちらかというと人よりも小さめな手だ。この手で、土を摑《つか》むことになる。道具を持ち、草を刈り、汗を流して生きていく。それが、天主さまのお導きなのだ。もう、後へはひけなかった。

「銃太郎もあなたも、私なりに懸命に育ててきたつもりだけれど、本当に、何一つ思い通りにはなってくれなかった」

やがて母上から大きなため息と共に、淋しい呟きが洩れた。そして最後に「決して許すわけではない」と前置きした上で、母上は、とにかく武家の娘として、せめて義理のあるところには筋を通し、けじめをつけて、決して人から後ろ指を指されるような真似だけはしてくれるなと念を押すように言った。

「必ず、きちんといたしますから」

忌々《いまいま》しげに口元を歪めて相変わらずこめかみを押さえているままの母上に深々と頭を下げる。飛び上がって喜べる状態ではないにせよ、これでようやく長い間、胸につかえていた重石《おもし》が取れたと思った。後ろ指など指されるものか。これからはオベリベリの地で、誰よりも先頭を行くのだ。きっといつか、あの人らはすごいねと言わせてみせる。

〈――暮れに上京したら、その足で横浜に向かう。おカネさんに会いにいく。出来るだけ何度でも会おう。僕は、正月はそのまま依田くんの叔父である鈴木真一《しんいち》氏の写真館にでも泊めてもらおうと思っている。その後はワッデル師に介添えを頼んで、おカネさんの学校を訪ねるのがいいのではないだろうか。おカネさんが長年、世話になってきた女学校なのだから、校長はじめ先生方にも結婚を承知してもらい、気持ちよく送り出してもらえるよう、お願いしよう――〉

女学校がクリスマスの準備に明け暮れる頃、渡辺勝から手紙が届いた。

もうすぐ会える。

やっと。

この嬉しさを誰にも言えないのが残念だった。たった一度しか会っていない渡辺勝の面影を密かに追いかけながらも、学校の日常は変わらない。毎日教壇に立ち、また生徒たちに賛美歌の練習をさせ、自分の勉強のために石盤に向かい、さらに寮内を見回って日々を過ごすうち、再び兄上から便りが届いた。そろそろ大津を離れてオベリベリへ戻る、次はいつ大津へ来られるか分からないから、カネからの便りが届く前にしたためておく、と書かれていた。

〈――今ごろは、渡辺くんとの縁談もまとまりかけている頃だろうか。俺は、たった一人で、真っ白い景色の中で聖夜を過ごし、厳寒の正月を迎えることになると思う。だが俺の傍には常に天主さまがおられ、そして、依田くんと渡辺くんがいる。彼らの開拓への思いを一番乗りしている俺が無にすることのないようにと自分に言い聞かせることで、俺は心まで凍えることはないと信じる。我ら三人は、そういう間柄なのだ――〉

読み進めるうち、カネの頭にふと「チーム」という英単語が思い浮かんだ。兄上と依田さん、そして渡辺勝とは、一つのチームなのだ。一人では不可能なこともチームで乗り越えていく。農民たちを率い、彼ら三人は互いを鼓舞しあいながら進んでいく。そのチームに寄り添いながら、これからの自分は生きていくことになるのだと、カネは改めて身震いするような気持ちになっていた。

# 第二章

# 1

明治十六年正月四日。渡辺勝はワッデル師と共に共立女学校にやってきた。そしてピアソン校長とクロスビー先生とに面会し、まずワッデル師が口を開いた。

「この青年と、鈴木カネさんの婚約を、許可していただきたいのです」

暮れのうちから予《あらかじ》め、こういう人物が大切な話をしに来るので会って欲しいと頼んであったから、ある程度は話の内容を予測していたはずだが、実際に勝と会い、ワッデル師から話を聞いたピアソン校長たちは、カネが想像していたよりもずっと驚いた様子だった。それは婚約や結婚についてというよりも、この男性と結婚したらカネもまた開拓農民となって北海道へ行くことになるということについての驚きだ。

「けれどミス鈴木、これも天主さまのお導きです。あなたは信じた人と歩むことですよ」

先生たちは交互にカネを抱き寄せ、キスと共に祝福の言葉をくれた。

これでいよいよ新しい世界に向けて足を踏み出すことになる。

カネは、ワッデル師やピアソン校長たちと談笑する勝を見つめながら、本当にこの人が自分の夫になるのだと、半ば信じられない思いで自分に言い聞かせていた。何しろ、じかに会うのはこれが二度目だ。改めて、勝の背の高さや彫りの深い顔立ち、朗々とした声を確かめるようにしながら、カネは勝を見つめていた。

その夜、ワッデル師を横浜駅まで送って戻ってきた勝は、父上のすすめもあってカネの家に泊まることになった。母上がにこりともせずに出した手料理を「うまゃあうまゃあ」と絶賛して旺盛な食欲を見せ、いかにも嬉しそうに父上と酒を酌み交わす婚約者を見ていると、カネは母上の不機嫌も気にならないほど気持ちが弾むのを感じた。見ているだけで、独りでに口元がほころんできてしまうのだから、どうしようもない。

「おカネさんはもちろんだがなも、何と言っても親父どのが晩成社に参加してもらえるということが、実にもう、ありがたゃあことです。そらゃあもう、我らの間に、でん、と、こう、ぶっとぇ柱が立つようなもんだがゃあ。銃太郎くんも、さぞ待ちわびておりゃあすでしょう」

盃が進むほど饒舌《じょうぜつ》になり、勝の声はより大きく響く。わっはっはっという豪快な笑い声は、いかにも正月らしい明るさを家にもたらすように感じられた。

「それにしてもよく呑む人だこと」

だが、母上の気持ちは一向にほぐれない様子だった。ひとたび水屋に立つと、正月料理の残り物などを器に盛りつけながら、その表情はあからさまに険しくなり、小声で文句を言い始める。

「大丈夫なのかしらねえ、あんなに呑んで。もう、キリがないわ。それも、初めて許嫁の家に来たというのに。遠慮も何もあったものじゃない」

確かに、呑んでは喋り、笑っては呑んで、勝は夜が更けるのも一向に気にする風がない。家にあった酒はすっかりなくなって、カネはさっき酒瓶を抱いて酒屋に走ったところだ。白い息を吐いて暗い夜道を進みながら、勝にはこういう一面もあるのかと思うものの、嫌だとは感じなかった。むしろ、不思議な高揚感に包まれていたくらいだ。やはり、手紙のやり取りだけでは分からない。実際に嫁いだら、もっと驚くことも出てくるのだろう。そして、何もないというオベリベリで、あの人の空腹を満たせるだけの煮炊《にた》きをし、酒の都合もつけられるようになるには、それなりの才覚が必要だろうと思う。

兄上は、大津まで行けば何でも手に入るようなことを書いてきているけれど。

そうは言っても、大津は気軽に出かけられるような場所ではないらしい。第一、買い物に行くためには、まず現金が必要だ。だが開拓農民になったら、果たして現金はどうやって手に入るものなのか、そのあたりがカネには分からない。土を相手に畑を拓き作物を育てて、何かしら収穫したものを売ればいいのだろうが、すると、収穫時期を過ぎなければ現金は手に入らないということではないのか。それまでの間はどうやってしのげばいいのだろう。晩成社が立て替えてくれるのか、または掛けで買ったり出来る仕組みがあるものなのだろうか。

「あの図々《ずうずう》しさだから、正式に結納もせず、仲人《なこうど》もたてずに婚約が整ったなどと言っていられるんでしょうよ」

カネが未来に思いを馳せている間にも、母上はぶつぶつと文句を言い続けている。ここまで来て気持ちを殺《そ》ぐようなことを言って欲しくない。カネはわざと背筋を伸ばし、大きく息を吐き出した。

「渡辺さんは約束した通り、ワッデル先生と一緒に女学校まで来てくださったのですよ。きちんと筋を通してくださいました。ピアソン先生だって、とても喜んでくださったし」

「そうは言っても――」

「ワッデル先生が証人です。結納とか仲人とか、そういう旧式なものは必要ないという考えに、私も賛成したのです」

母上はまなじりを決して「ちょっと」とカネを見た。

「あなた方は日本人なのですよ。何でもかんでも西洋かぶれになって、異国の真似ばかりすればいいというものではないでしょう」

かぶれてなんて、と、カネの方もつい口元に力が入った。赤の他人ならともかく、身内の、しかも母上にそんな言い方はして欲しくない。それでは日曜ごとに、海岸教会に向かう途中で待ち伏せをして口汚い言葉を浴びせかけてくる野卑な少年らと変わらない。耶蘇教だから、女のくせに、それも白人のもとで学んでいるなんてと、冷ややかな目を向けてくる人らと同じではないか。

「もう、お殿さまの命じるままのことをして、与えられた場所で暮らしていれば何とかなっていた時代ではないのですよ。そして、私たちはもう武家でも何でもなくなったのです。これからは、どこへでも行って、知恵を働かせなければ生きていかれない時代です。それが分かっているからこそ、父上は私たちに新しい教育を授けようとしてくださったのですし、北海道へも行こうとしているのではないですか」

「よくも次から次へと理屈ばかり並べられること。でもねえ、言っておきますけれど、時代がどう変わろうと、家柄というものは変わらないものよ。うちは間違いなく武家なんです。武家には武家としての暮らしぶり、生き方というものがあるの」

「そんなことを言うなら、渡辺さんだって」

「どうだか知らないけれど」

動かしていた手を止めて、母上は客間も兼ねている居間の様子をうかがう。相変わらず勝と父上の話し声が聞こえていた。

「武家だろうと何だろうと、とにかくね、呑みすぎよ、あの人は」

母上は突き放すようにふん、と小さく鼻を鳴らし、あとはカネに任せると言い置いて、さっさと部屋に引っ込んでしまった。それからも、勝はまだずい分長い間、父上を相手に盃を重ねた。次第に話がくどくなり、酒をこぼしたり上体が揺れるようになって、それでも「いやあ、愉快だ」などと繰り返す勝を、確かに少し心配だと思いつつも、やはりカネは飽きることなく見つめていた。

翌日、ずい分と陽が高くなってから起きてきた勝は、さすがに恐縮した顔つきで、胃がもたれているので朝食はいらないと言い、それよりも自分はこれから鈴木写真館に戻るが、カネも一緒に行って写真を撮らないかと言い出した。

「記念だで、こういうときに撮っておかんと」

写真なんてと、咄嗟《とっさ》に断りの文句が出そうになった。もともと写真は苦手なのだ。第一、勝と二人で写るなんて恥ずかしいではないか。だが、これが内地で撮る最後の写真になるかも知れず、何より勝の言う通り婚約記念になることを考えれば、拒否すべきではなかった。よくぞ思いついてくれたと、それについては母上までも嬉しそうな顔になって、気持ちよく送り出してくれたくらいだ。

「ほう。こちらが鈴木銃太郎くんの妹さん」

まだ正月気分の抜けていない街を歩いて鈴木写真館まで行くと、依田さんの叔父にあたるという五十がらみに見える主人は、そういえば兄上と面差しが似ていると、カネを見て目を細めた。顎髭《あごひげ》を長く伸ばして、山水画などに描かれている仙人のような風貌の人だ。聞けば、鈴木写真師の師匠は下岡蓮杖《しもおかれんじょう》という、日本で最初に写真師になった人だという。

「下岡蓮杖さんですか？　海岸教会でお目にかかったことがあります」

やはり仙人風の髭を生やした人で、奥さんと共に信仰の道に入ったという話だった。こんな部分で縁がつながるものかとカネは感心してしまった。

「それにしても、よく決心したものですな」

自分は耶蘇教とは関係ないが、と言いながら、鈴木写真師は撮影の準備を進める。肩の力を抜いて、どれ一つ深呼吸をして、などという言葉に続いての、さらりとしたひと言だったが、それは勝との結婚についてか、それとも北海道行きのことを言っているのだろうか。

きっと両方だ。

椅子に腰掛ける勝の傍に立って、写真機の前でかしこまりながら、カネはそんなことを考えていた。

「さて、これからは、今まで以上に忙しくなるで。依田くんも手ぐすねを引いて俺の帰りを待っとるに違いなゃあ。本格的な準備に取りかからんと」

港に寄っていこうと誘われて、写真館を出た後は二人並んで埠頭に向かった。いつも坂の上に立って、行き来する船を眺めるばかりだったのに、自分も近い将来この港から旅立つことになるのだと思いながら潮風に吹かれていると、隣に立つ勝はようやく昨晩の酒も抜けたのか、「うーん」と気持ちよさそうに大きく伸びをしている。背後を西洋人を乗せた馬車が通って行った。馬の蹄《ひづめ》の音が何とも長閑《のどか》に響く。

「春まで、あっという間だに」

出発はこの春と決まっている。オベリベリに着いたらすぐに農作業に取りかからなければならないから、作物を育てる時期を考えると、どんなに遅くとも三月中には発たなければならないという話を昨晩、父上にしていた。それでもオベリベリに着くのは五月に入ってしまうかも知れないということだ。

「こうしとる間も、きっと依田くんは気ぜわしく動き回っとるだろう」

オベリベリから札幌に行っていた依田さんは、昨年の師走に入ってようやく伊豆に戻ったらしい。札幌滞在に予想外の日を費やしたのは、まず役所が十勝方面の開拓に対してなかなか首をたてに振らず、依田さんが提出した土地の下付願書も受けつけてくれなかったからだということだ。

役所が言うには、開拓は結構だが、十勝はまだあまりにも手つかずな状態で、一般の人間が入るには時期尚早だということだ。しかも、会社を組織したといっても、その程度の資金では到底、先が続かないとも言われたらしい。他にも色々と難癖をつけられて、いくら依田さんが食い下がっても話が前に進まなかった様子だと勝は語っていた。役所の人がそう言うのに、それでもオベリベリ以外の土地を目指すつもりはないと依田さんは言い切って一歩も退かなかったことを、勝は自分の手柄のように誇らしげに語っていた。

「役場の人間の言うことなんぞ、蹴散《けち》らかしてやらゃあ、ええに。我ら晩成社が見事オベリベリを、ただ草の茂る大平原から、人の暮らしやすい豊かな農地に生まれ変わらせて見せたらゃあっていう話だでなも」

オベリベリをおいて他に適地はない、あんな肥沃な土地を諦められるはずがないという依田さんの言葉を、兄上も、また勝も、まっすぐに信じている。だからカネも、絶対に諦めたくない土地、それがオベリベリなのだと思うことにした。

「まずは学校を辞める手続きを取らんといかんでしょう。それから、話がここまで進んできた以上は、名古屋の渡辺家を継ぐことは無理だで、ここは弟に譲ることにして、俺はきっぱり分家することも必要だと思っとるで。うちの父上も納得してござるもんで、その手続きも必要だに。北海道に行くには移住願を届けないかんし、向こうに行くのに渡航願も必要ときとる」

「大変。手続きだけでも、色々としなければならないことが多いのですね」

「それより何より、とにかく時間が許す限りは、依田くんと伊豆中の村々を歩き回って開拓者を募るのが一番の仕事だがぁ。株主だって出来るだけ増やしたゃぁ。これが永《なが》の別れになるつもりで、義理のあるところに挨拶回りもせんならん。時間があれば自給自足に役立つようなことも色々とやってみるつもりだでね」

それでも、これからは自分一人ではないという思いが大きな励みになると、勝は冷たい風に吹かれながら、顎の辺りをさすったりしている。そんな許嫁を見上げて、カネは何とも嬉しいような照れくさいような気持ちになり、つい肩掛けの襟元《えりもと》を握りしめた。そのまま言葉も見つからず、しばらくの間は港に浮かぶ船を眺めていたとき、ふいに「そういえば」と思いついた。

「依田さんは、北海道へはお一人で行かれるのでしょうか」

「依田くんには細君がおるし、子どももおるでね。まだ二歳、いや三歳かゃぁな、ちいさゃぁ子が」

そんなに小さな子どもがいる人なのかと、これには少しばかり驚いた。あまりにも身軽に長い間、家から離れているから、家庭など持っているとは思わなかった。

「小さな子を連れて北海道まで渡るのは大変でしょうね」

「人の心配をしとる暇はなゃぁあぜ。おカネさんも、これから春までの間に首尾よく準備してくれんと。学校は今月で卒業出来るようだで区切りがついてよかったけど、身辺の整理は無論のこと、荷造りだって一様じゃすまんでしょうよ。なるべく少なくせないかん、かといって必要なものは必ず持ってかないかんでなも」

とにかく二人で所帯を持つのだから、持ち物のことなどは相談しあって無駄な重複は避け、必要なものだけは忘れないようにしようと勝は言った。カネは「あの」と、このところ考えていたことを思い切って切り出すことにした。

「私、出来れば向こうでも子どもたちを教えたいんです」

「子どもらを？」

「もちろん、最初の頃は教えようにも子どもがいないかも知れませんけれど」

「そりゃあ、ええがゃあ。やらゃ、ええ。どこにおっても教育は必要だで」

本当に？　と、つい勝の顔を見上げた。もしかしたら、そんな余計なことを考えている暇などない、ひたすら畑仕事に打ち込まなければならないと、ぴしゃりとはねのけられるのではないかと内心びくびくしていたのだ。カネは、勝がむしろ当然だというように頷くのを見て、「それで」と勢い込んだ。

「せめて小学生用の教本や読み聞かせをする物語や、それから石盤なども持っていきたいと考えていて。荷物は増えてしまうとは思いますけれど」

勝はふんふんと頷いていたが、それでは教本などはカネが自分で選んだものを持って行くとして、石盤と石筆とは自分が用意しようと請け合ってくれた。

「どれくらやあ用意しよか。まずは十枚もあらゃ、ええかなも」

「渡辺さんが用意してくださるのですか？」

勝は、武士に二言はないと胸を張った。

「何せ、これからわしらは夫婦になるもんで、協力出来ることは何でもするのが当然だでなも。それに、わしだってこう見えても教師だもんで。おカネ——の気持ちは、よう分かる」

これからも思ったことは何でも言ってくれ、互《たが》いに遠慮したり隠し事をするのはやめにしようと、勝は念を押すようにこちらの顔を覗き込んでくる。さん付けで呼ばれなくなったことを、また内心でくすぐったく感じながら、カネは「はい」と頷いた。

これが、私の夫になる人。

生涯を共にする人。

それから二日後には、勝は出来上がってきた写真を女学校まで届けにきて、自分も一枚持ったからと言い残し、風のように去ってしまった。写真の中の勝とカネは、互いに寄り添っているというよりも、気兼ねしながら結局は別々のものを見ている感じで、どちらもひどく緊張した顔をしている。これがいつか同じものを見つめ、同じような表情で一枚の写真におさまるときが来るのだろうか。

その日からは、一枚の写真がカネにとって聖書に次ぐ支えになった。朝に晩に眺めては、心の中で勝に話しかける。

あなた。勝さん。

お元気ですか。どうしていますか。私のことを思い出すことはありますか。今日もいい一日になりますように。天主さまのお導きがありますように。

それから間もなくして、カネは皇漢学全科を卒業した。

## 2

勝からの便りは、毎日どこへ行き、誰に会い、何をしたかという内容に加えて、持つべき荷物が思いつくままに並べられていることが増えていった。石盤の用意もする。「ナイフとホークも持とう」などという一文を読んだときには、勝がカネのこれまでの暮らしぶりを思ってくれているのかと、また心が浮き立った。カネはカネで、常備薬はどの程度必要だろうか、ランプを持つとして燃料は都合がつくものか、布団や鍋釜などは函館あたりで揃えた方が荷物が少なく済むのではないかなどと、気にかかる一つ一つを書き送った。

〈——昨日からの雪は、今日になったらずい分と積もって、深いところでは二尺ほどになっている。一面の銀世界を眺めながら、思い出すのは銃太郎くんのことだ。長く厳しい冬をたった一人で耐え忍んでいると思うと、我らも雪など気にして出かけずにいられるものかという気持ちになる――〉

二月に入ると、勝はいよいよ勤め先の豆陽学校に別れを告げ、その送別会や挨拶回りなどでも忙しくなった様子だった。カネの方もせっせと持ち物の整理をしたり、荷造りを始めようとしていた二月下旬、思いもよらないことが起こった。カネと父上とが提出した北海道移住願と渡航願に関して、春までには許可が下りそうにないという連絡が来たのだ。これにはカネはもちろん、父上も困り果てた様子だった。つまり、勝と共に北海道へ渡れないということだ。出鼻を挫《くじ》かれるとはこのことだった。カネは途方に暮れた。

「ものは考えようじゃ。性急になるでないと、天が言われているのかも知れん」

役所に掛け合っても杓子定規な対応をされるばかりで、当初は顔をしかめていた父上だったが、ある日、自分自身に言い聞かせるように大きく一つ息を吐き出した。

「渡辺くんや依田くん、そして銃太郎は、ずっと前から準備に入っておる。相応の覚悟も決まっておるじゃろう。彼らと北海道へ渡るのは、生まれついての農民たちじゃ。土のこと、畑のことなら知りぬいておる。そこにカネやわしのように農業を何一つ知らぬものが、気持ちだけそのつもりになって加わったとしても、最初から足手まといになるだけかも知れん。ここは渡航許可が下りるまでの間、さらに学べるだけのことを学び、皆の役に立てる方法を考えて、抜かりないように準備せよということじゃろう」

はい、と素直に頷いたものの、だがそうなると、勝との結婚はどうなるのだろうかということが心配になった。カネたちが北海道へ渡るまで待つことになるのだろうか。もしかすると、このまま運命の糸が切れてしまうことにはならないか。急に不安がこみ上げた。カネは、そのままの思いを勝に書き送った。

〈——おカネから便りが届いた日、奇《く》しくも依田くんに宛てて、銃太郎くんからの便りも届いた。それによれば向こうでは、鶏が産んだ卵が寒さのためにたちまち「凍破」するのだそうだ。夜ごと狐の鳴き声に起こされるとも書かれていたらしい。筆を持つ手も、さぞかじかむことだろう。そんな毎日の中で、銃太郎くんは我らの到着を待ちわびておる。そちらにも何か言ってきているだろうか。

渡航許可が下りぬものは、仕方がない。我らは予定通り出発せねばならぬから、僕はおカネたちが少しでも早く来ることを祈りながら、一足先にオベリベリの地で鍬を持つことにする。この手にいくつもまめを作って、せいぜい汗を流すつもりだ。二人の住まいも準備しておこう。

結婚の儀式に関しては、女学校の先生がたやワッデル師らに見届けてもらうためにも、横浜にいる間に執り行うのがいいと思う。いずれにせよ三月二十日頃にはすべてを引き払って農民たちとそちらに行くつもりだから、そこで相談しよう。

ところで今日は「パンノモト」を作った。おカネが共に行かれないとなったら余計に、食事のことも何もかも自分で出来るようにならねばならぬからな。今は発酵を待っておるところだ。明日はきっと旨《うま》いパンが食えることだろうと思う。もしもうまくいったら、彼の地で焼いて食わせてやろう――〉

あの勝にパンなど作れるのだろうかと、手紙を読みながらつい微笑みたくなったのに、逆に涙がこみ上げた。会いたい気持ちが急速に膨らんで、息が苦しいほどだ。けれど、やっと会えたと思ったら、それは、そのまま別れにつながる。

勝が開拓に希望を抱いていることが、特にこのところの便りからは、強く伝わってくるようになった。必ず根づいてみせる、新しい渡辺家の初代となり、家を栄えさせたいといったことが頻繁に書かれている。実際に向こうでの生活が始まれば、おそらく苦しいことも多いに違いないのに、酒を仕込めるようになりたいとか、猟に出て鉄砲を撃ちたいとか、何かしら楽しみを見つけ出して、実りあるものにしようとしていることが分かる。

あの人は。

きっと、物事をよい方向に考えようとする人なのだ。たとえ何かあったとしても、お酒を呑んで、笑い飛ばして、明日を迎える人に違いない。そう考えると、新たに頼もしさが増してくる。

そういう人と出会わせていただいた。

これから一生涯を共にするのだから、共に暮らせるようになるのが少し遅れるくらい、どうということもない。結局、渡航許可のことも何もかも、すべては天主さまの思し召しだ。それなら余計なことで思い悩むのはやめようと、カネは自分に言い聞かせることにした。それよりも勝が焼いたパンの味を想像する方が遥かに楽しい。

三月に入ると、依田さんから父上に宛てて、晩成社移民団の名簿が送られてきた。

〈晩成社移民団

藤江《ふじえ》助蔵《すけぞう》（三十四）・フデ（二十六）
　農商、炭焼き
山田《やまだ》勘五郎《かんごろう》（五十四）・のよ（四十四）・広吉《こうきち》（二十）
　農業
山本初二郎《やまもとはつじろう》（四十九）・とめ（四十七）・金蔵《きんぞう》（十四）・新五郎《しんごろう》（七）
　農商、炭焼き

池野登一《いけのといち》（四十三）・あき（四十三）
　農業
進士文助《しんしぶんすけ》（四十六）・ちと（四十三）・五郎右衛門《ごろうえもん》（二十二）
　農業
土屋広吉《つちやこうきち》（二十五）
　農業
高橋利八《たかはしりはち》（二十二）・きよ（二十七）
　農業
山田喜平《やまだきへい》（十二）
　農業
山田彦太郎《ひこたろう》（三十三）・せい（二十七）・健治《けんじ》（五）・扶治郎《ふじろう》（二）
　農業
高橋金蔵《たかはしきんぞう》（五十三）
　農業
吉沢竹二郎《よしざわたけじろう》（三十五）
　農商、大工
依田勉三（三十一）・リク（二十二）

渡辺勝（二十九）

総勢二十七名。ただし、これに鈴木銃太郎が加わる。また山田喜平は十二歳ながら単身、開拓団参加の意志が強いため、山田彦太郎の家族ということにしました。

以上〉

二十七名。

それだけ。

兄上と父上、それにカネ自身を入れてもたった三十人にしかならないのかと、カネは名簿を眺めて衝撃を受け、同時に何とも心細い気持ちになった。開拓移民団というからには、少なくとも四、五十名、多ければ百名近い人が一斉に海を渡ると思っていた。勝が、それは熱心に人集めをしていたことを知っているし、当然それくらいの人が集まるだろうと信じ込んでいたのだ。それなのに、これだけしか集まらなかったということは、誰もが北海道という未知の土地に恐れを抱き、尻込みをしたからに違いなかった。そんなところに、あえて自分は飛び込もうとしている。まさしく無謀な、まるで火中の栗を拾うような真似をしようとしているのではないだろうか。そう考えると、はやっていた気持ちが急に萎えて、恐ろしさに身震いしそうな心持ちになる。

誤った？　選択を？

彼らを率いるのは依田さんと、近い将来、夫になる人。そして、兄上。三人はチームだ。父上もまた、まったく揺るぎない気持ちで彼らと行動を共にする決意でいる。

後へはひけない。もう。

運命の輪は回り始めてしまった。カネはこの先、運命を共にするはずの人たちの名前を改めてじっくり眺めていった。中に何人か子どもがいる。つまり、すぐにでも勉強を教えられるということだ。その発見は、カネにとっては一つのささやかな希望につながった。

「そういえば、依田さんには小さいお子さんがいらっしゃると聞いていますが、この名簿には載っていないのですね」

父上は「ふうん」と腕組みをして名簿を眺めていたが、厳しい自然環境ということもあるし、おそらく開拓に打ち込みたい思いもあって、幼い子どもは連れていかない方が賢明と判断したのではないかと言った。

「暮らし向きが落ち着いて子どもを呼び寄せることが出来るまで、その子の面倒は実家か親戚かが見てくれるのじゃろう」

「それでも、奥さまはどんなお気持ちでしょう。この名簿によれば私よりもお若いのに。納得されたのでしょうか」

母親が幼い我が子を置いていくと、自ら言い出すとはとても思えない。すると、父親である依田さんが、まるで生木を裂《さ》くように、我が子を置いていけと言ったと考えられる。

依田勉三という人は。

非情なのか、それとも強情なのだろうか。

兄上と横浜を発つときの、ぎょろりとした目つきが印象的な顔を思い出す。口をぎゅっと引き結んで、容易に笑わないような雰囲気の人だった。

何といっても、もともと開拓を言い出したのは、その依田さんだ。一度オベリベリと決めたからには頑としてその意志を曲げないのも、依田さんだからだ。社名で大器晩成を誓っているくらいだから何があろうと簡単に諦めたりせず、粘り強く取り組む覚悟は出来ているのだと思うし、単なる思いつきで皆まで巻き込んで動いているわけでもないとも思う。だからこそ兄上も、そして勝も、依田さんとチームになった。

それなら、私もその人を信じてついていくだけのこと。

何度となく自分に言い聞かせてきた言葉を、ここで再び繰り返す。そうせずにいられなかった。

伊豆を出発する前には大沢村にあるという依田さんの家に開拓団一同が集まって、盛大な別れの宴が開かれるという内容の便りが届いたのを最後に、勝からの便りが途切れた。もう伊豆を発ったのか、果たしていつ頃こちらに到着するのだろうかと気を揉みながら過ごしていた三月二十一日、女学校に電報が届いた。勝からだ。

〈横浜到着。コノ後スグ東京ニ行キ諸事済マセ二十六日マタハ二十七日、ワッデル師ト女学校へ行ク。結婚ノコト相談スルタメ〉

いよいよ会える日が来る。

そして、行ってしまう。

北海道へ。オベリベリへ。

カネはにわかに落ち着かない気持ちになった。そわそわしてしまって、何をしていても手につかない。

「ミス鈴木。あなたらしくないですね。こういう時ほど、こころ落ち着かなければいけませんよ」

クロスビー先生にもたしなめられるほどだった。確かにいつもの自分らしくないと恥ずかしく思いながら、それでも、ため息とも深呼吸ともつかないものを繰り返す日が続いた。運命が変わる、運命が変わると自分の中で何度でも声がした。

# 3

四月九日。月曜日。

ほころんだ桜の花が夕闇の中にとけ、すっかり日も暮れた午後七時半、カネは勝との結婚式に臨んだ。日取りが決まったのはつい三日前のことだ。たった三日の間に挙式については女学校の会堂で行わせてもらえることになり、司祭が決まり、周囲への告知に人々が走り回り、いつの間に用意してくれていたのか、母上が打掛を運んできて、挙式後の晩餐《ばんさん》会の料理などを段取りするという大変な慌ただしさだった。伊豆からやってきた開拓団の人々と依田さん、勝たち一行は、挙式の翌日には横浜から船に乗って出発することになっていたから、この日に挙式するより他、もう日がなかったのだ。

三月下旬に上京してきた勝は、その後は依田さんと手分けして東京と横浜とを頻繁に往復しながら、開拓に必要な農機具や鉄砲などを買い集めに走り回り、一方で会っておかなければならない人と会い、内地で過ごすのはこれが最後と心に決めて、思い残すことがないようにと飛び回って過ごした様子だった。その間を縫うように女学校を訪ねてきて挙式の相談をし、父上にも会い、もちろんカネにも会う。そうかと思えば、注文していた荷物を受け取りにまた東京に行き、カネの荷物も先に運んでしまおうと、また受け取りに来るといった具合だ。それでもどうにか床屋に行く時間は作れたらしく、鈴木写真館で借りたという紋付き袴《はかま》姿で、挙式の三十分前に息を切らしながら女学校に現れたときには、いつになくこざっぱりとした姿になっていた。そして、髪を島田に結ってもらって打掛姿で待っていたカネを見て、「ほほう、こらゃあ」と目を丸くした。

「よく見てさし上げて下さいよ。三国一の花嫁さんでしょう？」

髪結いさんが話しかけても、勝はせっかくさっぱりした髪をかきむしるようにしながら、ただ「ああ」とか「はあ」とかを繰り返し、ウロウロと歩き回るばかりだったが、そのうちようやく少し落ち着いてきたのか、やっと立ち止まって初めてカネを見た。

「銃太郎くんにもひと目見せてやりたかったなゃあ。昼間だったら写真にも撮れたに。へえ、これが、俺の嫁御かゃぁ」

カネが、何もかも母上が用意してくれていたのだと言うと、勝は飛び上がるようにして母上のもとに走り、その手をとって頭を下げた。このときばかりは母上も「あの子を頼みますよ」と目頭を押さえた。

昨年の卒業式のときと同様、いくつものランプが並ぶ会堂には百名を超える人々が集まった。光と影とが幻想的な雰囲気を生み出す中にオルガンの音色が響く。式を司る海岸教会の稲垣信牧《いながきあきら》師の声はゆっくりとよく響き、あくまでも厳かだった。司祭に導かれる形で、勝とカネとは、今日からはいついかなるときも互いに愛し、慈しみ、死が二人を分かつまで貞操を守ることを誓い合った。

その後の食事会は和やかで美しいものだった。カネの両親や弟妹たちをはじめ女学校の先生方も、ワッデル師や海岸教会の関係者たちも、さらに依田さんや仙人のような鈴木写真師まで、誰も彼もがランプの光の中で穏やかな笑顔を見せている。半分、夢でも見ているような光景だった。

「ステイションまでワッデル先生を送ってくでね。こんな時間だもんで、そのまんま今夜は依田くんと、鈴木写真館に泊めてもらうわ。おカネも今日はえらゃあ疲れたろうから、早よ休むとええぜ」

食事会が済むと、勝は「明日会おう」と言い残して帰っていった。続いて父上と母上たちも帰っていく。花嫁になった最初の夜だというのに、カネはいつもと変わらない静かな夜の中に一人残された。

これで明日になれば、夫は旅立ってしまうんだ。次にいつ会えるとも約束出来ないままで。

これまでに経験したことのない淋しさと心細さがこみ上げて来た。自分が急にか弱く頼りなく、一人では立ってもいられない存在のように思えてくる。こんな気持ちで明日からどう暮らせばいいのかと不安にもなった。ただ、ありがたいのはピアソン校長たちの理解があって、横浜を発つ日まで、この女学校にいて舎監を続け、また教壇に立ち続けられることだった。忙しく立ち働いていれば余計なことで思い悩むこともない。子どもたちと接することで気も紛れるだろう。何より、これから先の生活のことを思えば、わずかでも蓄えを増やしておいた方がいいに決まっていた。

翌日、昼過ぎに父上と共に鈴木写真館を訪ねると、そこには勝や依田さんを始め、晩成社の人たちが集まって、がやがやと記念写真を撮影している最中だった。

勝が「おーい、みんな」と人々に声をかけてカネを紹介する。すると彼らはそれぞれに好奇に満ちた目つきで遠慮なしにじろじろとカネの全身を眺め回した。

「へえ、この人が勝さんのお内儀さん」

「また色が白ぇ、ひなひなっとした人じゃねえか」

農民たちは男も女もよく日焼けしていて、いかにもたくましく、またその視線は遠慮のない不躾《ぶしつけ》なものに見えた。カネはつい身構えそうになるのをこらえて、出来るだけ腰を低くして彼らと向き合った。勝の評判を落としてはいけないと思うし、何よりいずれ運命共同体になる人たちだ。偉ぶっているように思われたくない。

「少し遅れて、私も父と共に皆さんのお仲間に加わります。何も分からない素人ですが、一生懸命に努力いたしますので、どうぞ、よろしくお願いいたします」

丁寧に頭を下げると、農民たちは一瞬、意表を突かれた表情になり、鼻白んだように半ばおどおどと頷いたり、小さく頭を下げて返してくる。ああ、悪い人たちではない。ただ、町場の人間のような如才なさなど持ち合わせていない人たちなのだと密かに納得したとき、「おうい！」と、また違う声が響いた。振り返ると依田さんが、見たこともないようなみすぼらしい笠と崩壊寸前の莚《むしろ》を持って、草鞋姿で仁王立ちになっている。

「何だね、若旦那さん、その格好は」

「また酔狂な。まさか、そんな格好で蝦夷地まで行こうっていうんじゃねえずら」

「そうじゃねえ。これから俺は、この格好で叔父貴に写真を撮ってもらおうと思う」

依田さんは一同をぐるりと見回して、これが自分の覚悟だと言った。

「俺は晩成社の副社長として、相当な覚悟で開拓という大事業に挑む。楽なことばっかあるわけじゃねえことは覚悟の上だ。そんでも、たとえ落ちぶれ果ててこんな乞食《こじき》の姿になろうと、石にかじりついてでも開拓を成功させるという、これが俺の心意気だ。だからみんなも、俺のこの姿をようく覚えておいてくれ」

胸を反《そ》らせるようにして周囲を見渡し、きっぱりと言い切る依田さんの少し後ろには、いつの間にか細面《ほそおもて》の小柄な女性が寄り添うように立っていた。肌の白さも髪の結い方や着る物も、他の農民たちとは明らかに違っている。あれが依田さんの奥さんだろうとカネは見当をつけた。

　依田さんが写真機を抱えた鈴木写真師と写真館の外に出て行った後、カネはすぐに彼女に歩み寄った。「カネでございます」と自己紹介をすると、相手も「依田リクでございます」と頭を下げる。

「渡辺さんとご一緒になられたとうかがいました」

　声もか細い。表情は硬かった。

「少し遅れますが、私もじきに皆さまのお仲間になりますので、よろしくお願いいたします」

「こちらこそ――あの、学校で教えていらっしゃるとうかがいましたけど、そんなにご立派な、きちんと学問を修めておいでの方が、どうしてまた開拓に」

「もともと兄も、もう向こうに行っておりますし、父もひどく乗り気ですし――そのお仲間と一緒になることになりましたものですから」

　リクは困ったようにふっと薄く微笑む。

「うちも、主人があいう人だもんで。言い出したら後に退きませんし」

　周囲を見回しても、リクの子らしい存在は見当たらない。あの名簿の通りに幼い子を故郷に置いてきたのなら、さぞ後ろ髪を引かれる思いでいることだろうと、カネはリクの心中を察した。乞食の姿などに扮装して、覚悟を示すと言いながら、一方ではしゃいでいるように見える依田さんが、何かしら情のない人のように思えてしまう。それとも逆に、ああして気を紛らそうとでもしているのだろうか。

「おカネ、手伝ってちょうせんか」

考えている間に勝に呼ばれた。周囲の視線が再び自分に集まるのを感じながら、カネはリクから離れた。

「依田さんの奥さまは、お淋しそうです」

「仕方なゃあな。依田くんが、やはり子どもは置いてくと決めたもんだでなも」

他に聞かれないように、互いに小声で話しながら、鞄《かばん》や風呂敷包みの中を一つ一つ改めていく。

「実際にオベリベリを見ておるのは依田くんだけだもんだでなも。自分の目で見て、確かめたとこで、子どもは連れていかん方がええと決めたことに違ぁなゃあで」

「中には小さいお子さんを連れていく方もおいでになるのに」

「預ける先がなゃあもんは仕方がなゃあ。依田くん家《ち》には力があるもんで、いいんでなゃあかなも——聖書はそっちの鞄に入れといた、と」

「お忘れにならないで」

そうだな、と言いながら勝が持ち物の確認をしている間に、カネは夫の鞄の中に、昨夜のうちにしたためておいた紙をそっと忍ばせた。賛美歌の一節を書き写したものだ。

〈わかるるとき　かなしけれど
ふたたび相見る　さちやいかに〉

伝えたい言葉は百ほどもある。けれど、すべての思いをこめて、この一節を選んだ。勝にならこれですべて通じるに違いないと信じている。

「渡辺さん、大きい荷物だけ、先に港に運べってさ」
「おう、分かった。今行くで」

その後は二人きりで話せる時間も作れないまま、荷物を運ぶのを手伝ったり、大人たちの足手まといにならないように幼い子どもの相手をしている間に時間は過ぎ去り、とうとう夕方になった。出立のときが来て、人々は別れの盃を交わす。港には、他にも見送りの人たちが集まっていた。彼らを函館まで運んでいく高砂丸《たかさごまる》は、煙突から白い蒸気をあげながら、しずかに沖に停泊している。

「我ら晩成社一行、これより函館に向かうことになる！　長ぇ道のりになるが、途中、一名の脱落者も出すことなく、必ずや全員無事にオベリベリの地にたどり着くからな！　刻苦精励して北の原野を切り拓き、果てしない大地を見事な作物の宝庫とした暁には、堂々と晩成社の大旗をはためかせようぞ！」

依田さんの言葉に歓声が沸いた。カネは何とか背伸びをしながら、とにかく勝の姿を追っていた。人より背が高いからそれだけで目立つのがありがたい。たとえ後ろ姿であっても、勝だけを見ていたかった。

「待っとるでなも」

最後に、勝はカネと父上の前まで来ると、晴れ晴れとした笑顔を見せた。

「行かれるときが来たら、すぐに行きます。それまで、お気をつけてね」

「なあに、心配いらんで。昨日の食事会でもいっぱゃあ食って、力が漲《みなぎ》っとるで」

「銃太郎も、さぞかし待ちわびておることじゃろう。力を合わせて励んでくれ」

「親父どのも、お待ちしております」

それだけ言い残すと、勝はいかにも意気揚々とした後ろ姿を見せて開拓団の方へ戻っていく。やがて、大きな荷を背負い、中には幼い子の手を引いて、人々はぞろぞろと埠頭に向かって歩き始めた。急ごしらえの灰色の旗が遠ざかっていく。一行の他にも高砂丸に乗船する人たちが次々と続いて、勝たちの姿は人混みに紛れ、すぐに旗がひらひらと見えるだけになった。埠頭からは、まず小舟に乗って高砂丸まで近づき、そこから乗り移ることになる。人々が小舟に分乗して高砂丸に向かう一方では、荷役作業員たちが何艘《そう》かの舟に山ほどの荷物を積んで、やはり埠頭と船の間を往復していた。陽が傾いてきて、辺りに夕暮れの気配が迫ってきた。

午後六時。

ぼーっと汽笛が鳴った。それまで頻繁に埠頭との間を行き来していた小舟や艀《はしけ》はいつの間にか姿を消して、高砂丸の甲板には大勢の人たちが並び、こちらに向かって手を振っている。

「父上、勝さんは？」

「どこかな、ここからでは、よう分からん」

「あ、あそこ、あれかしら、ほら、旗の傍で手を振ってる！」

「え、どれどれ。どこ」

薄闇が広がる中で、カネはただひたすら勝の影を探し求め、船に向かって手を振り続けた。こちらからは見えなくても、きっと向こうからはカネが見えているはずだと信じた。

あなた。勝さん。

きっと待っていて。

きっと行きますから。

無事でいて。

涙は出ない。夫とはいっても名ばかりで、まだ何の実感があるわけでもないのだ。ただ、これが永久の別れにならないこと、いつか本物の夫婦になれることを、今は祈るばかりだった。

4

カネの日常が戻ってきた。それまでとまるで変わらない日々の中で唯一、変わったことがあるといえば「渡辺先生」「ミセス渡辺」と呼ばれるようになったことだ。そう呼ばれる度に一瞬、誰のことかと辺りを見回し、ああ、呼ばれているのは自分だった、もう自分は結婚したのだと思い出す。

十日に横浜を発った一行は、十四日には無事に函館に着いたと、四月下旬になって勝から最初の便りが届いた。

〈――銃太郎くんも会ったという桜井宣教師と、ちか夫人にも会ってきた。ちかさんに、じきに妻カネもこちらに来ると話したら、函館に着いた折には是非とも立ち寄って欲しいと言っておられた。今お二人は、函館に教会を建てたいと活発に動いているのだそうだ。

ここから先は二手に分かれて、陸地を行く隊は依田くんが、船に乗る隊は俺が率いて大津を目指すことになった。ここまで来る船がひどく揺れて船酔いするものが続出したせいだ。もう二度と船はご免だと言って譲らないものが半分ほどいる。俺自身はまったく船酔いもせず元気なままでいるから心配はいらぬ。

函館は、まだ雪が残っているところも多く見られて冬のままだ。坂の上から港を眺めていると自然、横浜を思い出し、おカネはどうしているだろうかと思う。出港の翌朝、鞄の中にカネの書きつけを見つけたときには本当に嬉しかった。一体いつの間に、あんなことをしてくれたのだろうか――〉

函館から大津まで、果たして陸路と海路のどちらを選んだ方が早いのか分からないが、それでも、そろそろ大津に着いている頃のはずだった。カネからも、それを見越して大津の江政敏氏気付で便りを送ってある。勝は、便りを読んでくれただろうか。

時間があるときは書店に行って、北海道や農業に関する本などを探したりして過ごす。また、ある休みの日には汽車に乗って東京まで行き、葺手町《ふきてちよう》にワッデル師を訪ねてみた。兄上も依田さんも世話になり、勝が一番信頼を寄せているアイルランド人のワッデル師は、日本へ来る前には中国大陸の東北地方で二年ほど伝道生活をしていたことがあると聞いていたからだ。ひどく寒いところで、最後には喉を痛めて帰国したという。

「カネさん、よく来ましたね」

秀でた額を持ち、豊かな髭をたくわえている四十代くらいのワッデル師は、結婚式以来のカネとの再会を喜び、改めて勝と夫婦になったことを祝福してくれた。そして、カネが来意を告げると、少しの間、考えをまとめるように宙を眺めてから、ゆっくり口を開いた。

「やはり一番怖いのは冬の長いことと、その寒さですね。あとは、風土病」

「風土病、ですか」

気候も何もかも違う土地には、往々にしてその土地特有の病気があるものだとワッデル師は語った。そういえば、たしか兄上からの便りに「おこりも患った」と書かれていたことがあった。おこり、とは何なのかと思いながら、あの時は深く考えもしなかった。

「おそらくマラリアのことですね」

ワッデル師は何か思い出そうとするような顔つきになっている。

「マラリアの、一番の特徴は間欠熱です。たとえば昼間は大丈夫でも、夜になると高熱が出ます。その逆の場合もあります。そういう症状が何日も続きます。身体もとても怠《だる》くなります。ひどくなったら、死ぬこともある病気です」

「そんなに恐ろしい病気なんですか」

兄上は、そんなものを患ったのか。それで平気だったのだろうかと、今さらながらに心配になった。では、勝たちは大丈夫なのだろうか。父上やカネ自身も、向こうに行ったら、その病気にかからないとは限らないのではないか。そんなことを心配しなければならないとは思っていなかった。

「マラリアにかからないようにするには、どうしたらよろしいのでしょう」

かからない方法はない、と、ワッデル師は静かな口調で首を横に振った。

「マラリアはその土地か、土地に生きる虫などが原因ではないかと言われます。特に、蚊ね。誰でも蚊に刺されるでしょう？　だから、誰でもマラリアにかかる可能性があります」

「では、かかってしまったらどうすれば治るのでしょうか」

「キニーネという特効薬があります。とても強い薬ですから、使い方は注意しなければなりませんが」

ちょっと待っていてと言い残して部屋から出ていったかと思うと、ワッデル師は両手に茶色いガラスの薬瓶を持って戻ってきた。

「これがキニーネです。これを、北海道へ持っていきなさい」

カネは思わずワッデル師と薬瓶とを見比べてしまった。どこに行けば手に入れられるのか訊ねようと思っていたのだ。

「私からの餞《はなむけ》です。もしもマラリアにかかった人が出たら、きっとこれが役に立ちます。カネさんが責任を持って管理して、病気になった人に飲ませてあげて下さい」

それからワッデル師が説明するキニーネの服用方法を、カネは帳面に一言一句洩らさず書きつけた。女学校では色々なことを習ってきたが、薬や医術については学んでいない。多少のことを知っておいた方がいいと、その時に思った。

キニーネの使用方法に次いで、今度は寒冷地での過ごし方の話になる。何しろ鶏が産んだ卵が「凍破」する寒さだという。並大抵の衣類や寝具では、とても役には立たないに違いない。

「いちばんいいのは、そこで暮らしている人たちの知恵を借りることです。ミスター鈴木から手紙をもらいましたが、彼はアイヌの人たちに大変助けられていると書いていました。アイヌには独特の神がいますから、聖書の教えを受け入れることはないけれど、とても善良で親切な人たちだと書かれていたね。そういう人たちから教わるといいでしょう」

確かに厳しい環境の中で長い間、暮らしてきた人たちには、計り知れない知恵がそなわっているに違いない。その人たちと親交を持つことだ。

「私が思うに、カネさんの一番の役割は、農民たちの持ち合わせていない知識と知恵を活かして、開拓の人たちみんなの助けになること。これが、とても大切なことだと思います」

ワッデル師は身体の前でゆったりと両手を組み、おそらく開拓団の農民たちは文字の読み書きもさほど出来ないはずだと言った。

「みんな貧しい人たちでしょう、学校も行っていないと思います。アイヌはもっと、日本語の読み書きなど分からないでしょう。カネさんは立派に学問して知識もある人です。だから必要なときはみんなの目や耳になって助けてあげるといい。代わりにカネさんは、畑のことは農民たちから教わり、その土地のことはアイヌから教わることが出来るでしょう」

その教えはカネの心にしみた。これまでも子どもたちを教えたいとは思ってきたが、自分の役割はそれだけでなく、もっと幅広く、晩成社やアイヌの人々全体の役に立つことを考えるべきだと、初めて目を開かれた気持ちだった。カネは、ワッデル師からの助言に従い、それからは怪我の応急処置の仕方や、手足が疲れたときにはどこを押したり揉んだりすればいいかといった、簡単な按摩の方法なども可能な限り学ぶことにした。

〈――依田くんからの便りと共に、渡辺くんからの便りにも、カネとの婚儀のことが書かれていた。

めでたい。

一人で祝杯をあげた（酒はある。時々アイヌが手製の酒を持ってきてくれることもあるからな)。

カネとも、また父上とも、このオベリベリで再会出来る日が来ようとは思わなかった。母上や弟妹たちには申し訳なく思うが、新たに鈴木家としてこの地に腰を据えられればいいと思っている。

最近は、ようやく畑の土もゆるんできたから、エンドウ豆やネギの種をまいたりしている。食事はアイヌから鹿の肉を分けてもらったり、エハという、土を掘って採る豆らしいものを米と炊いたりして食いつないでいるところだ(その礼に、こっちからは米や味噌、マッチなどをやったりする)。

楓《かえで》の木からは甘い樹液が採れて、これがうまい。どうにかこうにか、ひと冬乗り越えたと、ほっとする甘さだ。

これからいよいよ畑が忙しくなるから容易に大津まで出られないが、この地にも大川宇八郎氏、国分久吉《こくぶひさよし》氏という和人がいて、彼らは毎日のように俺のところに顔を出すし、またよく大津へも行くから、そのたびに色々と頼み事をしている。この便りも、彼らのうちのどちらかに託すことになるだろう。江政敏氏の家にも寄ってもらい、そこに溜まっているはずの郵便物や新聞などを運んできてもらうことになる。ここでは内地では考えられぬほど、ずっと互いに助け合わなければ生きていかれぬのだ。神は、そのことを我らに教えているのだと日々、感じているところだ――〉

五月に入ってから届いた兄上からの便りには、一日も早く晩成社の諸君に会いたい、やっと季節もよくなってきたのだから、少しでも早く本格的な開拓に取りかからなければならないとも書かれていて、何かしら切実なものが感じられた。着いているだろうか。今ごろはもう。

いくら心配するまいと思っても、何を勉強していても、どうしても気が塞《ふさ》ぎそうになる日がある。そんなカネに気づいて、クロスビー先生は度々励ましの言葉をかけてくれた。また、ある日はピアソン校長がカネを自分の部屋に呼んで、校長自身のこれまでの人生を語って聞かせてくれることもあった。

早くに夫とも子どもたちとも死別して、孤独と絶望の底にありながら、ついに日本に来る決心をしたというピアソン先生の人生は、カネには想像もつかないほど凄絶で、また、強い信仰心に裏付けられたものだった。今は大勢の子どもたちに囲まれて、こんなに幸せなことはない、自分はこのまま日本に骨を埋めるつもりだと校長は語った。

「だからミセス渡辺、あなたも勇気を出して。今は待つときなのですよ。心が迷ったときはいつでも聖書を開いて、主の御ことばがあなた自身に届くことを祈りましょう。大丈夫、主はかならずあなたと共にあります」

ピアソン校長の口調はいつになく柔らかく、慈愛に満ちて聞こえた。

今は待つ。ひたすら。

それしか出来ることはない。朝に晩に聖書を開き、また、勝と写した写真を眺めて、カネは日々を過ごした。

〈――九死に一生を得るとは、まさにこのことだ。主のご加護がなければ、あの場面で船が転覆しない方が不思議なくらいだった。おそらく誰もが死を覚悟したはずだ。そのため猿留《さるる》で上陸したときに、山田勘五郎親子、進士五郎右衛門、山田喜平が、ここから先は陸路大津へ向かいたいと言い出したので、俺も彼らと歩くことにした。そうしてこの二十七日にようやく大津に着いたというわけだ。函館を発ったのが十八日だから、十日近くかかったことになる。

猿留から先も船で向かった六人は、俺たちよりも一日遅れて二十八日に四十個の荷物と共に上陸した。今は、かねてから連絡を入れておいた江政敏氏に宿を紹介してもらったり倉庫を貸してもらったりと、色々世話になっている。旅の疲れを癒《い》やしつつ、やっと月が変わったと思ったら、まだ雪が降る。もう五月だぞ。北海道とは広さといい季候といい、実にすごいところだ。それでも準備が整ったものから順に、丸木舟でオベリベリに向かわせているが、何しろ依田くんと陸行組がまだ着かぬので、俺はまだ大津にいて彼らを待っている。

ところで、農商務省の若林《わかばやし》という官吏と会った。オベリベリに近いシカリベツという村にトノサマバッタが大量発生しているのだそうだ。そのために人夫を百五十人も連れてバッタ退治に向かうのだという話を聞いて、そんなことがあるのかと目を丸くしている。

結婚の儀を執り行ってちょうどひと月になろうとしているな。その間ずっと旅を続けて、今こうして大津でバッタ退治の話を聞いているのかと思うと妙な気持ちになる。おカネは変わりはないか。親父どのも元気にしておられるだろうか――〉

六月に入ってようやく届いた勝からの便りは、いかに苛酷な旅だったかということが行間から滲んでいるものだった。

「大津まで、ずい分と大変な思いをしたようです」

日曜日、父上にその話をすると、父上の方には兄上からの便りが届いていたということで、やはりトノサマバッタのことを心配しているようだと言った。

「アイヌに案内してもらって、バッタの卵を探して歩いたりもしているようじゃ。卵のうちに始末せんと大変なことになるらしい。バッタの大群が飛来したところは辺り一面の植物という植物が、何もかもすべて食い尽くされるらしい。もしも、我らが拓いた畑がそんなものに襲われたら、ひとたまりもないな」

さすがの父上も心配そうな表情になっている。バッタなど、ささやかで小さな生き物ではないかと思う。そんなバッタが大群になって畑を襲うなど、カネには想像もつかなかった。やはり、北海道はあまりにも未知の土地らしい。もう少し何かしら気持ちが浮き立つことを知りたいと思うのに、心配や憂鬱ばかりが増えていく。

学校はちょうど学年末試験を迎えようとしていた。カネは、一人の落第者も出ないようにと、このところは特に熱心に生徒たちを指導してきたから、試験の結果クラス全員が合格したときには、みんなで歓声を上げて喜び合った。笑顔の子どもたちを見ると、何とも言えない満ち足りて晴れやかな気持ちがこみ上げてくる。

こういう日々が、これから先も続いたってよかったんだ。

ふと、そんな気分になった。今さら無理だと分かっていながら、これからもこの学校にとどまって教壇に立ち、生徒たちと関わり、何よりもピアソン校長に守られていたい気持ちになってしまう。

〈——最初に山田勘五郎が丸木舟に乗って現れたときには一瞬、我が目を疑い、それからあまりの嬉しさに、不覚にも涙が出そうになったほどだ。依田くんと渡辺くん、三人がやっと揃ったのは五月十四日。その日の酒の何と旨かったことか。俺のひと冬の苦労がすべて洗い流されるようだった。

だが、困ったことも起きている。この辺りにはアイヌ五十人ほどがいるのだが、これだけの数の和人がまとまってやってきたことに驚いて、逃げていってしまった。中でも一人の不注意から火を出して、アイヌの小屋を焼いてしまったことで「シャモは我らの家まで焼き払うのか」と激怒させたことが大きい。この冬の間も、ずっと俺に親切にしてくれた人たちが、惣乙名《そうおとな》のモチャロクをはじめとして俺を見る目つきまで変わった。急いで依田くんと共に酒を持ってモチャロクの小屋に行き、火を出したことを詫びて、決して彼らを脅すつもりではないことを何とか分かってもらった。今はようやく少しずつ、逃げ出したアイヌたちも戻ってきたところだ。

もとはと言えば、俺が晩成社の話をアイヌに切り出せずにいたことが原因だ。もともと太古の昔から、この土地で暮らしてきたのはアイヌだ。そこを俺たちは晩成社の土地として拓こうとしているのだから、アイヌが怒るのも無理もない。だが、アイヌはもともと畑仕事などしない人々だ。川の魚を獲り、獣を獲り、森や草原にあるものを採って暮らしている。俺から見ると風任せのようにも思える暮らしだ。そんなアイヌと戦うつもりなどないし、互いに助け合って生きていきたいだけなのだということを、ことあるごとに態度で示して、何とか分かってもらいたいと思っている。

予定していたよりみんなの到着が遅かったから、その分、精を出して畑仕事に取りかからなければならないし、全員の小屋もすぐに造れるわけではないから、まずアイヌと交渉して、彼らの小屋を買い取ったりもしている。小屋一軒が酒四升と米二斗《にと》、煙草《たばこ》二個との交換だったりするのだ。彼らは現金よりもそうしたものを喜ぶ――〉

兄上からの便りに続いて、八月の初旬に勝から来た便りには、早くも晩成社内でもめ事が絶えなくなり、不和が生じていることが書かれていた。

〈――ただでさえ大人数とは言えないのだから、どうにか丸く収めながら力を合わせて何でも助け合ってやろうと、依田くん、義兄どの、そして俺とで額を寄せ集めては相談する日が続いている。小屋一つ建てるのでも、とにかく力を合わさねばならぬというのに、ついこの間も、俺の小屋を建てるのに予定していた三人が来てくれずに気を揉んだ。

だが、そうは言いつつ面白いこともある。義兄どのが「鱒《ます》」という魚をアイヌからもらってきて、俺も食わせてもらった。これはうまいぞ。その鱒を使って、五目寿司まで作った。俺は、もしかしたら料理人が向いていたのかも知れんと思うほどの出来映えだった。

それからアイヌの知り合いも増えてきた。ある程度、日本語を話すものがほとんどだから、会話もそうは困らない。特にアイヌの言葉でセカチと呼ぶ若者たちに少しばかりの礼を渡しては、色々なことを手伝ってもらっている。とにかく、おカネがこちらに着くまでには、きちんとした住まいが準備出来ているようにするつもりだ――〉

手がまめだらけになり、そのまめが潰れるとこんなに痛いものかと驚いた、身体中の節々が音を立てるのではないかと思うほどきしんで感じられる朝があるなどとも書かれていて、初めて農作業に取り組む苦労も感じられる。こうなったら大きな魚もさばけるようになっておかなければとか、まめが潰れたときの薬は何がいいのだろうかとか、次から次へと新しい課題が生まれていった。

「もう脱落者が出たそうじゃ」

父上が依田さんからの便りと共に、晩成社名簿を広げたのは、九月に入って間もなくのことだ。カネたちへの渡航許可がもうすぐ下りそうだという話になって、いよいよ北海道へ渡る際には依田さんの末弟である依田文三郎《ぶんざぶろう》という人も同行することになり、気持ちが高まってきていた矢先だった。

「高橋金蔵、藤江助蔵とフデ、土屋広吉。この三軒か」

「まだ開拓が始まったばかりではありませんか、どうして――」

「依田くんの手紙によれば、『故郷への思い捨てがたく』ということらしい。依田くんたち三人でかなり引き留めたらしいが、無駄だったと」

最初から兄上も入れて二十八人という少なさだったのに、もう四人減ってしまったことになる。ますます心細いことになると思っていたら、今度は勝からカネにあてて便りがあった。以前の便りにも書かれていたトノサマバッタが、ついにオベリベリにも来たのだという。そして、ようやく育ち始めていた初めての野菜のすべてを食い荒らしていったというのだ。

〈――何しろすごい。大群で来るから空は暗くなるほどだし、ものを食う音まで大きく響くのだ。奴らは生えているものなら何でも食う。野菜ばかりでなく、葉から茎まで食い尽くして、ついでに莚や縄まで食っていった。小屋の中まで入ってきたら、窓に貼った紙から衣類まで食うのだから、まるで化け物だ。奴らが飛び去った後に残ったものといったら、小豆《あずき》と瓜《うり》くらいのものだった。これには正直なところ、力が抜けた――〉

大量の蚊やブヨに悩まされながら、懸命に拓いた畑でやっと育てた作物がほとんどすべて駄目になるとは、まさしく計算外だったという便りを読んで、カネは、これは思っていた以上に苛酷なことになりそうだと、ため息をついた。母上のように、理解しないものには徹底的に理解出来ない、単なる愚かしい行為にしか見えないことを、この自分がしようとしているのだと、つくづく思う。

九月十九日。うろこ雲が空に広がり、秋風が立つ日、カネは父上と、数日前に横浜に着いたという依田さんの弟、文三郎さんと共に、ついに新潟丸《にいがたまる》に乗りこむことになった。見送りには学校の関係者など大勢の他、高崎《たかさき》にいる弟の定次郎《さだじろう》も駆けつけてくれた。妹のみつとノブもいる。勝との結婚にも、北海道行きにも一貫して反対してきた母上は目を真っ赤にして、父上とカネとを交互に見ては「達者で」と繰り返した。母上が急に弱々しい人に思えて、カネは自分も目頭が熱くなるのを感じた。

「きっとまたお目にかかりますから」

「当たり前です。当たり前ですよ」

「それまで、必ずお元気で」

「カネも、とにかく身体に気をつけなさい。帰りたいと思ったら、すぐに帰っていらっしゃい」

はい、と頷きながらも、そんなこと出来っこないと思っている。夫から離れない。そう決めているのだ。だから、場合によってはこれが母上との最後の別れになるのかも知れない。

容赦なく別れの時が来た。

さようなら横浜。

さようなら、私の家族。先生方。生徒たち。

船に乗るのも、およそ一カ月もの長旅をするのも、何もかもが生まれて初めてのことだ。だが、それにしては、あまりにも心弾まず、むしろ悲愴な覚悟での出発になった。唯一の心の支えといったら、勝と会える、勝との暮らしを始められるという、その一点のみだ。

それでも、決して後悔しない。

絶対に。

汽笛が鳴った。カネは甲板に立ち、大勢の見送りの人たちに向かって精一杯に手を振った。次第次第に人々の姿が小さくなって、母上や弟妹たちの姿も判然としなくなり、横浜の街全体も作り物のように小さくなっていく。陸地との距離がどんどん開いていく分だけ、胸の中に痛みとも悲しみともつかないものが溢れ出てきた。右手が疲れれば左手を振り、カネは人々が小さな点にしか見えなくなり、やがて消えるまで、ずっと甲板に立ち続けていた。

5

十月十七日。丸木舟はゆっくりと左右に揺れながら霧の中を進んでいく。三日前に大津を発ったときから比べると、川幅は確実に狭くなっていた。ところどころ大きく蛇行したり流れの速いところに差し掛かるときは、舟の舳先《へさき》と艫《とも》に立つアイヌの男らが声を掛け合いながら櫂《かい》を操る手に力を入れる。川の両岸には鬱蒼と生い茂る高木の森が続いているが、昨日今日はその樹影も霞《かす》んでいた。時折、白く煙る中から水鳥が姿を現しては翼で水面を叩いて飛び立ち、その音に驚かされる。あとは、まったくの静寂だ。

別世界。

ひんやりと湿り気のある寒さから身を守るために、着物の上から毛布を羽織った格好で、カネはぼんやりと霞む風景を一心に眺めていた。新潟丸で函館に着いたときこそ、賑やかな槌音を響かせて工事を進めている港の周辺や、埠頭近くから坂を上った界隈《かいわい》に建ち並ぶ白漆喰《しろしっくい》の新しい家々、賑やかに往来する日本人や西洋人、またロシア人や中国人などを眺めて、横浜とさして変わらないではないかと思ったものだが、それからひと月近くの間、ひたすらオベリベリを目指して旅するうち「別世界」という言葉が身にしみてきた。もともとは函館で会った牧師夫人の桜井ちかさんが口にしていた言葉だ。

「北海道は、まさしく別世界です。季候ももちろん違っていますけれど、街から一歩でも離れたら、内地の人間には想像もつかないほど深い森が果てしなく広がっていて、本当に見たこともないような風景ばかりになりますよ」

兄上や勝からの便りで知らされていた通り、共立女学校の先輩にあたる桜井ちかさんは、見たところ年齢はカネよりも三つ四つ上といったところだと思う。話してみると、女学校に在学していたのはカネが十六歳で入学するよりも前のことだそうで、在校期間は重なっていなかった。卒業後は私財を投じて学校を開き、今も函館で教壇に立っているという彼女は、カネも短い間だったが教壇に立っていたこと、これから開拓地に入っても可能な限り子どもたちを教えていきたいと考えていることを話すと、強く賛同してくれた。

「そういう方が一人でも開拓地に来て下さることは本当に心強いことです。是非とも諦めずに頑張って。新しく土地を切り拓くのと同じくらい、子どもたちを教育することは国の基盤を作っていく上で大切だと思うの」

ちかさんは東京日本橋《にほんばし》の生まれで、結婚した当初、夫は海軍士官だったのだそうだ。ところが運命は二転三転し、海軍士官だった夫は牧師となり、その後は思いもしなかった函館暮らしになった。人の運命というものは本当に分からない。だからこそ天主さまを信じて、自分に出来ることをするだけだという彼女の言葉にカネは励まされた。まったく未知の世界だと思っていた北海道の、地続きの土地に同じ信仰を持ち、学校の先輩にもあたる女性がいてくれると思うと、それだけで心強い。お互いに手紙のやり取りをしようと約束したことが、早くも懐かしく思い出される。

今、大きな木をくり抜いただけの舟に揺られて、カネの前には父上が、すぐ後ろには文三郎さんが連れてきた洋犬が乗っている。文三郎さんは一番後ろだ。福《ふく》と名付けられた洋犬は賢くておとなしく、カネや父上にもすぐになついて、長い旅の慰《なぐさ》めになった。

「ほう、また鮭《さけ》が上っておる」

父上の背中がわずかに動いて、舟の左右を覗き込むようにしている。なるほど霧が這《は》う水面近くを、黒っぽい魚影が遡《さかのぼ》っていくのが見えた。

　これからが本格的な鮭の季節になるということを、カネは今回、大津に着いて初めて教えられた。浜辺には大勢の人が出て、網で獲れた鮭をさばいており、その多くはこの旅の間にずい分と見慣れた感のあるアイヌたちだった。顔立ちそのものが和人とは異なっている上に、何より着ているものが違うからすぐに分かる。

「この時期が一年で一番忙しいもんでね、アイヌもかき集めてるんです。食うにも困る連中が多いですから、声をかければすぐに集まってきます」

　兄上や勝が便りで度々その名を記していた大津の江政敏という人は、漁場の総元締めのようなことをしているらしく、そういうアイヌたちも雇っているようだった。

「オベリベリにも、じきに鮭が上るでしょう。冬の間の貴重な食料になりますから、せいぜい獲って、蓄えることだ」

　田舎の漁村には珍しいほど豪奢《ごうしゃ》な家に暮らす江氏はそう言って、江氏気付で晩成社の誰彼に宛てて届いていた郵便物などを渡してくれた。

「まあ、あたしから見たら、特に鈴木さんが一人きりで冬を越したときなんぞ、何とも物好きなと思えんこともなかったですがね。それでもいったん始めたことだ、うまくいくことを願ってますよ」

　実は、オベリベリに入って間もなく逃げ出した藤江助蔵夫妻も、江氏のところに泣きついてきたことがあったそうだ。彼らは伊豆が恋しいと言いながら、そのまますぐに帰る様子もなく、大津でしばらくぐずぐずしていたらしい。そして最近になって「やっぱりもう少し我慢する」と、オベリベリに戻っていったという話も、江氏の口から聞かされた。

「ここはねえ、人の出入りが自由になってからは、意外と流れ者が多いんですわ。函館から来る連中もいるし、内地からもね。結構ワケありな連中も来てますよ。小さな村だが選り好みさえしなけりゃあ、食っていくだけは何とかなる。それでも、生まれたときから百姓仕事だけしてきた人らにすれば、そうそう暮らしやすい場所とは言えんのかも知れんなあ」

確かに大津という村はそれなりに活気がある。だが、その一方ではどこか荒々しい雰囲気が感じられないでもなかった。荷車を引く男同士が怒鳴り合っているかと思えば、一見しただけでは何をしているか分からない着流し姿の男たちが数人で、辺りを睨《ね》め回すようにして歩いていたりする。赤い提灯《ちょうちん》をぶら下げた店先には、カネの目から見ても明らかに素人とは違っていると分かる女が、ぞろりとした着こなしでキセルを吸っていることもあった。女学校と教会しか知らないカネの目には、彼ら彼女らは、どこか底光りするような不気味さを秘めている異界の存在に感じられた。

「船で運んできた荷を、艀を使って岸まで運ぶ連中が、気が荒くて結構なくせ者ばっかりなんだそうだや。船着場までなんてほんの少しの距離なのに、その運び賃が、函館からここまで運ぶ料金と同じくらい高いんだとか。それを、ちょっとでも値切ったり支払いを渋ったりすると、わざと荷物を海に沈めたりするそうだ」

オベリベリまで行ってくれるアイヌを探してもらうために大津で数日を過ごすうちに、文三郎さんがそんな話を聞きつけてきた。こんな豊かな自然に囲まれていれば、誰もが心洗われて、素朴で純粋な人たちばかりに違いないと思っていたカネは、ここでも目を丸くしなければならなかった。

舟は、川が二つに分かれているところにさしかかった。流れの具合がまた変わって、男たちが右に左にと櫂を持ち替える。身体が大きく揺られて、カネは舟縁にしがみついた。

「もうすぐ、もうすぐ」

しばらくすると、背後から声が聞こえた。アイヌの男たちは丸木舟の端と端とで互いに言葉を交わすときには自分たちの言葉を使っているから、カネには何を話し合っているのかまるで分からない。日暮れや昼食時に陸地に上がっても彼らは寡黙《かもく》で、父上が話しかけても必要以上の話はしなかった。そんな彼らが今、珍しく日本語を口にした。

もうすぐ。

もうすぐ夫になった人と会える。

実のところ、この旅の間は横浜にいたときほど勝のことばかり思っていたわけではなかった気がする。もちろん忘れているはずはないのだが、横浜でじっと祈り続けていたときと違って、毎日異なる風景が目の前に広がることの方にすっかり気を取られていた。

函館から先も、馬車に揺られたり蒸気船に乗ったり、またひたすら歩いたりという日々は、女学校という限られた空間で規則正しい生活を送っていた年月とはあまりにも違っていた。日に何度となく「あれは何」「ほら、あそこに見えるのは」と驚きの声を上げて、大きな翼で空を舞うツルや、時としてキツネやリス、鹿などを見かける珍しさ、嬉しさと言ったらない。一歩でも外に出れば耶蘇教徒というだけで奇異の目で見られた煩わしさからも解放されたと思うと、それだけで気持ちが晴れ晴れした。長い間カネを取り囲んでいた見えない柵が一気に取り払われた、そのことを実感しない日はないほどだった。

父上は父上で、どこを歩いていても引っ切りなしに立ち止まっては懐から帳面を取り出して、見聞きしたあらゆるものを記録することに夢中になっていた。風景の変化や天候はもちろん、アイヌの小屋を見かければ中に声をかけ、たまに行き交う人とも必ず何かしら話をする。そんな父上と、さほど速く歩けないカネと一緒では、まだ十八だという文三郎さんは焦《じ》れったく感じることも、また退屈することもあっただろうが、そんなときは洋犬の福が気を紛らす相手になった。そうして三人で続けてきた旅がいよいよ終わろうとしている。流れる霧の向こうから木の枝が大きく伸びてきていて、手を伸ばせば触れることさえ出来そうなところもあった。

「あ、あれ！　左側！」

背後から文三郎さんの声がした。思わず岸を見ると、ずっと続いていた林の影が途切れがちになり、その向こうに、確かに人の建てた小屋らしいものが霞んで見えた。

「父上、父上、あれ」

「見えとる、見えとる。ようやっと近づいてきたらしいな」

樹影がまばらになってきて、櫂を操るアイヌが何か節をつけて歌い始めた。後ろの男が歌うと、前の男もそれに合わせる。二人で掛け合いのように声を出す間にも、また一軒、建物が見えた。それまで毛布にくるまって背を丸めていたカネは、背筋を伸ばして川面《かわも》よりも高くなっている岸の方を眺めた。気のせいか、薪《まき》か藁《わら》のようなものが燃える匂いが漂ってくる。

川幅はいよいよ狭くなってきて、両岸から伸びる木々の枝が霧に霞む景色を遮るほどになってきた。やがて細い流れを遡った先に、薄ぼんやりと、明らかに人が造ったものと分かる小さな舟着場らしいものと舟をもやう棒杭が姿を現した。近くに数人の人影も見える。背後から文三郎さんが「おうい！」と声を上げた。すると、間髪《かんはつ》を入れず岸辺からも「おうい！」という声が返ってくる。

「おうい！　依田文三郎だやぁ、ただ今着いたっけよ！」

カネも思わず声を上げた。

「渡辺カネでございます！　父と、まいりました！」

歓声のようなものが聞こえて、人影が増えてきた。その中の一人が岸辺をかけて舟着場まで下りてくる。

「着いたがやぁ、よう来た！」

ひょろりとした背の高い姿から発せられたのは、間違いなく勝の声だ。次いで、もう一つの人影が走り寄ってくる。

「父上！　銃太郎ですっ」

「おう、銃太郎！」

二人は揃って洋服姿だった。今にも川の中まで入ってきそうな勢いで、身を乗り出してカネたちの乗った舟を待ち構えている。

「文三郎さん！　リクだや！」

「俺だ、文三郎！」

「あ、兄さん、義姉《ねえ》さん！」

舟と岸辺との間でやり取りをするうち、丸木舟は、最後はゆっくりと滑るように舟着場に近づき、舳先に結わえつけられていた縄をアイヌが放ると、兄上がそれをたぐり寄せた。

まず、舟から飛び降りたのは福だ。それから順に、差し伸べられた手に掴まりながら立ち上がり、霧に湿る舟着場に降り立ったときには、思わずよろけそうになった。咄嗟に勝がしっかりと手を握ってくれる。カネは笑いかけようとして勝を見上げ、つい息を吞んだ。

やつれた。

たった数カ月の間に何があったのかと思うほど、勝は面やつれしていた。それでも「よく来た」と、いかにも嬉しそうに目を細めているのを見ると、何だか急に泣き出したいような気持ちになった。そうだった。この人はもうカネの夫なのだと、その荒れた手の温《ぬく》もりを感じながら、初めて思った。

「銃太郎くんと、今日は来るか明日は来るかと毎日、待ちわびとったに。道中、危なやあ目に遭うことはなかったかやぁ」

「おかげさまで、文三郎さんにも助けてもらって、思いの外楽しい旅になりました」

縄からも解き放たれて嬉しそうな福は大きく尾を振りながら人々の間を走り回っていたかと思うと、今度は土手の斜面をそのまま駆け上がっていく。カネも集まった人々に続いて、段々のついた小道を上った。霧のせいで全体に薄ぼんやりしているものの、ぽつり、ぽつりと小屋が建っている風景が目の前に開けた。

「皆への挨拶は、また改めるとして、取りあえず今日は荷を解いてくつろぐことにしよう。父上もお疲れでしょう」

父上の荷物を手にした兄上が周囲の人たちに声をかけ、それからカネの方を向いた。昨年の六月以来だから一年以上も会っていなかった兄上は、思った以上に元気そうだったが、髪も髭も伸びている上にすっかり日焼けしていて、牧師だった頃の面影などほとんど感じられない風貌になっていた。

「カネも勝くんと、少しゆっくりするといい。俺の家は西の端だ。後で一緒に来い、晩飯を作って待ってるから」

じゃあな、と霧の中に消えていく父上と兄上の後ろ姿を見送っていると、隣に立つ勝が、自分たちの家は東の端にあると、兄上が行ったのと反対の方向を指さす。

「ほんで、大体、村の真ん中へんに建っとるのが依田くんの家と晩成社の事務所だ」

「その途中に、他の皆さんの家があるという感じですか？」

「そんなところだがやあ。全部で十軒しかなやあ村だもんだで、ちっぽけなもんだなも」

霧の中に続いている細い道を、勝について歩きながら、カネは霧で視界が悪いなりに何か見えるのではないかと周囲に目を凝《こ》らした。ひっそりとした空気が全身を包み込む。

「ほんでも俺が来たときは、この辺りはまだ一面の草っ原しかなゃあところだったもんだで。ちょっとずつ道を拓いて、どうにかこうにか、ここまできたがよう」

そうして案内された東の端にあるという勝の家とは、屋根から壁まで全体が茅《かや》で覆われている、実に小さな文字通りの掘っ立て小屋だった。隣にもう一つ建っているのは、ここに来た当初アイヌから買い取った小屋だそうだ。

「そっちは、今は納屋にしとる。見た目は似たようなもんだが、何せ古いこともあって入ってみらゃあ匂いも違っとるし、暗ゃあし、使い勝手も悪いもんで。こっちは新築の匂いだなも」

新築といっても、玄関といえばただの戸板一枚、室内を明るくしているという窓はいわゆる蔀戸《しとみど》で、下から押し上げた板を上から釣るのではなく、つっかえ棒で支えているというものだ。

「入ってちょうだゃあ」

促されても容易に足が出せないまま、カネは、ただ小屋全体を見回していた。一体いつの時代の住まいなのかと思う。東京や横浜では無論のこと、御維新《ごいしん》よりも前の、たとえば信州上田の相当な田舎に行ったって、そうそう見かけるものではなかったような気がする。まるで「三匹の子豚」に出てくる藁の家と変わらない。

「――ここが」

いかにも驚いた顔をしていたのだろうか、勝は何となく照れくさそうな表情になって「そう、ここだがや」と髭に囲まれた口元を歪めている。

「まあ、見ててちょうだゃあ。こうしておカネも来たからには、こっから手ぇ加えて、どんどん住みやすくしていくもんで。あらかた畑の方も終《しま》いになってきたもんだで、最近は毎日のように木挽《こび》きもしとる。何しろ、ここでは材料なら何でも手に入るんだで、あとはどんだけ自分らが身体を使うかにかかっとるでな」

何もないところから暮らしを作っていくというのはこういうことかと、勝の言葉を聞きながら、カネは改めてその思いを噛みしめていた。考えてみれば畑仕事は無論のこと、大工仕事にだって慣れているはずのない勝が、人の手を借りたとはいえ、よくぞこれだけの小屋を造ったものだ。そう考えれば上出来ではないか。カネは覚悟を決めるように大きく一つ頷いて、勝が引いた扉の中に足を踏み入れた。

薄暗く、ひんやりとした小屋の中には、入ってまず小さな土間があり、右手には粗末な水屋があった。土間と奥に続く板の間をまたぐような格好で炉が切られていて、炉の上を通っている梁《はり》からは鉤《かぎ》が下がり、鍋がかかっていた。天井板など張られていないから、他にも何本かの梁が丸見えになっているが、それらからもいくつもの袋や籠《かご》、また魚などが吊されている。板張りの床に敷き詰められているのは、見慣れない茣蓙《ござ》のような敷物だ。

「ネズミが多いもんだで、食われんように吊しとる。この敷物は、アイヌの作る茣蓙だなも」

部屋の片隅にはランプの載った小さな座卓とお膳に碁盤など。そして横浜から運んできた箪笥《たんす》。奥には戸はついていないものの押入らしい棚が出来ていて、そこに布団を始め、茶箱や行李《こうり》の類《たぐ》いが積み重ねられていた。それでも小屋の中は粗末なりに片付いていて、今日まで勝が一人で暮らしを紡《つむ》いできたことが確かに感じられた。だが、とてもではないがナイフやフォークで食事など出来る家とは言えない。さて、この空間をどうやって少しでも暮らしやすくしていったものだろうかと辺りを見回していたとき、突然、抱きすくめられた。土と草と、たき火のような匂いがカネを包み込んだ。

「よく来た」

「――はい」

「驚いたかゃあ」

「――かなり」

「もう、帰れんぜ」

「――はい」

勝の温もりが頬に触れる。

この人が、私の夫。

そしてここが、私の家。

もう、帰れない。

着物を通して感じられる、勝の腕の力強さに包まれながら、カネはその思いを嚙みしめていた。

6

ほどなくして、依田さんが結婚の祝いも兼ねて、酒と反物を持ってやってきた。旅の間は弟の文三郎が世話になったと、相変わらず目をぎょろりとさせて、ぶっきらぼうな様子で頭を下げるでもなく、こちらを見ている。

「カネさんも、早くここに慣れてくれるといいと思ってるさー」

「不慣れですが、一生懸命やってまいりますので。皆さんにも色々と――」

「俺ら、渡辺くんと鈴木くんとは、毎晩とは言わんけど、まあ、しょっちゅう誰かの小屋を行ったり来たりしとるもんで。ここにもちょいちょい顔出さしてもらうけーが」

「それはもう、もちろん――」

「カネさんも、まあ、うちのと仲良うつきあってくれや」

カネが「こちらこそ」と手をついて頭を下げている間に、依田さんは「そんじゃあ」と、もう出て行ってしまった。カネは呆気にとられて閉じられた扉を見つめ、それから勝の方を振り返った。腕組みをした勝が苦笑している。

「――こちらの話はほとんどお聞きにならないで。いつも、あんななのですか？」

「依田くんにしてみりゃあ、あれで精一杯だなも」

髭を撫でつけるようにしながら、勝は、依田さんという人にはひどく不器用なところがあるのだと言った。口が重たいし、心には常に熱いものを秘めているのだが、それを容易に表に出さないのだそうだ。その上、緊張すると余計に、人の話も聞かずに自分の言いたいことだけを言って終わらせてしまう。

「もともと人付き合いが得意じゃねぁとこにきて、特にこっちに来てからは、いっつも気が張っとるんでねぁかね。余計に難しい顔をしとるもんで、村の連中も話しにくそうにしとるわ。何ていうても地主のお坊ちゃんだもんで、そう気軽に話せる相手とも思うとらんとこに来て、あれだで」

確かに、依田さんはこの村に皆を連れてきた責任を背負っている。結局は誰もが自分たちで決心したこととはいえ、依田さんがいくつもの人生を変えたことは間違いがない。そういう人が呑気に笑ってなどいられないというのが、この村の今の状態なのだろうかとカネは思いを巡らせた。そういえば、さっき舟着場に姿を見せた人たちにも、さほど明るい笑顔というものは見られなかったような気がする。秋の盛りだというのに、晴れ晴れとした収穫の喜びは、この村には縁遠いのだろうか。

夕暮れが近づいた頃、ようやく霧が晴れてきて、兄上の小屋に向かうために、初めて勝と共に村の中を歩いた。小さな茅葺き小屋が点在する風景は、いかにも侘《わび》しく、貧しげなものだった。

「まるで、水墨画の世界のよう」

「横浜や函館から比べたら、信じられん風景だろう」

それでも夕餉《ゆうげ》の支度をしているらしく、家々からほのかな煙が立ちのぼるのを眺めると、どれほどささやかであろうとも、確かに人の暮らしがあるのだと感じる。人が踏み固めて出来ただけのような小道の脇には、一段低くなっているところに小さな川の流れがあって、川岸の繁《しげ》みや石の上などには鴨だろうか、水鳥が羽を休める姿も見られた。

「この辺は、こういう川が何本も流れとる。最初、大津から上ってくるときは十勝川だったもんが途中で枝分かれして、札内川とかヲビヒロ川とか、こういう小さい川になってな。飲んでみらゃあ分かるが、うまゃぁ水だ」

並んで歩きながら、勝はこのオベリベリの大体の特色について話してくれた。川べりによく生えているのはドロノキなどの柳が多く、ところどころに見える大木の林は柏だそうだ。

「柏餅に使う柏ですか」

「あの木はええがゃあ。丈夫で、小屋を建てるには一番だがゃあ。薪にもなるし、どんぐりも食べれるそうだ」

他にハルニレや白樺《しらかば》、オニグルミ、シナノキ、イタヤカエデなどといった木もあるという。林に入れば実に様々な植物が生えているが、見つけたら必ず摘んでくるといいのが、まずヨモギだそうだ。よもぎ餅などを作るのにももちろんだが、夏が過ぎても蚊やブヨが出続けているこの辺りでは、ヨモギは燻《いぶ》すことで虫除けになるし、さらに傷薬にもなるのだと勝は言った。

「アイヌはヨモギをノヤと呼んどってよー、葉っぱから茎まで全部、使うんだげな。あいつらの世界では、ヨモギがこの世で最初に生えた草とか言われとって、魔除けにもなると言っとった」

魔除け、と、カネは小さく呟いた。少なくともカネたちの信仰する耶蘇教の世界には、魔除けは存在しない。だが、だからといって「そんなもの」とはねつけていては、アイヌの人たちと親しくなることなど出来ないのだろう。

「よう、来たか」

思ったよりも離れていた兄上の小屋に着くと、旅の装束からも解放された父上が、早くもくつろいだ表情で炉端に陣取り、薪をくべたりしていた。勝の住まいと似たり寄ったりの小屋で兄上が用意してくれていた料理は、畑で採れたという豆の煮付けやアイヌから分けてもらった鹿肉、野草の和《あ》え物、鮭の汁物などで、おまけに赤飯まで炊いてあった。

「すごい。兄上の手料理というだけでも驚きなのに」

カネが感心すると、兄上は、こんな粗末な小屋でも、その気になればこういうものも作れるのだと自慢した。

「普段は芋を食ったり、黍飯《きびめし》にしたりしているんだがな。今日は特別だ」

全員で炉を囲み、まずは勝が父上に「親父どの」と徳利を差し出した。縁続きになった男たち三人はそれぞれ酌をしあい、カネは白湯《さゆ》を注いだ茶碗を持って、皆で乾杯をする。男たちは酒を一気に呑み干して、同時に何とも言えない声を絞り出したかと思うと、声を揃えて笑い出した。ほっとくつろいだ雰囲気が漂って、ささやかな住まいに一気に温もりが拡がったように感じられる。

「去年の今ごろのことを考えると、父上も兄上も、勝さんも、私も、みんな、まるで夢のようですものね」

まず兄上が「まったくだ」と唸《うな》った後、しみじみと宙を見上げた。

「今だから言えることだが、俺の場合は、去年の今ごろからだんだん寒くなるにつれて、どうにも気持ちが沈んで、いくら聖書を開いても、どれほど祈っても、心が安らぐことがない日もあったくらいだ」

早速、料理に箸を伸ばしながら、父上が、うん、うん、と頷いている。

「来てみて分かったが、お前を見直した。この土地で、たった一人で、よく乗り切ったもんじゃ」

父上に労をねぎらわれて、兄上は照れたように口元をほころばせる。日々の暮らしは厳しかったかも知れないが、穏やかな目元は相変わらずだ。

「俺がこのオベリベリを守り抜かないことには、依田くんの思いも勝の計画も、何もかも無になると思えば、やせ我慢をしてでも乗り切るしかないと、毎日自分に言い聞かせていましたからね。それに、やはり神のご加護だと思います。こんな場所でも助けてくれる人はいるものです。アイヌはもちろん、この近くに住む国分久吉という商人や、モッケナシというところにいる大川宇八郎にもずい分と助けられました」

父上は「なるほど」と頷いて、ぐい呑みを傾ける。

「それで、どうなんじゃ。その後の晩成社は」

兄上は、今度はちらりと勝と顔を見合わせた。勝が大きく息を吐き出した。

「なかなか、容易にいくもんでは、なゃあですわ。色んなことが起きるし、一人一人、考え方も違っとるもんで」

「僕らだってもちろん、最初から何もかもうまくいくということはないだろうとは考えていましたが、手紙でお知らせしたことの他にも、本当に色々と厄介なことが起きています」

野火が頻繁に起きるという。この辺りには野生の鹿がいる。年に一度生え替わる鹿の角がいい商売になることから、草原のあちらこちらに落ちている角を拾い集める連中が、角を見つけやすくするために火を放つのだそうだ。

「そういう連中は見境なしですからね」

天候や風向きによっては火が瞬く間に燃え広がり、この村に近づいてきたこともあって、その時は村人総出で迎え火を放ったこともあると兄上は語った。

「依田くんが、火を放つのは禁止にしてもらいたゃあって、すぐさま大津まで行って戸長に嘆願書を出したけど、結局それっきりになっとるがや」

勝がぐい吞みを傾けながら苦々しい表情になっている。やつれた分だけ余計に顔の陰影が濃くなったようだ。

「あん時もみんな、もうたまらん、こんなとこからは帰りたゃあって言い出して、えらゃあ騒ぎになったもんで」

　そうでなくとも伊豆の温暖な気候に慣れた農民たちは、オベリベリの気候と天候に閉口しているとのことだった。夏でも遅霜《おそじも》が降りる日があるかと思えば、突如として激しい雷雨に見舞われ、また旱《ひでり》が続くといった具合で安定しない。その上ここは畑に向かないと言う農民も少なくないのだという。木を伐採する手間が省けるからと、深い森など広がっていないこの平原を選んだが、太古の昔から人の手が加わったことのない大地は思った以上に草の根が張っていて、鍬を打ち込むのも容易ではない。しかも大量の蚊やブヨが湧いているからたまらない。肌の出るところはすべて布で覆い、ヨモギを燻し続けなければ、小屋の中までも入ってきてしまうのだそうだ。そんな思いをしながら必死で畑を拓いているというのに、野火などにやられたのでは弱り目に祟《たた》り目だというのは、カネが聞いていても、もっともな話だった。

「しかし、何と言ってもバッタ騒動ですね。あれが、みんなをもっとも動揺させました」

「あれには、本当まいったぜ。まさしく空から災難が降り注いできたみたゃあなもんだなも。あいつらが何でもかんでも食い尽くす音は、今でも耳から離れんぐちゃあだがゃあ」

「どんなに必死で種をまいて育てても最後に収穫出来ないっていうことが、農民にとってはは何よりこたえるんだって、骨身に沁みて分かりました」

「ほんでも、そこで諦めるわけにいかんで、何とか皆のことも励ましながら、また種下ろしをするわけだがゃあ。ほうしたらついこの間、今度は早霜が降りて、やっと育ってきた収穫前の野菜が、またほとんどやられてまったもんで」

兄上と勝とは交互に、それも堰《せき》を切ったように話した。何もかもが手探りの日々の中で、二人ともずい分と心に溜まっているものがあるのだろうとカネは感じた。

「でも――それほど作物が穫れないのなら、生活はどうなってしまうのでしょう」

つい呟くと、兄上は、取りあえず初年度ということもあり、生活に関わるすべてのものは晩成社が手配し、また立て替えることになっているから、当面の心配はいらないと言った。

「何から何までオベリベリまで運んでは来れんもんで、大津に倉庫を一つ借りとって、そこに貯めたるで。ほんだで俺たち三人か他の誰かが大津まで行って、必要なものを運んで来ることになっとるて。それと一緒に、戸長役場に行って必要な書類を出《だ》やあたり、手続きしたり、江さんのところにも寄って溜まっとる郵便やら何やらももらってきたり、まあ、することは色々とあるんだて」

なるほど、と頷きながら、覚悟していたこととはいえ、ずい分と日々が不便なものだと、カネは密かにため息をついた。大津まで行かないことには何一つ手に入らない上に、その大津までも歩いては行かれないのだから、まるで原始の世界のようだ。川一本が、自分たちの生命線ということになる。

「それでも取りあえず、今は、村の人たちは一つにまとまっておるのかね」

「それも、そうとは言い切れーせんのが頭の痛ぁところだがゃあ」

勝が手酌で酒を注ぎながら、口元を歪めた。橋を架けよう、道を造ろうと相談しても、容易に皆が力を合わせようとしない状態が、最初からあまり改善していないというのだ。

兄上も大きくため息をつき、しばらく口を噤《つぐ》んでいたが、はっと思い出したように、急に表情を変えた。

「それより、父上、カネも、今日はまず向こうの話を聞かせて下さい。母上や弟たちは元気にしていますか」

「そうだがゃあ。せめて今夜ぐらゃあは、そういう話を聞きたゃあもんだ」

便りを送っても内地からでは一カ月近くかかり、新聞も届くことは届くがやはり大津まで取りに行かなければならないから、どうしても半月やひと月遅れのものを読むことしか出来ないという土地にいて、勝たちは身近な人たちの近況を含め、外の世界のあらゆる情報に飢えている様子だった。父上やカネが何を話しても、二人は杯を重ねながら「それで」「それで」と先を聞きたがり、時のたつのも忘れた様子で笑ったり感心したりを繰り返した。

やがて夜も更けて自分たちの小屋に帰る道は、ランプに頼らなくてもすむくらいに月が青白く光って辺りを照らしていた。蘆のざわめきが波音のように聞こえてくる。その音に包まれて勝と並んで歩くうち、カネは、まるでこの世界に自分たち二人しかいないような気分になった。これから先ずっと、この人とこうして並んで生きていく、子どもを作り、産み、育てていくのだと自分に言い聞かせていた矢先、いきなり肩を抱き寄せられた。咄嗟のことに声も出せずにいると、勝はそのまま大きく前のめりになるように身体を屈《かが》めている。その重みに、カネは思わずよろけた。

「あの——ちょっと、まだ——」

「——いかん」

「え？」

「また、熱が出てきたみてぁだ」

青白く浮かび上がる景色の中で、勝はカネの肩を抱いたまま、今度は背をそらして、満天の星を仰ぐようにしている。ふう、と息を吐き出した音が聞こえた。

「このところ、ずっと続いとる」

「どうして？　どうしたんでしょう？」

「銃太郎が言うには、おこりでなゃあかということだった」

「おこり――」

「昼間は何ともなやあと思っとっても、夜になると、いきなりこうして熱が高くなるもんで」

勝は「どえりゃあもんだ」と、早くも喘《あえ》ぐような声になっている。おこり、と聞いて、カネは即座にワッデル師のことを思い出した。寄り添って歩く勝の身体の熱さを感じながら、青白い月明かりを頼りに自分たちの小屋まで帰り着いたところで、すぐに荷の中からキニーネの薬瓶を探し始める。その間に勝は早々と布団を敷いて、もう倒れ込むように横になっていた。

「あの、渡辺――勝さん」

「――おカネ、来て早々に、すまんことだがや」

「実は、ワッデル先生から、お薬をいただいてきたんです」

「薬？　おこりの？」

肩で息をしながら、勝が潤んだ目を向けてくる。ランプの火の下で、カネは大きく頷いた。

「おこりは、おそらくマラリアという病気で、それなら必ずこのキニーネが効くと」

「本当かやあ。そんなら、飲まな、すぐにでも」

必死で身体を起こした勝に、カネは薬瓶を差し出して見せながら、ただし、これは非常に苦みが強いそうだから、それにも耐えなければならないという説明をした。

「かまわん、かまわん。おこりが治るんなら、苦がゃあくらゃあどうということもなゃあ。早よ、飲ましてちょう」

「けれど、私も説明を聞いただけで、実際に使ったことは一度もないんです。もしも分量を間違えたら、勝さん——あなたの身に何が起こるか——」

使い方を一つ間違えば内臓を傷めたり目が見えづらくなることもあると、ワッデル師は言っていた。まさかこんなにいきなりキニーネを使うときが来るとは思っていなかったから、心の準備も何も出来ていない。カネは、自分で薬を取り出しておきながら、果たして大丈夫なものだろうかと急に恐ろしくなった。医者はおろか薬局などあるはずもない未開の地に着いて早々、夫を危険な目に遭わせるような真似はしたくない。だが勝は「かまわんで」と大きく息を吐いた。

「ワッデル師がよこしてくれて、カネがすすめるもんなら、俺ゃあ迷わんで飲むわ。それで妙なことになったら、そらゃあ俺の運のなさだがや。それに今、この村には他にもおこりで苦しんどる人らがおるもんだで。俺を使って、どんぐらゃあの量を飲ませりゃあええか分かると、必ず他の人の役にも立つがや。だから、ひと思いにやってちょうだゃあ」

それだけ言うと、勝はまた布団の上に倒れ込んでしまった。この面やつれは、おこりのせいだったのかと、カネは改めて苦しそうな呼吸を続ける夫の顔を見つめ、それから意を決して立ち上がった。

そのために、いただいてきたのだもの。

こうなったら迷っている余裕はなかった。カネはランプの光を頼りに、まずは火を熾《おこ》して湯を沸かし始めた。その間に茶箪笥の中から湯飲み茶碗を取り出し、息を殺して耳かき数杯分ほどのキニーネを茶碗に入れる。

天主さまが守って下さる。きっと。

祈っているうち湯が沸き始めた。カネは柄杓《ひしゃく》で湯をすくい、そっと茶碗に注ぎ込んだ。箸でゆっくりとかき混ぜて、キニーネが十分に溶けるのを待つ。茶碗の湯気を吹き、適度な温度になるまで冷ました。

「勝さん——あなた」

額に汗を浮かべて喘ぐようにしている勝のそばまで茶碗を持って行き、何度か身体を揺すって、ようやく目を開いた勝は、一瞬カネのことが分からないような表情をしたが、それでもやっと上体を起こして、茶碗を手に取った。

「苦いと思いますから、出来ればひと息に」

「ほうだな。ひと息にな」

勝は、ちらりとカネを見て、虚《うつ》ろな表情のまま、無理矢理のようににやりと笑う。

「まさか初夜も迎えんまんま、おカネを後家さんにさすわけに、いかんもんでね」

こんな時に何を言っているのかとカネが言葉に詰まっている間に、勝は湯飲み茶碗に口をつけ、まるでためらう素振りも見せずに喉を鳴らして薬を飲んだ。そして、全部飲み干したところで、初めて大きく顔を歪めた。

「こらあ、どえらゃあ苦がゃあわ。苦がゃあなんて、もんでなゃあ！」

それだけ言うと茶碗をカネに押しつけて、また布団に倒れ込む。

「すまんな——おカネ」

それからまだしばらくの間は呼吸が荒かったが、やがて規則正しく深くなり、勝は眠りに落ちたようだった。しばらく息を殺して見つめていたが、急に苦しみ出すというようなこともない。どうやら落ち着いたらしいのを見届けてから、カネは自分もそっと寝る支度をし、天主さまに祈りを捧げた。

無事にここまでたどり着けたことを感謝いたします。

隣に眠るこの人を、どうぞお助け下さい。

身体は疲れているはずだが、気が張っているせいかすぐに眠れる気がしない。それに、どこからか獣らしい鳴き声が聞こえてきて、それも眠りを妨げた。勝の寝息を聞き、闇に目を凝らしながら、ここにたどり着くまでの道のりを思い出し、また、横浜の港から船が遠ざかるときの光景などを次々に思い出しているうちに、いつの間にか眠りに落ちていた。

翌朝、カネが目を覚まし、起き出した後も、勝は深い寝息を立てていて一向に目を覚ます様子がなかった。だが呼吸は落ち着いているようだし、そっと額に手をあててみると熱もない。

効いたんだろうか。

カネは身支度を整えて、まずは小屋の周りを一巡りしてみることにした。外に出ても鳥の声以外、何も聞こえない。小屋の前から拓かれた畑は思い描いていたよりずいぶん分と狭く、その向こうには聞いていた通り背の高い蘆原が広がっている。いつか、ここが一面の畑になったら、その向こうには何が見えるのだろう、どんな風景に変わるのだろうかと想像しながら、カネは上る朝陽を浴びた。

今日もいい一日になりますように。

昨日までと打って変わって朝から雲一つない、澄みわたった日になった。まだ何をどうすればいいのか勝手が分からないから、とにかく畑の中を歩いてみたり、その土にそっと触れたり、また納屋に使っているという小屋を覗いたりするうち、日が高くなった。

「ああ、どえらゃあ寝たわ！」

大きく伸びをしながら勝が起き出してきたとき、カネは洗濯の真っ最中だった。指先から雫を垂らしながら「具合は」と尋ねると、勝は首を左右に動かしたり肩を回したりしながら「爽快、爽快」と目を細める。

「まるっきり、憑きもんでも落ちたような気分だなも。こんなにスッキリしたのは、どれぐらぁぶりか分からんぐらぁだ」

「じゃあ、やっぱりキニーネが効いたんでしょうか」

「ああ、効いた、効いた。よう分かる。まるっきり違うなも」

言葉通りにすっきりした顔つきで、勝は腹が減ったなと言いながらカネのそばまで歩み寄ってくると、ふいにカネを抱き上げた。長身の勝の顔がぐっと間近になって、足が宙に浮く。

「おカネのお蔭だがや！」

「――人が見ますってば」

だが勝は「見る人なんか、おるもんか」と笑っている。

「第一、俺らはもう夫婦だもんだでね、こうしとって何が悪いもんか。誰に遠慮のいるもんでなゃあ」

陽の光の下で、これほど間近に夫の顔を見るのは初めてだ。その瞳には、確かに昨日は見られなかった力が戻っているように見える。抱き上げられたまま、カネは思わず「よかった」と呟いた。

「元気になって」

「おう。これでこそ源頼光《みなもとのよりみつ》の四天王の一人、渡辺綱《わたなべのつな》の第三十五代、渡辺勝だがや！」

勝はカネの身体を振り回すようにしながら、「そんで、これが俺の嫁さんだ！」と声を上げて笑っている。

「やっと来た、俺の嫁さんだがやっ！」

カネの好きな、よく響く朗々とした声が、全身を通して伝わってきた。カネは思わず勝の首にしがみついて、自分も一緒になって笑った。

その日から、厨《くりや》仕事の一切はカネに任されることになった。米や塩、味噌などといった一切は、大津から運んでこなければ手に入らないのだから、出来るだけ減らさない工夫が必要だ。自分たちの畑から収穫したものや、この辺りで自生しているフキやゴボウを使って食料の足しにすることを教わり、アイヌが口にするトゥレプという澱粉《でんぷん》を煮物や粥《かゆ》に混ぜたり、また「お焼き」のようにして食べる方法もあるということも教わった。水屋そばの梁からは、丸く平たく固めてあるそのトゥレプがいくつかぶら下がっている。それらもアイヌから分けてもらったものだそうだ。

「トゥレプって、どうやって作るんでしょう？」

「何かの草の根っこから作るらしいが、夏に作るって話だったもんで、何なら今度の夏が来たら教わらゃええが、アイヌから分けてもらうのが一番だなも。代わりにこっちからは味噌なり何なり、分けてやると向こうもそりゃあ喜ぶもんだで」

まずはフキを混ぜて炊いた粥が、この小屋での初めての食事になった。

「そしたら、まずは他の家に挨拶回りをせんとな」

食後、茶葉はもったいないからと白湯をすすりながら、それでも勝は満足げな表情で落ち着いていた。

「そんとき、おカネ、昨日のあの薬も持っていこう。具合の悪い人にゃあ、すぐにでも飲ませてやりたゃあ」

確かに一軒ずつ小屋を訪ねていくと、家族のうちの誰かが具合を悪くしているという家がほとんどだった。改めてカネを紹介し、挨拶をすませた後には、勝は必ずキニーネを飲むことをすすめた。

「そんな、わけの分からんもん、薄気味悪いだや」

中には怯えたような表情で尻込みする人もいたが、勝が「俺はたったひと晩で楽になってまったがね」と言うと、その場で意を決したように湯飲み茶碗を差し出してくる人もいた。

「苦いですけど、我慢して下さいね」

昨日、勝にしたようにキニーネを湯に溶いてやり、カネが湯飲み茶碗を手渡すとき、受け取る手はどれも節くれ立って土の色が染みついており、爪の縁まで染まっていた。

これが、畑で働く人の手。

自分の手もやがてこうなるのだと思いながら、カネは訪ねる先ごとに、落ち着いたらすぐにでも読み書きをお教えしますと誘うことを忘れなかった。

晩成社の人々に挨拶をすませた後は、今度は林を抜けて近くに住むアイヌの小屋も何軒か訪ねた。この辺りの酋長《しゅうちょう》にあたる惣乙名モチャロクは、肩まで届くほどの波打つ髪と長い髭の大半が白くなっている、小柄だが眼光鋭い老人だった。

「モチャロクは酒好きだもんだで、俺とはウマが合う。よう呼ばれて、アイヌの酒を馳走になったりもしとるがや」

そして、モチャロクの跡を継ぐと言われているのがトレツという男だ。

「トレツには最初の頃から、この辺りをよく案内してもらっとるがや」

勝がカネを紹介すると、おそらく三十代くらいだろうと思われるトレツは濃い眉の下から、いかにも興味深げな瞳を向けてきた。それからパノとアンネノの父子、ウエンコトレとコサンケアン、アイランケの父子にも会った。カネが日本語の読み書きを教えると伝えると、中でも十一歳になるというアイランケという少年は、目をきらきらさせて身を乗り出してきた。

「俺も、和人《シャモ》の字を読めるようになるか？」

「なりますよ。書けるようにもなるわ」

アイランケは黒目がちの目を大きく見開いて、ウエンコトレの顔色をうかがっている。

「アイヌは文字は必要ない」

だが父親のウエンコトレは、表情を動かさないままで短く言うだけだった。秀でた額に濃い眉、大きくどっしりとした鼻を持つウエンコトレは、その瞳に独特の力がこもっているようで、カネは一瞬怯《ひる》みそうになった。それでも、出来るだけ柔らかく微笑みかける。

「和人の文字を使って、アイヌの言葉を書き留めていくことも出来ますよ。読んだり書いたり出来ることは、きっとこれから皆さんの役に立つと思います」

だから、是非とも、息子だけでも勉強に寄越してほしいとカネは繰り返した。ウエンコトレはいいとも悪いとも言わず、ただ息子の小さな肩に手を置いていた。

## 7

朝から晩まで、無我夢中で動き回る日々が始まった。煮炊きや洗濯だけでも不慣れなところに来て、すぐ裏の川から水汲みするのも初めての経験だ。まだ少しは収穫出来るという畑の仕事も覚える必要があったし、冬に備えて薪を貯めておかなければならないから、勝が伐り出してきた木の薪割りも手伝った。その合間合間に村の誰かが顔を出しては、また新たにキニーネを欲しがっているものがいると告げに来る。カネはすぐに薬瓶を抱えて出かけていった。少しでも時間があると蘆の原に鎌を入れるが、すると蚊やブヨが襲いかかってくる。痛いかゆいと嘆いている間に陽が傾いた。

そうこうするうち兄上が鶏を五羽、持ち込んできた。

「これの世話はおカネに任せるでよう」

「世話って、どうすれば？」

「さあ、分かれせん」

勝にあっさり言われて、カネは口答えも出来ず、まずは近くに住む高橋利八の小屋を訪ねてみることにした。

「そんなもん、放っときゃあいいだら」

利八の妻きよは、カネよりも三つ年上の二十七歳ということで、あっさりして話しやすそうな人だった。夫の利八は二十二歳で、姉さん女房なのだという。

「鶏なんぞ勝手にその辺を歩き回って、一日中エサを突っついとるもんだよ。毎朝、小屋をのぞいて卵を産んどるかどうかだけ見てやりゃあいいずら」

きよはいかにも簡単そうに言うと、「それよか」とカネを手招きするように、手をひらひらと動かした。

「渡辺さんの奥さんは、まるで女神さんだって皆、言ってるよ」

「何ですか、それ」

カネが目を瞬いている間に、きよは、村のみんながカネが持ってきたキニーネに救われた、カネはすごい人だと言っていると教えてくれた。

「うちの亭主も、もうすっかりよくなったよ。ありがてえことだ。本当、この通り」

「やめてください。すごいのは薬で、私じゃないんですから」

それでも、きよは拝む真似をやめない。

「やっぱり学のある人は違うもんだって」

「そんなこと。私だって薬のことなんかほとんど何も知らないんですから」

むっちりと太いきよの手を取って、やっと拝む真似をやめさせると、彼女は「なあ」と、またこちらの顔を覗き込んできた。

「そんな人が、どうしてまた、こんなとこに来たずら。だまされたずらか？」

カネが「まさか」と笑っても、きよはまだ疑い深げな表情でこちらの顔を覗き込んでくる。

「こんなとこにいたって、何もなんねえと思うよねえ。働いたって働いたって、畑は広くなんねえし、何の種まいたって、ぜんぜん実入りがないんだよ。こんなとこ、早いとこ見切りつけて、いっそ皆で帰ぇらねえ？　ねえ、そうすべえ」

来たばかりのカネに、いきなり何を言い出すのかと、カネは返す言葉が見つからなかった。それでもきよは「なあ、なあ」とせがんでくる。

「帰ぇろう、なあ？　あたしらは読み書き出来ねえけど、カネさんが一緒にいてくれりゃあ、迷わずに帰ぇれるだに」

「だって私、結婚したばかりだし」

「渡辺さんはここにいたいんだから、いりゃあいいだに。長居すりゃあ、そんだけ情が移るんだから、カネさんは早く切り上げた方がいいよぅ」

「私は――ここにいます」

するときよは「へーえ」と口をへの字に曲げて、恨めしげな顔になっている。カネはつい苦笑しながら、内心ではため息をつくしかなかった。たった十軒しかない村なのに、果たしてこれから先どうなるのかと思う。だが、そんな不安の一方では嬉しいこともあった。オベリベリに着いて十日ほどした夕暮れ過ぎ、山本初二郎の息子、金蔵と、山田勘五郎の息子、広吉、そしてアイランケの三人が訪ねてきたのだ。

「よく来たわね。さあ、入って入って」

カネは嬉しくなって、いそいそと彼らを小屋に招き入れた。ちょうど夕食を済ませて誰かに手紙を書いていた勝も「こりゃあ、ええわ」と自分が座っていた場所を譲ってくれた。

「俺、もっと色んなこと知りてえんだ」

最初にひょこりと頭を下げた十四歳の金蔵は、勝が一人で暮らしていたときにも時々、習字や勉強を教わりに来ていたということで、既に多少の算術も出来るようになっていた。一方、二十歳の広吉も簡単な読み書きは出来、加えて聖書にも興味を抱き始めているという。残るはアイランケだった。アイヌの少年は、日本語の文字をまったく知らない。カネは、金蔵と広吉にはそれぞれに一人で出来る課題を与え、ことにアイランケに丁寧に「いろは」から教えていくことにした。そして、ひとしきり授業をした後は三人に物語の読み聞かせをした。堅苦しい勉強ばかりでは子どもはじきに飽きてしまうことは経験上よく分かっている。

「文字が分かるようになったら、こういうお話もどんどん自分で読めるようになりますよ」

「ものがたり」というもの自体を知らなかった三人の少年は、カネが読み聞かせる物語に瞳を輝かせ、一心に耳を傾けた。そして「明日もまた来たい」と、恥ずかしげに笑って帰っていった。

「毎日これじゃあ、疲れるんじゃねぁか」

初めての授業に、やれやれ、と思わず息を吐き出しているカネに、勝が気遣《きづか》うような顔をした。カネは微笑みながら首を横に振った。昼間の慣れない労働で身体は疲れているはずでも、カネにとってはそれが貴重なひとときだった。

そうしてようやく少しずつ生活が落ち着いてくるかと思っていた矢先の十一月一日、前日から降り続いていた雨のせいで札内川が増水し、ついに溢れ出したと、起き抜けにきよの亭主、高橋利八が知らせに来た。

「下手すっと、土手を越えてくるかも知んねえ！」

勝が跳びはねるように利八について外の様子を見に行き、すぐに駆け戻ってきた。

「いかん、このまま水が引かなきゃあようだと、畑はおろか、小屋までやられるかも知れん！」

とにかく土間や床に置いてあったものは少しでも高いところに上げ、梁から吊せるものはすべて吊して、いざとなったら逃げるしかない。カネは、自分も慌てて勝の手伝いを始めた。米や味噌などをすべて押入に抱え上げ、濡れては困る聖書や衣類も箪笥の上に乗せる。流されては哀れだから鶏も捕まえて籠の中に入れた。やるだけのことをやってしまったら、あとはひたすら祈るだけだ。

天主さま。せめて耐えきれる分だけの試練にして下さいませ。今、私たちにはこれが精一杯です。

激しい雨音を聞きながら勝と肩を寄せ合うようにして共に祈るうち、雨音は次第に小さくなって、やがて、辺りに静寂が戻った。

「助かった！　この分じゃ、土手を越えてはこんだろう」

外の様子を見に行った勝が、帰ってくるなり万歳をした。その笑顔を見て、カネは全身の力がどっと抜けるのを感じた。

「どうなることかと思いました」

「仕方がなゃあわ。川が近かゃあと、こういうこともあるもんだや」

冬支度を始めようというこの時期になって、新しい小屋など建てることにならずに本当によかったなどと言いながら、勝は窓を押し開け、鶏を庭に放し、まるで何事もなかったかのように「飯にしようか」と言う。

「飯を食ったら俺は薪《たきぎ》を採りに行くもんだでよう、まだ当分、水は引かんだろうから、荷物は下ろさんまんまがいいな。万が一ってこともあるもんだでよう」

どれ、自分が火を熾してやろうと言って、竈《かまど》の前で腰を屈める勝を眺めながら、カネは新しい発見をした気分だった。

この人は、強くなっている。

もちろん結婚前のことはほとんど知らない。だが初めて会った当時から横浜を発つ直前までの勝の印象といったら、悠々としたおおらかさを持つ一方で、どこか線の細さを感じさせるものがあった。それがこのオベリベリへ来て、何もないところから小屋を建て、畑を拓き、何度となく自然の脅威にさらされながら暮らしてきたことで、全体に肝が据わった雰囲気を持つようになったと思う。大概のことには一喜一憂しない、そうでなければオベリベリでは生きていかれないという覚悟のようなものが定まったのかも知れない。

洪水騒動が嘘のように水が退いた後は、川に鮭が上り始めた。すると勝はヤスを片手に鮭獲りに行くようになった。獲り方はトレツやパノに教わるという。日によって三匹、五匹と獲れる鮭を運んでくると、勝は器用に捌《さば》いて白子やイクラを取り出し、それぞれを塩漬けにしていく。なるほど以前、パンを焼いたとか五目寿司を作ったと自慢するだけのことはあって、勝の包丁さばきは不慣れなカネ以上で、鮭の数も日増しに増えていった。

「おカネ、カネ！」

そうしてさらに数日が過ぎたある午後、前日から水に浸しておいた小豆を炊こうとしていたカネの耳に、外から勝の声が聞こえてきた。何事かと外に出てみると、しばらく前から大津に下っていたはずの兄上もそこにいて、勝と二人で何やら妙な顔つきで笑っている。

「兄上、いつ帰ったの？」

冷たい風に小さく身震いしながらカネが二人を見上げると、並んで立っていた勝たちはさっと左右に分かれる。すると彼らの背後から、真新しい風呂桶が現れた。端に鉄の筒が立てられた、いわゆる鉄砲風呂だ。鉄の筒に燃えた薪を入れて湯を沸かす仕組みになっている。カネは「まあ」と口元に手をやったまま、思わずその場に立ち尽くした。

「前から勝くんが注文しておいたものが、ちょうど届いてたんでな」

「——注文しておいてくださったの？」

オベリベリでの暮らしが始まって、まず何が困ったといって温かい風呂に入れないことが、カネには一番辛かった。衛生という点でも気になったが、ことに、これから寒さが厳しくなってきたら、湯で身体を拭《ぬぐ》うだけでは、どうにも身体が冷えるに違いないと不安にもなっていたのだ。それを、勝はちゃんと分かってくれていたのかと思うと、胸に温かいものがこみ上げた。

「横浜にいたときと同じ生活は無理でも、ここなりに出来るだけのことはしてやりたやあと思っとる。今日からすぐに入れるようにするでよう。これで、よお温《ぬく》もってちょうよ」

共に暮らすようになってから、日に何度でもカネを抱きしめ、どんな粗末な料理でも「うまゃあ」と笑い、こちらから言ってもいないのに風呂桶まで取り寄せてくれる、そんな人と一緒になったのだと、カネはしみじみ結婚してよかったと思った。もはや、勝と一緒になる前、誰を思うこともなく暮らしていた頃の自分の心持ちが思い出せないくらいだ。

「預かってきた手紙や新聞は後で皆に配る。食料や小間物、灯油も運んできたからな。また当分は心配いらん」

「酒もあるかゃあも」

「忘れるはずがなかろう」

「さすが銃太郎だがや」

「じゃあ、私、今日はおはぎを作るわね。ちょうど小豆を煮ようとしていたところだから」

カネの思いつきに、勝も兄上も「おう」と嬉しそうな声を上げている。カネはいそいそと小屋に戻り、竈の火を熾しにかかった。外からは、風呂桶をどこに置こうか、囲いはどの程度の大きさにしようかなどと銃太郎と相談する勝の声が聞こえて、何が楽しいのか、二人で声を揃えて笑っている。

「銃太郎が言うには、とにかく俺らには想像もつかんぐらぁの寒さになるげな、本格的に雪が降る前に、小屋の壁ももっと厚くして、色々と足りとらんもんは今のうちに作らんとな。よし、働くぞぅっ！」

その言葉通り、勝は天気さえよければ半日は鮭獲りに費やし、もう半日は大工仕事に汗を流した。物干しや薪小屋を作ったり、そうかと思えば水屋に棚を吊り、自分用の釘箱を誂《あつら》えたかと思えば、鶏小屋や便所を直し、すると次には雪解け水や排水などを流せるように、小屋の周りに溝を掘るといった具合だ。

「渡辺さんはずい分と大工仕事にも慣れてきたようじゃねえですか」

時折、大工の吉沢竹二郎が訪ねてきて、勝の仕事ぶりを眺めては細かい手直しをしてくれたり、また、いかにも本職らしく壁や囲炉裏《いろり》の補修を手伝ってくれたりした。囲炉裏の傍に、新しく炬燵も掘ってくれた。勉強を教わりに来る金蔵の父親、山本初二郎は伊豆でも農閑期に炭焼きをしていたということで、こちらに来ても炭を焼いているから、その炭を分けてもらうことが出来た。

「ああ、おこたは本当にありがたいです」

「どこの家でも欲しがってますよ。伊豆ってえのは、そんなに暖けえとこなのかね、やたら怖がってます、ここの寒さを」

竹二郎だけは伊豆ではなく東京の出身ということで、しかも独り者ということもあり、他の農民たちとは少しばかり雰囲気が違っている。彼のお蔭もあって、カネがオベリベリに着いたときには、文字通り掘っ立て小屋に毛が生えた程度の住まいだったものが、たったひと月ほどの間に細かい造作が加わり、小屋の周りには風呂の他にも薪小屋や鮭を保存するための棚なども出来て、「三匹の子豚」の小屋から、ずい分と人の住まいらしくなった。カネは、女学生当時、やはり原文で読んだ「ロビンソン・クルーソー」を思い出していた。今のカネの暮らしは、「ロビンソン・クルーソー」の世界そのものだ。

「寒くなったら、野ウサギの毛皮を糠《ぬか》と灰を使って脂を抜いてね、縫い合わせる。これもメノコの仕事だね。それを着物の下に着るんだよ」

トレツの妻からは、そんな知恵を授かった。最初、他のアイヌたちも彼女を「メノコ」と呼ぶから、そういう名前なのかと思っていたら、どうやらメノコとは女性という意味らしいということが次第に分かってきた。

「それで、ウサギの毛は着物に詰めるんだ。それで、すごく温かい」

なるほど、そうやってアイヌは寒さの中を生き抜いてきたのかと感心し、カネがお礼に縫い針を三本やると、彼女は大層喜んで、そのまたお返しにと、自分が着ていたアットゥシというアイヌの着物をくれた。アットゥシはアソピウという木の皮から繊維を取り出して織った布で作るのだという。

「木の皮から、着物が出来るの？」

口の周囲に入れ墨をしたトレツの妻は大きく頷いて、この大地にあるものは動物も植物も火も水も、すべてに魂が宿っているのだと、アイヌの信仰する世界について教えてくれた。

「その中でいちばん強い魂がカムイね。水のカムイ、火のカムイ、山のカムイ、木のカムイ、家のカムイ、たくさんいるよ。いいカムイもいるけど、悪いカムイもいる」

だからアソピウにも魂があり、その魂をもらって作るアットゥシの袖口や背中、裾に施す刺繍《ししゅう》には、きっと魔除けの意味があるに違いない、とトレツの妻は言った。

確かヨモギも魔除けになると聞いたが、そういうものが多いのだろうかと思いながら、カネは、もらったばかりのアットゥシにその場で袖を通して見せた。トレツの妻は、それは嬉しそうな顔をして、アイヌの神さまはきっとカネたちのことも守ってくれるだろうと何度も頷きながら帰っていった。

そうして今年の畑仕事が、すっかり終わりになった。暇を見つけては各戸を回って作物の出来高を記録したり、畑の測量なども行ってきた兄上によって、初めてオベリベリに入った今年は、予定の三十町歩に遠く及ばない二町七反あまりしか開墾出来なかったことが明らかになった。

「十分の一にも届いとらんがや」

兄上がやってきたある晩、勝と二人で酒を酌み交わしながら、彼らは深々とため息をついた。

「この分じゃあ、一万町歩も拓くまで、何年かかるか分からゃあせんがや」

「三十町歩でさえ、夢のまた夢だもんなあ」

二人は憂鬱な顔をして囲炉裏の火を見つめている。畑の収穫量も惨憺たる有様であることは既に聞いている。

「そんなことで大丈夫なの？」

つい口を挟むと、兄上がわずかに眉をひそめた。

「おい、男の話に――」

すると勝が「まあまあ」となだめるように手を振った。

「この場は俺ら身内だけだもんで、まあええわなも。おカネにもおカネなりに言いたやあことはある。でも、ここに依田くんもおったら、またちょっと違うがよう」

「依田さんがいたら、話しては駄目なの？」

カネが多少ふくれっ面になって尋ねると、兄上は半ば諦めたような顔つきになって頷いた。

「依田くんは武家でもない割には、そういうとこは結構うるさいからな。カネも、気をつけた方がいい」

結局こういう環境になっても、慣習や三従の教えなどから解き放たれるわけではないのだと思いながら、カネは再び繕《つくろ》い物をする手を動かし始めた。勝や銃太郎が着ている洋服は、軍や警察から出る古着を安く買っているのだそうだ。着物よりも動きやすいということだが、古着の上に労働が激しい分だけ傷みも早い。それをこまめに洗っては繕うのが、子どもらが勉強を教わりに来ない晩の、カネの大切な仕事になっている。

「こらゃあまた『帰りたゃぁ』と言い出すヤツが出てくるがや」

「どんなに帰りたくたって、冬の間はとても無理だ。取りあえず依田くんが、それをどう分からせて、説得するかだよなあ」

「依田くんにだけ任しとくってわけにもいかんぞ。あの言葉数では、そうそう納得させられるもんでもなゃあ。ここは俺らも一緒んなって、何としてでも来年に希望を持たせるようにせんことには」

茶碗酒をぐいとあおり、兄上は「希望か」と顔をしかめた。

「難しいなあ。この暮らしで希望を抱き続けるのは」

「そんでも銃太郎。とろくさゃあなりに、前には進んどるがや。こらゃあ間違いなゃあことだ」

「まあ、それはそうだが」

「焦《あせ》りは禁物だなも」

「晩成社として動き出して、まだ一年もたっとらんのだもんな」

とにかく、まず初めての冬を皆で乗り切ることだ、そうすれば必ず春が来て、また気分も変わると、二人の話は常にそんな終わり方だった。一方、依田さんがやってきた日には、勝は依田さんの聞き役になっていた。

「目標の十分の一も開墾出来なかったって、それをどう伊豆に説明すりゃあいいら。兄貴らが納得するだらか」

依田さんは、勝と兄上に対してはさほど口が重たいということもなく、言いたいことを言うようだ。

「今年は初年度だから仕方がないとしよう。向こうだって、それぐれえのことは織り込み済みだもんで。そんでも来年こそは、きっちり予定通りにせんと、兄貴も親戚連中も、そらあ黙っておれんと思う。伊豆の信用をなくすことになるら」

依田さんは、二言目には「兄貴が」「伊豆が」という言葉を使った。開拓の資金を出してもらっている以上は意識しないわけにいかないのだろうが、ここに暮らす誰一人として遊んでいたわけではないことを、きちんと説明するのが依田さんの役割なのではないかと、カネは口にこそ出せないものの、一人で密かに苛立った。依田さんのことなら勝がよく分かっているのだから、勝が上手に説得してくれるのを期待したが、いつもは言いたいことは言うはずの勝も、何となく煮え切らない返答をするから余計に焦れったくなる。ある晩、依田さんが帰っていった後でカネがそのことを言うと、勝は困ったような顔つきになった。

「そりゃ、年上の依田くんには銃太郎にするみたゃあに思うまんま、好き勝手なことは言ええせんがや。それに、依田くんは狷介孤高《けんかいここう》の士というか、容易に人の言うことを聞きゃあせん」

「そんな狷介孤高の人が、どうしてあんなに伊豆のことばかり気にするのかしら」

まだ酒が足りていないような顔つきだった勝は弁解するように「もう一杯だけ」と一人で酒を注ぎながら、それは依田家の大きさと、依田さんの長兄の偉大さのせいだろうと言った。

「武家でなゃあといったって、伊豆では大変な豪農だ。格式でもしきたりでも、落ちぶれ士族の俺らなんぞより、よっぽどこだわりがあるでよう」

その家にしばらく食客として身を寄せていたのだから、自分にはよく分かる、と勝は茶碗酒を傾ける。

「その上、一番上の兄さんの佐二平さんは、そりゃあ志も高ければ実業家としても立派に成功しとる、大したお人だで。依田くんは佐二平さんをえらゃあ尊敬しとるし、一方で、自分も兄さんみたゃあにひとかどの事業家になりたゃあと思っとるんでなゃあかな」

「事業家？　開拓者としてここに入ったのでしょう？　目指すのは事業家ではなくて開拓農民ではないの？」

「どうかなあ。度外れたことを考えとるような気もするがね」

何をするのでも構わない。とにかく何事に関しても勝や兄上と相談しながら、この土地で成功してくれるのなら文句はないとカネは思った。

そうして勝と二人、どうしても身体を寄せ合って寝ていなければ耐えられない程に冷え込んだ朝、震えながら起き出して外に出てみたら、辺り一面が雪景色に変わっていた。

いよいよ来た。オベリベリの冬。

信州の上田でも、また横浜でも、雪を経験したことがないわけではない。だが、たったひと晩の間に、すべての色を失って白一色になっている世界を目《ま》の当たりにすると、もうそれだけで内地とは違っているという感じが迫ってきた。村の人たちの間にも、不安げな空気が広がった。

「凍え死ぬなんてことは、ねえんだらか」

「うちでも何とかして鹿の皮を手に入れなけりゃって話してるとこだら。あれを敷いて寝れば温《ぬく》といらしいって」

おかみさん連中と集まって、畑から掘り出した野菜を漬け込んだり、切り干し大根を作る間も必ずそんな話になる。モッケナシの大川宇八郎はヤマニという屋号で商売をしており、鹿皮も扱っているということだ。

「今度ヤマニが来たら、うちでも鹿の皮を頼むとするか。あと、鉄砲の弾ももらわなならんもんで」

本格的な冬に入ったら今度は猟をすると張り切っている勝も、大川さんの来訪を待ちわびているらしかった。そんな十一月も終わりに近づいたある日、札幌県の勧業課吏員を名乗る男が数名でやってきたと、隣の高橋利八が知らせに来た。よその土地から人が来るのは、それだけで珍しいことだ。勝はすぐに晩成社の事務所へと出かけていった。カネも、果たしてどんな話が聞けるものかと楽しみにしていたが、しばらくして戻ってきた勝は、ひどく難しい顔つきになっていた。

「勝手なこと言ゃあがって」

荒々しく炉端に腰を下ろし、眉根をぎゅっと寄せて、勝は口をへの字に曲げて鼻から息を吐いている。

「これからは、十勝川やこの辺の川では、鮭の捕獲は禁止になったと、こかゃあがった」

「え――どうして？」

カネは驚いて仕事の手を止めた。このところ毎日のように食べているのが勝が獲ってくる鮭だ。これのお蔭で、どれほど助かっているか分からないというのに、これ以上獲れないとなったら余計に心配の種が増える。

「監視員を置くし鉄砲も持たすもんで、見つけたら罰するだと」

「だって、川を上ってくる鮭は、べつに県のものでも何でもないでしょう？」

「あたりまゃあだ。大津の海で獲っとるんなら、そらゃあ江さんとこみたゃあに仕切る人がおるもんだで、漁業権だなんだ、あるかも知れなゃあが」

勝は憮然《ぶぜん》とした表情のまま、自分たちはもちろんだが、アイヌにとってはもっと大きな打撃になるに違いないと言った。

「何せ、今年は鹿もいつもほど獲れんて話だから、そんだけでも連中は食うもんに困っとる。もともと自然任せに生きてきた連中だで、こんで鮭まで獲ってはならんてことになったら、どうなるか分からんがよう」

つまり、ここで生きているものたちみんなが飢えることになる。それを分かっていて、お役所はそんなことを言うのだろうか。その理由とは何なのだろうとカネが首を傾げている間に、勝は「ま、ええがゃあ」と鼻を鳴らした。

「監視員に見つからんようにしとかゃあ、ええだけの話だで。役場の言う通りばっかししとったら、顎が干上がるわ。こっちが頼んだことは、ここの下付願を受けつけんばっかりか、郵便局も開ゃあてくれんわ、道路の開削《かいさく》願もそのまんまで、何一つやってくれんくせしくさって。冗談じゃなゃあわ、獲ってやるがや、どんだけでもよう」

その言葉通り、勝はそれからも毎日、鮭を獲り続けた。たまに監視員と出くわすこともあるにはあったらしいが、そんなときはうまくごまかしたと笑いながら帰ってくることもあった。本当に鉄砲を向けられたらどうするのだろうかと、聞いていてヒヤヒヤしないでもなかったが、それでも勝は「そんなことにはならねぇわ」と息巻くばかりだった。

師走に入ると雪の降る日が増えた。冷え込みがきつくなり、ついにカネは勝と交互に風邪をひき、床に伏せる日があった。熱など出したのは何年ぶりか分からない。しかも、医者もいない土地で具合を悪くすると、こんなにも心細いものかと、カネは布団の中で身体を縮こめていた。

「こんな寒さだもん、無理もないわ」

カネが熱を出したと聞きつけたらしく、依田さんのところのリクが、薬を持って訪ねてきてくれた。その場で煎じてくれたものを飲んで、カネは終日うとうととまどろんだ。

色々な夢を見た。自分がまだ横浜にいて、女学校で教えている錯覚に陥る夢が続いて、目が覚めたときには一瞬どこにいるのか分からなかった。勝はいない。また狩にでも行ったのだろうか。風の音だけが聞こえる貧しい小屋に、カネは一人で寝ていた。

もう帰れないんだ。本当に。

後悔はしていないつもりだ。それでも、母上はどうしているだろう、妹や弟たちは元気だろうかなどと次々に思いが浮かんで、どうにも切ない気持ちになった。ピアソン校長やクロスビー先生たちは今もあの坂の上の校舎で、生徒たちに囲まれながら祈りと宣教の日々を送っているのだろうか。短い間しか教えられなかったけれど、可愛かった生徒たちは、さぞ大きくなっただろう。カネのことを思い出すことは、あるのだろうか。ああ、食事の度に敷かれる白いテーブルクロスが懐かしい。寒い日に飲むミルクチョコレートを今、飲むことが出来たなら――気がつくと、目尻から涙が伝い落ちていた。

それでも、私はここにいる。

そう決めたから。

カネは固く目をつぶって寝返りを打った。そうしてまた眠りに落ちた。

リクが持ってきてくれた薬が効いたのか、翌日には熱も下がり、カネはまた忙しく立ち働く日々に戻った。忙しくしていた方が余計なことを考えずに済む。横浜での暮らしや母上たちのことを思って気持ちが沈むこともない。そのことが、熱を出したお蔭でよく分かったから、余計に忙しく動くことにした。そうして迎えたクリスマス前の日曜日には兄上もやってきて、三人でささやかにクリスマスの祈禱会を開いた。

私たちはここで生きてまいります。天主さまの御心の通りに。

今このオベリベリで、ようやく新しい年を迎えようとしている我々と、我らの行く道を守りたまえ。

明治十六年の暮れ、冬枯れの野には鴨だけでなく、鷲《わし》や鷹《たか》、それに白鳥などが姿を見せるようになっていた。

「初めて見るが、白鳥も鷲も、あらゃあでっかゃあもんだなあ。ぶっ放すにも度胸がいるがや」

勝は、今度は鉄砲を担いで出かけていくようになった。どんなものも、獲れるものは獲り、食べられるものは食べて、売れるものなら売りさばく。すべて無駄にせず、鮭の皮は水を弾くことから接ぎ合わせて藁靴の上に履く靴にしたし、白鳥の美しくて大きな羽根も箒《ほうき》にしたし、鷲の羽根は何羽分もまとめて売ることが出来た。それがオベリベリで生きていくということだった。

# 第三章

# 1

明治十七年は、暮れから泊まりに来ていた父上も交えて、勝とカネとの三人で迎える新年になった。正月といっても門松を飾るわけでも鏡餅《かがみもち》があるわけでもなく、新しく袖を通す着物一つ用意できていない、ただ三人揃って雪原に朝陽を拝み、雑煮を食べるだけのものだ。

「横浜にいたときは、年の変わり目っていったら港から船の汽笛がいくつも響いてきて、どこからともなく外人さんたちの歌う声が聞こえたり、年越しの礼拝も行われたし、それは賑やかでしたね」

「伊豆でさゃあもそうだがや。除夜の鐘が響いて、山寺に続く道に初詣《はつもうで》の人らがようけ出てな、長い列を作っとった」

だが、鶏のひと鳴きで明けたオベリベリの元旦は人家の多い街では味わえない、いかにも厳かな空気に満ちていた。その清冽さや静寂に、カネは心が震えるような感動を覚えたし、ごく自然に手を合わせて祈りを捧げたい気持ちになった。天主さまの存在が、より身近で確かなものに感じる、それは間違いなく、都会では味わうことの出来ないものだ。

「なかなかどうして、こういう心持ちになった新年は初めてじゃ。上田におったときとも違う、まさしくオベリベリでしか味わえないものがあるな」

父上も同じことを感じたのかも知れない。勝と並んで早朝から漢詩を詠《よ》み、朝陽を浴びて乾布摩擦をした後はひとしきり竹刀も振るという、実に清々しいひとときを過ごした。そんな後だったから、彼らは貧しい料理にも舌鼓を打ち、実に和やかで上機嫌だった。

雑煮を食べた後、勝は村内の家々を年賀に回ると言って出かけていった。カネは、昨年の正月のことなどを思い出しながら、父上を相手に母上たちは今ごろどうしているだろうか、海岸教会ではいつものように新年の礼拝が執り行われているだろうかなどと話しながら、これからやってくるに違いない年始客のために、限られた食材とありったけの鍋を使って、時折、父上に味見をしてもらいながら、普段よりも多めの料理を用意し続けた。

「向こうでも、さぞかしわしらのことを案じておるじゃろう。カネも、暇を見つけて文を書きためておくことじゃ」

「そうします。女学校の先生方にもお伝えしたいことがたくさんあるし、函館の桜井さんにもお便りしたいし」

夕方になってほろ酔いの勝が帰宅し、入れ替わりに父上が兄上の待つ家へ帰っていくと、しばらくして依田さんが自家製の濁酒《どぶろく》を持って現れた。簡単な新年の挨拶かと思ったら、そのまま腰を据えて勝と酒を酌み交わし始めて話に際限がなく、結局そのまま泊まっていくことになったから、代わりにカネが依田さんの家に泊まることにした。正月早々リクを一人にしておけないだろうと勝が言い出したからだ。普段は一緒に暮らしている文三郎さんも、独り者同士で気楽だからと暮れから吉沢竹二郎の家に行っているという。

「まあ、頼むわ」

酒で顔を赤くした依田さんは、相変わらずぶっきらぼうな口調でそれだけ言うと、もうカネの存在など忘れたかのように勝の方に向き直ってしまう。いつものことだから、カネの方でも、もう何とも思わなくなった。とりあえず手ぬぐいと櫛だけを持ち、綿入れの上からアットゥシを羽織って家を出る。外は雪明かりでほの明るく、吐く息も髪の根も、すべて凍りつくほどに凍てついていた。

「来てくれたの？　わざわざ、悪かったね」

依田さんの家までたどり着くと、新年の挨拶もそこそこに女二人で暖かい炬燵に足を入れ、一緒に汁粉をすすりながら、しばらくは当たり障りのない話などして過ごしたけれど、そのうちに会話が途切れた。もともとカネ自身、さほど人の噂や世間話が得意な方でもないところにきて、リクという人はさらに口数も少なく、どちらかといえば内向的な印象を受ける。何より、いつにも増して青白い顔をしているのがカネは気にかかった。

「リクさん、どこか具合でも悪いの？　風邪？」

尋ねると、リクは力なく微笑みながら首を横に振る。

「ずっとね――気鬱なだけ」

「気鬱？　何か、あった？」

炬燵布団の下に手を潜り込ませ、肩をすくめて、カネはこの村の女たちの中で唯一自分より年下のリクの顔を覗き込んだ。彼女は少しの間ごまかすように曖昧《あいまい》な微笑みを浮かべていたが、やがて「ごめんねえ」と小さく頭を下げた。

「お正月早々、辛気《しんき》くさいだら」

「そんなことないのよ。ただ、顔色がよくないみたいだから」

リクは、それからもまだ唇を噛み、しばらく宙を見つめている。

「――カネさんだと思うから、話そうかな」

思えばこんなときでもない限り、朝から晩までコマネズミのように働いていて、ゆっくりと話をする機会もない。聞くだけならいくらでも出来るとカネが応えると、リクは、まだ少し迷う様子を見せていたが、やがてふう、と一つ息を吐いて、「実はさ」と俯《うつむ》きがちに口を開いた。

「私さ、子どもがいんだ。男の子が一人」

ああ、やはりその話かと思った。初めて横浜でリクと会ったときのことを思い出す。あの時も、今から考えれば信じられないほどはしゃいでいた依田さんのそばで、リクの方はずい分と淋しそうにしていた。

「俊助《しゅんすけ》っていって――主人が、開拓の足手まといになるから、どうしても連れてきちゃなんねえって言うもんで、しょんねえから伊豆に置いてきたんだけんど」

「聞いてるわ、うちの人から」

リクの眉や口元が、痙攣《けいれん》でも起こしたようにぴりぴりと震えた。

「その俊助がね――あの子がさ」

リクは大きく深呼吸をするように何度か肩を上下させて、死んじゃったんだよね、とかすれる声で呟いた。カネは一瞬、息を呑んだ。

「そんな――いつ？　知らせが、来たの？」

「文三郎さんが来たとき、私が真っ先に『俊助はどうしてる』って聞いたら、最初は黙ってたんだけど――主人の兄に口止めされてるからって」

「それで、文三郎さんが言ったの？　亡くなったって？」

リクは唇を噛んで小さく頷いた。

「――つまり、私たちがこっちに来るよりも前に、亡くなってたっていうことなの？」

リクはもう一度頷いて、自分の息子は昨年の九月七日に息を引き取ったらしいと、震える息と一緒に、囁くように言った。

「まだ三歳だったのさ。どんなにか心細かったか知らねぇのに――私を呼んでたに違いないよ。なのに、私はあの子を抱いてやることも出来んかったばっかりか、死んだことさえ知らんかったんだよねえ」

リクの瞳からぽろりと涙が伝い落ちた。あまりにも思いがけない話に、カネはしばらくどう声をかけたらいいのかも分からなかった。しばらくは「そうなの」と言ったきり口を噤んでいたが、それからはとにかく懸命に、思いつく限りの言葉を口にした。気の毒だったね、可哀想に、リクさんもさぞ辛かったわねと繰り返すと、リクはぽろぽろと泣きながら、うん、うん、と頷いている。

「本当に亡くなってしまったんなら――今はもう、安らかにお眠りくださいと祈るより他にないわね。亡くなった人は戻らないものねえ。息子さんはまだ小さくて気の毒だったけれど、これも寿命だったと思うより――リクさんも依田さんも、さぞお辛いだろうと思うけど」

するとリクの顔つきが急に変わった。そして、実は、このことは依田さんには伝えていないのだと吐き捨てるように言った。

「だって、悔しくて――あの人が、私と俊助を引き離しただ。そんなことさえせんかったら、俊助は死んだりせんかったかも知れんし、そうでなくたって、せめて母親の私がそばについててやれたのに――だもんで、あの人は今も、何も知らんまんま。文三郎さんにも絶対に言ったらだめだら、開拓の邪魔だって叱られるんだからって、きつく口止めしたずら」

リクは涙で頬を濡らしたまま「当たり前だら」と吐き捨てるように言った。

「あんな人――後から知って、自分が私と俊助にどんな仕打ちをしたんだか、私がどんなえらい気持ちで、たった一人で耐え忍んできたもんだか、思い知ればいいずら」

カネは、背筋をぞくぞくする感覚が這い上がるのを感じた。夫婦でありながら、この人は依田さんを恨んでいるのだろうか、憎んでいるのだろうか。そんな相手と一つ屋根の下にいるというのだろうか――そう思うと何とも言えない冷え冷えとした気持ちになる。

「伊豆にさえおったら、今ごろは家族全員、揃って盛装して、お祝いのお膳だって用意して、俊助は元気に一つ大きくなってたかも知れんけん。そんなのに、自分の子が死んだことも知らんで、こーんな小屋で雑煮だけすすって、一人でいい気んなって

『意気揚々』とかって小難しい漢詩なんか作っとるら。あの人、自分からは俊助の名前さえいっぺんだって口にせんもんね。もう、俊助のことなんか忘れたんだ。そういう人だら」

　せめて一緒に泣けたらいいと思うのに、そんなことも出来そうにない夫といるのが今日に限っては特につらく、また気詰まりで仕方なくて、リクは珍しく自分から勝のところにでも呑みに行ったらとすすめたのだと言った。

「いっつも難しい顔して、家にいるときだって、ずっと帳簿をつけたり役場に出す願いとか届けとか書いたり、そんなことばーっかしとるもんで、正月くらいは頭も気持ちも休めたらって言ってやっただ。私だって、あの人といたら俊助に手を合わすことも出来んだし、泣きたくったって泣けんもんで」

　リクは顔に手ぬぐいを押し当てて、せめてもう一度でいいから息子に会いたいのだと肩を震わせ、ついに炬燵に突っ伏して嗚咽《おえつ》を洩らし始めた。カネには、そんなリクの背中をさすってやることしか出来なかった。リクが哀れでならなかったし、一方、息子の死を未だに知らされず、妻からこんな風に思われている依田さんもまた、哀れに思えた。

　翌朝、寝不足のまま家に戻り、入れ違いに同じく寝不足の顔をした依田さんが帰っていって間もなく、今度は村の人らが順番に訪ねてきて、新年の宴会になった。カネは、リクから聞かされた話を胸に抱えながら、男たちが陽気に騒ぐのを横目に立ち働いた。彼らはカルタをしたり手拍子と共に民謡を歌ったり、ついには狭い小屋の中で踊り出したり、誰かが帰ればまた違う誰かが加わるという具合で、時には下世話な話題も飛び出せば伊豆の思い出などを語り出し、勝はそんな人々と上機嫌で笑い合い、そうこうするうちに夜になった。すると、既に相当出来上がっているはずの勝が「よしっ」と腰を上げる。

「気分を変えんとな。ちぃと、依田くんのとこでも行ってくるで」

一瞬「やめておいたら」と引き留めようとして、カネはすぐに考えを変えた。昨晩のことが心に引っかかっている。カネ自身が暮れに風邪を引いて寝込んだとき、離れて暮らす家族のことや横浜での日々などをあれこれと思い出して余計に気持ちが沈んだから、息子の死を一人で抱え込んでいるリクもまた忙しくしていた方が、かえっていいだろうと思ったからだ。

「行ってらっしゃい」

にっこり笑って見せると、勝も「おう」とにこやかに出かけていった。そしてその晩は、もう戻らないのではないかと思うほど遅くなるまで帰ってこなかった。

「あー、呑んだ。呑んだがやぁ、カネぇ！」

相当な夜更けになってから、ぐでんぐでんに酔って帰宅した勝は、外の凍てついた空気を全身にまとい、藁靴も脱がないままで、土間から倒れ込むように寝転がったかと思うと、そのまま一人で笑っている。

「笑っている場合じゃないわ、凍え死にしますよ」

カネは震えながら小屋の戸をしっかりと閉め直し、勝の藁靴を脱がせて、やっとの思いで寝床まで引っ張っていった。すっかり脱力している勝は重たくて、足先に巻いている毛織物を剝《は》がすだけでも一苦労だ。

「もう。こんなになるまで呑むなんて」

「いいがね、正月だもんだで、カネ！　めでたゃあこったが。ええがゃあ、カネ！　我ら、このオベリベリで、必ず、必ずよお、こがねの花を咲かせてみせたるでよう！　ああ——ちぃと喉渇いたなぁ——水、水くれえせんか」

木桶の水はもう表面から凍りはじめている。それを柄杓で割って水を汲んできてやると、勝は半分ほどこぼしながら喉を鳴らして茶碗を傾け、そのまま酔い潰れて眠ってしまった。そして案の定、翌日は気分が悪いと言って、まるで起きられない。

「俺ぁ、ゆうべはいつ頃戻ったかゃあ」

「真夜中ですよ。じきに空が白んでくるんじゃないかと思うほど、遅くなってから」

わざと睨む真似をしながら、カネは囲炉裏にかけた鍋で煎じていたシケレペニの皮を煮出した黄色い汁を茶碗に注いでやった。勝は「こらまた苦がゃあ」と顔をしかめながら、それでも素直にそれを飲む。アイヌの人たちも酒好きが多く、翌日まで酔いが残っていたり、また胃の調子が悪いときには、このシケレペニという木の、黄色い皮の部分を噛んだり煎じて飲んだりするのだと、これもトレッの女房が分けてくれたものだ。

「そんなになるまで呑まなけりゃいいのに」

「ああ、頭が痛たゃあんだで、キンキンした声で話しかけんといて」

勝はうるさそうに寝返りを打って、またしばらく眠ったが、昼にはやっと起き出してきて雑煮を食べ、「正月とはこうやって過ごすものだ」と涼しい顔をしている。そうして日も暮れかけた頃、今度は兄上たちの小屋を訪ねると言って、また出かけてしまった。

翌日も、翌々日も、小さな村の誰かしらがやってきては酒盛りが続いた。カネはひっきりなしに水屋に立って煮炊きをし、子どもらが来ると勉強を教え、あとは繕い物をしたり、鶏の様子を見たりして過ごした。

「熊送りの祭りに呼ばれたもんだで、ちいと行ってくるわ。何でもアイヌには大切な祭りだげなで」

数日後、今度はモチャロクからの誘いを受けて、勝はアイヌの独特の風習だという祭り見物に出かけていった。そうして帰ってきたときにはまたもや泥酔状態だ。

「カネぇ、あぁ、あらゃあすげえもんだぞ、熊祭りはぁ。可愛がって育てた熊の子をなあ、神さまんとこに戻すんだと。ああ、天井が回っとるなも――」

　その頃には、カネも分かってきた。勝という人は、どんな相手からでも誘われたり頼られたりしたら、決して嫌だと言わない。その上ひとたび酒を呑もうということにでもなれば、断らないどころか、ほどほどで切り上げるということが、もう出来ないのだった。何でもとことん進まなければいられない。その結果、泥酔して翌日は使い物にならないとしても、誘われればまた出ていくし、やはり酒もやめられないのだ。

「ああいうの、懲《こ》りない性格っていうのかしら」

「それだけ一本気なんじゃろう」

「お酒に一本気も何もあったもんじゃないと思うけど」

　雪道を父上が訪ねてくるときなど、カネがこぼすと、父上は他に楽しみもないのだから大目に見てやることだと勝をかばった。

「だって、父上。お金だってろくすっぽないのに」

「だから、みんなそれぞれに工夫して濁酒も造っておるし、こんな季節でも何とか収入を得ようと猟にも出ておるじゃろう」

「それは分かりますけれど、こんなに呑み続けていたら、身体にだってよくないんじゃないかと思って」

父上だと思うから、ついふくれっ面でため息をついて見せると、カネの言うことも分からないではないと父上は苦笑まじりに腕組みをした。

「確かに、いい若い者が酒ばかり呑んでおるのももったいないと、わしも思う」

「そうでしょう？」

「それで、じゃ。農閑期の間だけでも、わしは、あの三人に『大学』の講義をしようかと考えておってな」

父上は、カネが子どもたちに読み書きを教えているのを見ていて、自分なりに出来ることを考えてみた結果だと言った。

「人間というものはどこで生き、暮らしておっても、徳というものを忘れてはならぬ。そのことを、この村を引っ張っていく立場の彼らには、よく分かっておいてもらいたいからな」

父上は、中でも依田さんには、徳を積むことを知り、考える時間を与えたいのだという意味のことを言った。

「依田くんには、どうも性急なところがある。この地に入ってまだ一年とたたぬのに、もう農民たちが言うことを聞かぬ、伊豆の株主が心配じゃと、うちに来ても銃太郎にそんなことばかりこぼしておる。これでは『晩成社』とは名ばかりになる。もっと泰然自若としておらねば人はついては来んし、志は遂げられんということを、依田くん自身が学ばんといかんじゃろう」

「それはいいお考えです。是非とも、依田さんにも落ち着いて物事を考える時間を持たせてあげてくださいな」

正月にリクから聞かされた話を、カネは結局、ずっと自分一人の胸にしまっている。そしてあれ以来、未だに何も知らないままらしい依田さんに対しては哀れだと思う以上に「心配な人だ」という印象を持つようになった。リクの辛い心情に、ここまで気づかないというのはどういうことなのか。鈍感なのか、または周囲が見えていないのではないだろうか。依田さんはいわば村長、そして、勝と兄上との三人チームのリーダーだ。だからこそ人々の様子にも目を配ってほしいし、我が子にはあまり示さなかったらしい情愛のようなものも、多少なりとも持っていてほしい。そうでなくてはこの先、何かあったときに、みんなが依田さんについていかなくなってしまうのではないか、みんなが困ることになるのではないかと心配になる。

「依田さんにはみんなの運命がかかっているのですから。父上が教育して差し上げてください」

「教育は大げさじゃが、まあ、さしずめ、わしは目付役といったところかな」

さすが御維新を経験して、数々の苦労を経てここまで来ただけのことはある。父上は晩成社の中でいつの間にか扇《おうぎ》の要《かなめ》のような存在になりつつあるようだった。そして実際に数日後から講義を始めると、その日は勝も依田さんを誘って兄上の小屋を訪ねていき、熱心に講義を受けるようになった。

「しばらく眠っとった脳味噌が、大きく揺り動かされた気分になったわ」

講義から戻った後、勝は実に晴れ晴れとした表情で、そんなことも言った。オベリベリの冬はなるほど長く厳しいが、こういう過ごし方を探していけば、冬ならではの楽しみも、新たな喜びも見つかるのに違いない。久しぶりに教師だった頃を彷彿《ほうふつ》とさせる表情で読書などしている勝を眺めて、カネはほっと胸をなで下ろした。

2

三月に入ると、依田さんは村の全員を集めて、昨年の移住時からこれまでの帳簿を示した。結局、現金化出来るだけの作物がほとんど穫れないまま昨年は終わってしまったから、そこから先の日々の生活は、すべて晩成社からの借金で賄《まかな》われていた。そのことを、依田さんは一同にはっきりと示したかったのだろうとカネは考えた。

「今はまだ、誰かの責任を問うときでないことはよく分かってるら。だが、これから春んなったら、今年こそは去年とおんなじことになるんじゃ困るってことを、みんなにも知っておいて欲しいと思ってな」

依田さんがみんなの前で難しい顔をしてみせると、農民たちの間からはそれぞれにため息ともざわめきともつかないものが洩れた。

「だってよう、聞いてたのとあんまり、違うずら」

「ほうだら。俺ら、伊豆にいた頃よりよっぽど辛ぇ思いして、こんな寒さの中で、やれ借金だけ増えてるの何の言われたって、どうすることも出来やしねえずら」

「暮らしが落ち着くまでは、晩成社とやらが面倒見てくれるっていう約束でなかっただけ？」

「ほうだほうだ、こんな食うや食わずの毎日で、俺らに、どうしろっていうだ！」

ざわめきの中から次々に声が上がると、依田さんは戸惑った様子で全員を見回し、両手を広げて「まあまあ」となだめた。

「分かっとる、分かっとるって。今すぐ、あんたらから何か搾《しぼ》り取ろうなんて気は、こっちにだってねえずら。ただ、今の状態——」

「うんにゃ、分かってねえ。文句言いてえのは、こっちだって話だ！」

カネは、少しずつ殺気立ってきた人々をそっと眺め回し、そして勝や兄上を見た。依田さんの傍で難しい顔をして口を噤んでいる勝たちは、依田さんの気持ちも、また農民たちの思いもよく分かる立場にいる。どっちの肩を持つことも出来ないまま、とにかく何とか殺気立った雰囲気をおさめて、みんなの心を一つにまとめたいと思っているのに違いなかった。

「まあ、春を待つだけだがや」

家に戻ってくると、勝はふう、とため息をついて、天を仰ぐようにした。寒さが長く厳しい分だけ、余計に春は待ち遠しい。さらに、このオベリベリで暮らしていく以上は、春の待ち遠しさとは畑を耕し、拓いていくという意味もあるのだとカネは自分でも嚙みしめていた。

横浜にいれば桜の便りが待ち遠しく感じられるはずの三月半ば、ドカ雪が三度続いた。放っておいたら小屋全体が雪に埋もれ、屋根も雪の重みで潰れてしまうかも知れないと、勝と二人で外に出て雪かきをしていた日のことだ。真っ白い雪景色の中に人影が現れたと思ったら、トレツがふらつきながらやってきた。

「おう、どうぞしたかゃあ」

雪雲の向こうにぼんやりと太陽の輪郭だけが見える日だった。トレツは雪に足をとられるような歩き方でやっとというように近づいてくるなり、力のこもっていない手を、こちらに差し伸べてきた。

「何か――何か食わせてくれ」

勝が訝《いぶか》しげな表情のままでこちらを振り向き、目顔で頷く。それを合図のように、カネは急いで小屋に戻って鍋の底に残っていた粥を椀にすくい、匙《さじ》と一緒に持ってきてやった。するとトレッはカネから椀をひったくるようにして粥をかき込み、激しくむせた。

「ゆっくり食べてください、ね」

背中でもさすってやろうかと思うが、そんな暇も与えずに再び仁王立ちになり、トレッはまた椀に口をつけて、あっという間に粥を平らげ、肩で大きく息をしながら宙を見据えた。

「オトプケプトの仲間も、モッケナシコタンのアイヌも、みんなもう腹が減って、腹が減って――何人か、死に始めた」

勝が表情を変えた。

「死に始めたって――そんなに食うものがなゃあのか」

「何もない。もう、木の皮しか食うものがないんだ――」

見れば、髭に覆われたトレッの顔は以前よりも頬がそげている上に目も落ちくぼんで、椀を持つ手は震えている。勝が眉根を寄せ、表情を険しくしてこちらを見た。

「ほれ、思った通りだがや。やっぱりこういうことになったがゃあ。俺ぁ、ちょっと銃太郎の家に行ってくるでなも！」

言うなり、もう走り出している。トレッは力が抜けたのか、その場にへたり込みそうになっていた。カネは、トレッの腕をとって家に招き入れ、残っているわずかな粥もすべてさらって彼に食べさせ、温かい白湯を飲ませた。

「飢餓はそんなにひどいの？」

「キガ？」

「食べるものはそんなにないの？」

トレツは絶望的な表情になって首を縦に振る。饐《す》えたような垢じみた臭いがした。

しばらくすると勝は兄上と共に戻ってきて、これからすぐにモッケナシコタンとオトプケプトコタンの様子を見てくると蓑笠《みのかさ》をつけ、トレツを連れて出かけていった。

カネは、寒さとは異なる恐ろしい震えのようなものが、心の奥底の方から上ってくるのを感じた。

「あらゃあ、ひどぇもんだ。本当に死んどったがや」

昼過ぎに戻ってきた勝は、絶望的な表情に怒りにたぎった目だけをぎらぎらとさせながら、とにかく応急措置としてでも彼らに食べるものを渡さなければならないと言った。

「俺らの分は、またみんなに掛け合って何とかしよう。あいつらの飢えは一刻を争うほどだで。今、渡せるだけのもんを渡してやってくれんか」

小屋の外では虚ろな表情のアイヌが数人、立ち尽くしていた。今ごろは兄上のところにもトレツが他のアイヌを連れて行っているはずだという。

「ま——待っててくださいね。今すぐに、用意しますから」

カネは、自分たちが今日明日食べるわずかな分だけを残して、米や味噌、干し鮭、鴨やウサギの干し肉、もともとアイヌから分けてもらったトゥレプなどをかき集めて、それらを渡してやった。

すると翌日、雪の中を再びアイヌがやってきた。

「奥さん、もう少し、もう少し、何か食うもの、もらえないか」

長い髪を振り乱したような姿で、彼らはすがるようにカネを見る。カネは急いで勝を呼び、勝は即座に家にあった残りの米などをすべて渡してやった。

「すまんな、もうこれしか残っておらんでよう」

手渡した食料を、アイヌたちは押し頂くようにして細かい雪の降る中を帰っていく。その後ろ姿を見送りながら、勝は「何とかせんといかんな」と白く見えるため息をついた。

「あいつら全部、死なせるわけにはいかんもんで」

「それで——今日の私たちのご飯はどうしましょう？」

早速、座卓の前に座り込んで墨をすり始めている勝に尋ねると、勝は思い出したように顔を上げ、取りあえずは依田さんのところにでも行って、何か借りてくればいいだろうと答えた。カネは小さく頷きながら、勝は何をするつもりなのだろうかと眺めていた。

「大津の戸長役場と、札幌県庁に宛てて、アイヌの救助願を出すつもりだがね。あいつらを何とかしてやってくれ、何としてでも生きのびさせてやるのが、役所の仕事でなゃあのかって」

もとはと言えば鮭を禁漁にしたのが間違いなのだ。アイヌは自分たちで井戸を掘ったり畑を耕すということをしない。古来から野山や川、海から自然にあるものを必要なだけ手に入れて、それで暮らしてきた人たちだという。鹿でもウサギ、熊でも何でも獲るが、決して無駄にはしない。海で大きくなり、秋になると産卵のために川を遡ってくる鮭は、そんな彼らがずっと昔から獲り続けてきた、冬の間の貴重な食料に違いなかった。

「密漁の監視員に、せめてホッチャレぐらゃあ自由に獲らせてやれって相当にねじ込んだつもりだが、そんでも足らんかったってことだがゃあ。も一回、くどぇぐらゃあに言わんとな。鮭を助けて人を助けんとは、本末転倒もええとこだがや」

ホッチャレとは産卵を終えて、あとは死を待つばかりの鮭のことだ。本来は美しい紅色だった身も白っぽくなって脂気が抜けており、味も格段に落ちることを、ここに来て初めてカネは学んだ。

「たぁけた役人のせいで、これ以上、死なすわけにはいかんがや。どんなことしてでも」

カネの目には、机に向かう勝の背中から、まるで青白い炎でも立ちのぼっているかのように見えた。

この人は、本気で怒ってる。

心の底からアイヌのことを心配しているということが、強く伝わってくる。自分たちの食べる分まで惜しみなくアイヌに分け与える、そういう心を持っている勝を、カネは誇らしく思った。

天主さまが、きっと救ってくださる。

カネは、自分も共に戦うつもりになって、身体の中に熱いものを感じながら小屋を出た。

「アイヌのことは、それはそれとして」

依田さんの家を訪ねて事情を話すと、取りあえずリクがあれこれと食料を集め始めてくれている間に、珍しく依田さんの方からカネに話しかけてきた。

「なあ、今度の日曜でも、渡辺くんに聖書の講義をしてもらえんだらか」

「聖書の講義を？」

頭の中がアイヌのことで一杯だったカネは、急に思ってもいなかったことを言われて、ついぽかんとなった。すると依田さんは、村人たちを少しでも教育したいのだと言葉を続けた。

「俺ら、鈴木先生から『大学』の講義を受けるようになって、久しぶりに学問の楽しさも感じとるし、その後、三人で議論をするのもええ刺激になってるら。だけんど他の連中には、そういうもんがねえ。子どもらはまだ、あんたから読み書きも教わっとるからええが、逆に大人の方が、まるで学のないもんばっかだもんで、まず天主さまの教えを渡辺くんからやさしく講義してもらって、少しでもみんなが一つにまとまることを考えさせたいと思っとるずら」

小柄な依田さんは、話をするときに少し背をそらす癖がある。カネはいつも、その姿勢をおかしく思うのだが、面長の大きな顔の顎を引くようにして、背をそらしてぎょろりとした目を向けて話されると、何となく従わなければならないような気持ちになるから不思議だった。こういうところが依田さん独特の迫力というか、貫禄のようにも思う。

「そういうことなら、もちろんうちの兄も喜んでご協力するでしょうし、村の皆さんにもお声をかけて、来ていただきましょう」

リクが「少しだけど」と分けてくれた食料をありがたく受け取って気持ちを弾ませながら雪道を戻り、依田さんの要望を勝に伝えると、ちょうど役場への上申書を書き終えたところだったらしい勝は「そらゃあ、ええ」と表情を輝かせた。

ろだがや」

「アイヌを助けるには、我が晩成社が力を貸してやることが一番だと考えとったとこ

「晩成社が？」

勝は、うん、と大きく頷く。

「アイヌが自分たちの暮らし向きをちぃと変えて、畑仕事さえ覚えらゃあ、飢えて死ぬようなことはのうなるに違ぁなゃあ。それを教えていくぜ。役所だけに頼っとったって、どうせ時間ばっかかかるわりに、大ゃあしたこと出来んに違ぁなゃあ。実際にアイヌと関わって、一緒に歩むつもりになるのは、我ら晩成社の大切な仕事になるんでなゃあかと思っとる。そういう助け合いの心を学んでもらうためにも、皆に集まってもらってエホバの教えを説くことは、こらゃあ必要なことに違ゃあなゃあ」

勝は張り切った表情で、次に大津に行くのは誰だろうか、とにかく早く役場に書状を渡して具体的な行動を起こしたいなどと言いながら、早速、兄上のところに相談に行くと出かけていった。

ところが次の日曜日、実際に集まったのは依田さんと兄上を除けば、たった三人だけだった。しかも誰もが窮屈そうな表情で、もぞもぞと落ち着かない。それでも勝は聖書を開き、創世記の第一章を易しい言葉に直して読んだ。

「はじめに、神が天地を創造した。

地は茫漠として何もなかった。やみが大水の上にあり、神の霊が水の上を動いていた。

神は仰せられた。『光があれ。』すると光があった――」

勝の朗々と響く声が読み上げていくと、カネは自分も久しぶりに肌が粟立《あわだ》つような感覚を覚えた。混沌とした闇ばかりだったこの世界に、まず光を生み出された天主さまの何と偉大なことか。今、この何もないオベリベリで聞くからこそ、その言葉の意味はより一層、深みを増して感じられる。本当なら自分が朗読の役目を引き受けてもおかしくないはずの兄上も、静かに耳を傾けている。依田さんの方は腕組みをして、時折、他の人たちの様子をうかがうようにしていた。

「駄目だらなあ。おらには難しくて、よく分かんねえずら」

ところが、ひとしきり朗読を終えると、まず聞かれた感想がそれだった。

「俺らに必要な神さまってえのは、とにかく飢えねえように、食うに困らねえようにしてくれる神さまだら？　そんでなきゃあ、意味はねえずら」

「そんじゃあ、おらあ、これで帰るとするわな。下駄を作っとる最中だもんで」

男たちはそそくさと立ち上がり、カネが白湯をすすめる暇もなかった。残された勝と兄上、依田さんとは、何とも言えない表情で互いに顔を見合わせていた。それからも何度か日曜ごとに朗読会を開いたが、人は増えるどころか次第に集まらなくなり、結局は、いつもの三人が集まるだけになってしまった。

「まあ、しょうがなゃあわなぁ。信仰は無理強いして出来るものとは違っとるもんで」

それでも勝は特に落胆した様子も見せず、こうしている間にも次第に水は温むし、やがて雪も消えるだろうから、そこから先のことを考えた方がいいなどと言うようになった。

「こうなったら、俺が真っ先に動くしかなゃあな。よし、一つ大津へ行ってくるでよう」

四月に入ると、陽射しが目映《まばゆ》く感じられる日などは木の枝から雪が落ちる音や、雪解け水の流れる音が周囲から聞こえるようになった。このときを待ちわびていたとばかり、勝は依田さんと吉沢竹二郎との三人で大津へ下ると言い出した。

「何日くらいで戻れます？」

オベリベリに来て、一人で留守宅を何日も守るのは今回が初めてだ。これまで、どんなに遅くなっても帰宅しなかったことのない勝が数日でも帰ってこないとなると、さすがにカネも心細くなった。

「心配いらんて。留守の間は、親父どのに来てもらやぁ、ええがね。怖がりで甘ったれのカネのために、俺ゃあ道草も食わんし、ちゃっちゃとあれこれ片付けて、出来るだけ早う帰れるようにするもんだで」

自分が怖がりだとも甘ったれだとも思ったことはないが、カネはおとなしくその言葉を受け入れて、「出来るだけって、どれくらい？」と重ねて尋ねた。小柄なせいもあるのだろうか、勝は何かというとカネを子ども扱いしようとする。そうすることが嬉しいらしいということも何となく分かってきた。

「まあ、早よても五、六日ってとこでなゃあかな」

その代わり、カネが喜びそうな土産物《みやげもの》も探してこようと思う。だから、帰ったらすぐに酒盛りが出来るように支度を怠らずにいてほしいと、実際は土産を買う余裕などあるはずもないのに、勝は本気なのか冗談で言っているのかも分からない言葉を残して、ある晴れた日の朝、依田さんたちと丸木舟に乗り込んでいった。初めて舟着場から夫を見送るカネの目には、まだまだ雪が残る景色の中を黒々と蛇行する川に浮かぶ丸木舟は、ひどく小さく、また頼りないものに見えた。

「あんなにちっぽけなものに生命を預けているのかと思うと、改めて天主さまのご加護がなければ生きてなどいられたものじゃないと思うわ」

「この時期、川の上り下りは本当に寒いものだからな。ことに、こっちに戻るときは途中で最低でも二泊はせねばならんし、時間もかかる。帰ってきたらすぐに風呂でも焚《た》いてやるのがいいだろう」

勝の留守中は父上が泊まりに来てくれたが、兄上も毎日のように顔を出しては、鶏の様子を見たり、洗い場のちょっとした修繕をしてくれたり、時には鮭の「めふん」を持ってきてくれたりした。めふんというのは鮭の血腸を使った塩辛だそうで、おそらく酒の肴《さかな》として、勝が喜ぶだろうということだった。

「兄上は何でも出来るのね。知らなかった。器用ねえ」

カネが感心すると、兄上は、こういう暮らしが向いているのかも知れないとまんざらでもなさそうな顔になる。

「慣れてきたせいもあるだろうが、何をするのも意外と苦にならん。何事も鍛練だからな」

めふんを作るのに鍛練という言葉を使うところが、いかにも生真面目な兄上らしい。伸び放題だった髪も正月を迎える前にさっぱり切ったし、髭も多少は手入れするようになったらしい兄上を見て、カネはほっと息を吐くような気持ちになった。せっかく牧師になったのに、罷免になったと聞いたときにはこの先どうなることかと思ったものだが、そのお蔭で、兄上は本当の意味での新天地を見つけたのかも知れない。

「兄上は確かに、オベリベリでの暮らしが向いてるみたいだわ」

「これで畑がどんどん広がって収穫さえ上がっていけば、ここは、我らのような寄辺ない没落士族にとっては新たに根を下ろして生きていかれる、天国のような土地になるだろう」

「今年からは、少しずつでもそうなっていくといいわねえ」

心の底からそう思う。勝の無事と共に、カネは夜毎、天主さまに祈りを捧げた。

出発から五日後、勝は本当に最短の日数で帰ってきた。ところが、吉沢竹二郎はいるものの、依田さんが一緒ではない。

「依田くんは急に、東京に行くことにしたがや」

自分たちの乗った丸木舟の他に別の丸木舟も雇って、そこに山積みにされていた荷物を下ろすために声をかけて集まってもらった村人たちの前で、勝は「そのまんま、伊豆にも足を延ばすことになるだろう」と言った。本当はすぐにでも故郷に帰りたい村人たちからは、一斉にため息が聞かれた。

「それで、主人はいつ戻ると言ってただ？」

リクが不安げな表情で尋ねてくる。勝は「さあ」と首を傾げるばかりだ。

「行くとなったら東京だけでも方々に寄って、色んな用事も済ませる気でおるだろうし、その他にも、途中で豚と山羊《やぎ》を買ってこようかとも言っとったもんでよう」

「豚と山羊を、どこで？」

今度はカネが尋ねた。それにも勝は首を傾げている。

「これから伝手《つて》を探すつもりでなやあか。大津でも、そういう話を聞き込んで歩いとったが、大津でさぁあ、それほど色んな話を聞けるってわけでぁなゃあでな。せめて函館までは行ってみんことには何にも分からん。そんでもまあ、リクさんとこには文三郎くんもおるんだで、心配いらんだろう？」

「ほうだよ。義姉さん、大丈夫だよ。俺がおるもんで」

舟からの荷下ろしを手伝っていた文三郎さんが励ますように言うから、リクも渋々といった様子で頷いている。確かに文三郎さんがいれば一人きりになるということはないだろうが、それでも、何の断りもなく行ってしまった依田さんが、リクから見たら薄情に思えるかも知れないし、きっと恨めしいに違いない。それより何より、依田さんは伊豆に帰れば息子の死を知ることになるだろう。その時、果たして依田さんはどうするのだろうかと、カネは一人で落ち着かない気持ちになった。

翌日は、みんなで鍬下ろしを迎えることになった。これから本格的な農期が始まる。勝は大津から運んできたばかりの酒を開け、村の全員に振る舞った。依田さんがいない間は、勝と兄上とが互いに相談しながら農民たちに号令をかけて、彼らを引っ張っていこうということになったらしい。

「さあ、いよいよ始まるでね。去年は予定通りこの地に入れんかったもんで、ちぃとばっか出遅れたことが一つの失敗だった。だが今年は初っぱなから取り組める。みんなで、ばりばり気張っていこまゃあ、なあ！　秋にはうまゃあ酒、呑も！」

もともと畑を耕して生きてきた村の人たちの表情も、これまでになく明るく、浮き立っているように見える。カネはそんな彼らを見ていて、本当の農民とはそういうものなのだと、改めて感じていた。カネとしては不安の方が大きいし、土に取り組むことを楽しいと思えるかどうかも分からないのに、彼らにはそういうところは感じられない。それどころか、これからの種まきや作柄の話をして、それだけで楽しげに杯を重ねていくのだ。

「今日の酒は、またどえらゃあうまゃあわ」

勝も人に酌をして回っては自分も茶碗酒を傾けて、あっという間にいい気分になったらしかった。

「勝さんは、いつでもうめえ酒、呑んでるら」

「ほうだ、ほうだ。若い嫁さんにうめえ肴を作らせてよう」

普段はむっつり黙り込んでいるような人までが酒が進むにつれ軽口をたたくようになり、すると勝の方も、カネは横浜で西洋人と変わらない生活を送ってきたから、どんな料理でも作れるのだなどと自慢げに笑っている。

「何せ、うちにはナイフとホークも揃っとるもんで。カレーでもシチューでもビフテキでも、何でも西洋風のもんが正式な作法で食える家だがゃあ」

「へえっ、そりゃあご大層なことだらなあ。そんなご立派な西洋の飯ってえもんを、ひと目でも見せてもらいてえもんだに」

村人が大げさに感心してみせると、勝は本当にナイフやフォークを取りに行きそうな勢いになる。カネは慌てて「まさか」と顔の前で手を振って見せた。

「そんな材料があれば、の話なんですから。今はただただ、頭の中で思い描いてるだけ。いつか作れるようになったら、真っ先に皆さんをお招きしてディナーパーティーをしましょう」

「でなー、ぱーちー？」

「あ、宴会です」

「へえ、パーチーか」

「パーチー、いいだに！」

人々の間から久しぶりに賑やかな笑いが起きた。

「これから、そうして暮らせるようにならんと、いかんがや」

勝は張り切った顔で「そんでだ」と一つ、息を吐いた。

「みんなも知っとるように、俺らぁアイヌから知恵をもらってこの冬を乗り切った。そんで、連中が飢えとったときには、我ら晩成社が、自分らの食いもんを減らしてでも、何とかした。ここだゃあ、まずアイヌたちと力を合わせて生きていかないかんことが、よお分かったがや」

するとやはり酒を満たした茶碗を手に、兄上が「それでなんだが」と後を引き受けた。

「これからはアイヌにも畑の仕事を教えていけたらと思うんだ。そうすれば、連中も飢えて死ぬようなことはなくなる。俺らにしてみても、働き手は一人でも多い方がいい。つまり、お互いのためになる。だからみんなも、そのことを承知して、もしも働きたいというアイヌがいたら、力を貸してやってほしいんだ」

村人たちは、それぞれに納得した表情で何度も頷いている。たった十軒の小さな集落だが、こうして一堂に会して同じ方向を向いているように見えるのは、カネには初めてのことに思えた。たとえ聖書を知ろうとはしなくても、自然に天主さまの導かれる道へとつながっているのではないか、それならそれでいいではないかと思える光景だった。

作付けが始まった。

裸麦《はだかむぎ》、大根、エンドウ、茄子《なす》、煙草。次から次へと蒔いていく。

「何しろ、この土地に何が合うもんか、または合わんもんかも、まだ分からんもんで、今はこうして、あるもんなら何でも蒔ゃあていくしかなゃあ」

カネも、まずは隣の高橋利八の家を訪ねて、きよから鍬の持ち方から耕すときの姿勢、力の入れ方に種の蒔き方まで教わり、また他の家々も回りながら、天気さえよければ日が昇るのと同時に畑に出るようになった。半年近く雪に埋もれていた大地は黒々と湿り気を帯びて、日が高くなって気温が上がるとほかほかと湯気が上った。

そうしていよいよ忙しくなった頃、勝が提出した書状を受けて、大津から戸長と警察の人たちがやってきた。彼らはアイヌに分けるための米などを運んできていて、それを晩成社の事務所に預けていくという。とにかくこれで一時的にしてもアイヌを窮状から救うことが出来ると、勝は兄上と喜び合い、すぐにアイヌにも知らせてやろうと走っていった。

「えらやあ喜んどったなも。こんでもう飢え死にする心配がのうなったたって言うてな」

「こうなったらいよいよ志のあるものには我らの仕事を教えていくことを考えねばならんな」

「だけど、そう簡単に言うことをきかやあすかなも。先祖代々、田畑なんか起こしたこともなやあ連中が」

「そこを説得するんだ。これから毎年、同じ心配をして、同じように飢える人を出すというわけにはいかんだろうと、根気よく話して、納得させて」

夜、兄上が来たときは決まってアイヌ救済策の話が出るようになった。以前、一度ここにも顔を出したことのある、札幌県庁の栂野《つがの》四方吉《よもきち》という人の名前も頻繁に登場するようになった。ことはアイヌ全体にも影響を及ぼしていくかも知れないことだ。そうなれば、晩成社は常に県庁とも連携を取っていかなければならない。それに、もしも正式に晩成社としてアイヌを雇い入れることを考えるのであれば、何よりもまず依田さんの賛成を得なければならないという話にもなった。

「だが、依田くんに反対する筋合いはなゃあだろう」

「依田くんのことだ。そうとなれば、まずは株主たちに諮《はか》らなけりゃならんと言い出すだろうな」

「株主は、晩成社が早ゃあとこ利益を出しさえすらゃあ文句はなゃあはずだなも。第一、アイヌのことなんか何一つ知れせん人らだで」

「それにしても、依田さんは今ごろ、どこにいらっしゃるのかしら」

馬鹿騒ぎするでもなく、ぽつり、ぽつりと酒を呑みながら話をするときの勝と兄上とは、カネが途中で口を挟んでも別段、不快そうな顔をするわけでもなく、穏やかに「そうだな」などと頷いている。いつも、こういう呑み方をしてくれるのならこちらも文句も言わなければ心配もせずにいられるのにと、カネはそんなときの彼らを好もしく思った。

ある日、パノとウエンコトレがやってきた。

「ニシパには助けてもらったから、俺たちもニシパのために何かしたいんだ」

陽が高くなってきた頃、畑の中まで入ってきて「手伝うことはないか」と言ってきた二人を、勝はいかにも嬉しそうに受け入れた。彼らはカネに対しても「奥さん」と言って少しばかり気後れしたような顔でひょこりと頭を下げる。よく見ると、あの雪の中を食べ物が欲しいと言ってきた中にいた顔だった。

「ねえ、ニシパって、どういう意味？」

鍬を動かしながらカネが尋ねると、パノたちはしばらく顔を見合わせたり首を傾げたりしていたが、そのうちに「立派な男」というような意味のことを言った。

「俺たちは、この男はいい、この男はすごい、この男の言うことは聞きたいと思う相手をニシパと呼ぶな」

「つまり、旦那さん、みたいな意味かしら」

カネが重ねて尋ねると、パノは、うんうんと頷いている。

「渡辺ニシパは背が大きいし、歩くのがすごく速いな。だから、俺たちはチキリタンネ・ニシパと呼んでる」

「チキリタンネ？」

「足長いの意味だ」

「鈴木ニシパは、あれは、パラパラ・ニシパだ」

ウエンコトレが笑いながらパノに続いて言った。今度もカネが「パラパラ？」と首を傾げると、パラパラとは泣き虫の意味だと言う。

「泣き虫旦那なの？」

カネはつい鍬を使う手を休めた。二人のセカチは、うん、と大きく頷いて、カネの兄上は「本当に泣き虫だ」と繰り返した。

「鈴木ニシパは前の冬にたった一人でいたとき、寒い、怖い、心配、淋しい、いつもいつも、色んなこと言って泣いた。このまえ、俺たちのコタンに来て、死んでる年寄り、腹すかせて泣いてる子ども見て、可哀想、つらい、つらいとまた泣いた」

「そうだ、そうだな。鈴木ニシパは、よく泣くんだ。だから、パラパラ・ニシパ、泣き虫ニシパだ」

ウエンコトレの言葉にパノも頷いている。そうか、兄上は一人の冬をそんな風に過ごし、それをアイヌたちはみんなで見ていて、おそらく慰めてくれていたのかと、カネは改めてそのときの様子を思い描き、胸に染み入るものを感じた。常に飄々《ひょうひょう》としているように見える兄上の、ことにオベリベリに来てからの本当の心情を知っているのは、このアイヌたちなのかも知れない。そんな兄上と、そして勝が、彼らからニシパと呼ばれるくらいに受け入れられたのが、カネは嬉しかった。

「うちの主人が足長ニシパ、兄上が泣き虫ニシパなら、依田さんは？」

軽い気持ちで尋ねると、パノたちは一瞬きょとんとした表情になり、「依田さん？」と首を傾げている。その様子には、カネの方がかえって驚いた。

「依田さんを知らないわけがないでしょう？　ほら、うちの主人たちと、何度もあなた方のところにも行ってる人よ。こう、目の大きな」

するとパノたちは、ああ、というように頷いて、依田さんは依田さんだと言った。

「ニシパじゃないの？」

「依田さんだな」

「——そう」

彼らの中でなにが違うのかは分からない。だが、アイヌたちに向かっても分け隔てなく接し、ときとして冗談などを交えながら肩をたたき合い、共に涙し、酒を飲むとなればとことんつきあう勝や兄上と、もともと言葉数も少ない上に滅多に笑顔を見せることのない依田さんとでは、確かに雰囲気そのものが違っている。それをアイヌも敏感に感じ取っているのかも知れなかった。

四月末、勝は兄上と相談した上で、依田さんに向けて、アイヌを正式に晩成社の小作人として雇いたいという内容の提案書を送った。それと前後して、晩成社よりも古くからオベリベリに入っていて毛皮などを扱う商売をしていた国分久吉さんが、この地から去ると言ってきた。この数年めっきり鹿が少なくなったし、だからといって、ここで本格的に農業をするつもりはないというのが理由のようだった。

「そんなら、あんたが拓いた土地を、そのまんま俺らが引き継いでも構わなゃあか」
勝が切り出すと、国分さんは土地には何の未練もない様子で、好き勝手にしてくれて構わないと応えて女房と共に去って行った。そこで五月に入ると、勝は国分さんが出て行った後の土地も耕して、種まきを始めた。オベリベリの遅い春は瞬く間に過ぎ去り、周囲は一斉に目に染み入るような瑞々《みずみず》しい緑に包まれて、何とも言えない豊かで清々しい香りと小鳥たちの声が、朝から晩までカネを包むようになった。

3

種まきが一段落すると、いよいよ蘆の原の開墾に入ることになった。少しでも繁みに分け入っていくと早速、大量のブヨが襲いかかってくる。話には聞いていたが、たった一カ所刺されただけでも、こんなにも痛く、また大きく腫れるものなのかとカネは驚き、細い柳の枝を輪にして薄い布を張ったもので顔や肌が出る部分をすべて覆い隠したり、また、ヨモギを燻したものを絶やさないようにして、とにかく必死で虫を払いながら蘆の原に挑み続けた。そうして新しく拓いた畑には、すぐにゴマ、ケシ、エゴマ、南瓜《かぼちゃ》、麻などをまいていく。種は、大津まで取り寄せてあったものも、また依田さんや他の人が送ってくれたものもあった。

そんなある日、どこからともなく誰かの叫ぶような声が聞こえてきた。何ごとかと腰を伸ばして辺りを見回すと、もうもうと煙が上がっているところがある。カネは一瞬呆然となってその煙を眺め、次の瞬間には「あなたっ」と声を上げた。

「火事っ、火が！」

「見えとるっ。いかん、こっちに来るんでなゃあかっ」

顔に巻きつけていたブヨ避けを乱暴に引きはがすようにしながら、勝は蘆の原の中から飛び出してきた。

「また、野火かしら」

「どうかな、分からん」

その時「誰かぁっ」という叫びにも似た声が遠くから響いた。

「うちが燃えるぅ！　誰かぁっ」

間違いなく、隣のきよの声だ。カネは、汗で濡れていた首筋から頬にかけて、一瞬のうちに震えのようなものが駆け上がるのを感じた。

「利八さんの家の方だわっ」

カネが声を上げたときには、勝はもう駆け出していた。灰色の煙の下には、明らかに火の粉《こ》を散らしてめらめらと燃える炎が見えている。カネは自分も鎌を持ったまま、懸命に走り出した。自分たちの小屋はもちろんだが、とにかく利八ときよが心配だった。

ようやく利八の家が見えてきた時には、彼らの小屋は既に大きな炎に飲み込まれていた。生き物のように踊り狂う炎の鮮やかな色と、立ち尽くす利八ときよの姿が、パチパチという音と共にカネの脳裡に焼きついた。風が吹いて、炎が渦を巻く。青空さえも煙に覆われ、辺りはさながら地獄絵図のようだ。風向きによっては、炎はそのまま蘆の原を焼き、場合によってはカネたちの小屋の方まで広がってくるかも知れないと思われた。

「カネっ、うちに戻っててちぃとでも荷物を運び出せっ」

勝が叫ぶ。息を切らしていたカネは「はいっ」と答えるなり、今度は自分たちの小屋に向かって走り始めた。

ああ、天主さま。どうかお守り下さい。どうか、私たちを。

目の前の景色が上下に揺れる。心臓が口から飛び出すかと思うほど高鳴っていた。途中でわら草履の鼻緒が片方切れて、あっと思った時には弾みで畑の上に突っ伏して転んでいた。手にも顔にも、柔らかい土が触れる。カネはその土も払わずに必死で起き上がり、懸命に駆けた。

何から運べばいいの。

焦げ臭い匂いが漂ってきた。今にも自分の髪に火の粉が降ってくるのではないかと思う恐怖の中で、カネは髪を振り乱し、必死で小屋にたどり着くと、中に飛び込むなりアイヌからもらったサラニプという手編みの袋に飛びついて、手当たり次第のものを詰め込んだ。

「ええと、聖書と、それから――」

紙と筆、硯《すずり》、墨、文箱《ふばこ》、子どもたちの教本。いびつに大きくなったサラニプを肩から斜めに掛け、次に持ち運ぶことのできる限りのものを小屋から運び出そうと辺りを見回す。

でも、どこに運べばいいんだろう？

火の勢いが強かったら、どんなことをしたって間に合わないに決まっている。これでは昨年の冬、川の水が迫ろうとしていたときよりも、さらに悪い状況ではないか。せめて鶏たちの生命は救わなければと思いついて小屋から転がり出たところに、仁王立ちで肩で息をしている勝がいた。

「あなた――」

「風向きが変わったなも」

「本当に？」

「もう、もう大丈夫だで」

思わず全身の力が抜けた。カネは、ほっと息を吐き出しながら、改めて利八の小屋のある方向を眺めた。なるほど確かに煙は白く、少なくなり、焦げ臭い匂いも漂ってこない。

「利八さんたちは？」

今度は、勝は首を左右に振った。

「物置と納屋は残ったし、怪我もしとらん。だが、小屋は丸焼けだがや」

何ということなのだろう。こんな一瞬のことで、何もかも失わなければならないのか。呆然とするカネに向かって、だが、勝は「生命あってのものだねだがや」と、汚れた顔で呟いた。

「こうなったら早ゃあとこ利八の小屋を建てる算段して、暮らしの目処がつくまでは、うちにでも泊まらしてやるしかなゃあ」

カネは、いつの間にか裸足になっていた自分の足もとを見つめながら、これが開拓というものなのかという思いを噛みしめていた。どんな天候に見舞われても、飢えても、焼かれても、何度でも立ち上がり、ただひたすら日々を過ごさなければならない。前に進んでいると信じ続けて。

これが開拓。

いつ終わるとも知れない、そういう生き方を、自分は選んでしまったのだと改めて思う。だが、嘆いている余裕はなかった。過ぎてしまったことは振り返らないに限る。一インチ、一寸でも先のことを考えるしかないのだ。そうでなければ、きっと倒れ込んでしまう。一度、倒れたら、もう二度と、再び起き上がることなど出来ないかも知れない。

「――うちはこの狭さだし、布団も足りないわね――それなら、私はしばらくリクさんのところにでも、泊めてもらうのがいいかしら――」

勝は何も言わず、ただ俯いていた。しばらくの間はそうして気持ちを整理する時間が必要なのかも知れなかった。

「――後始末を手伝ったら、さっさと自分らの仕事に戻ろう」

それだけ言って歩き出した勝は、その数時間後には、あれほどの騒ぎが嘘のように、いつもの日常に戻って、また鎌を手に蘆の原に入っていった。

数日後、雪が降った。

「だから、もう伊豆に帰ろうって言ったら。五月んなったたって雪が降るなんて、この土地は端っから、内地のもんの入り込めるような場所じゃあねえんだら」

利八ときよとは着の身着のままの格好で、それでも早く新しい暮らしを築かなければと朝から晩まで小屋掛けに通っていた。そうしてカネたちの小屋に戻ってくると、口喧嘩になる。

「ここまできて、簡単に諦めるわけにいかねえずら！　帰ぇるんなら、おめえ一人で帰ぇれ！」

　年下の利八に怒鳴られて、ふくれっ面のまま、それでもきよは農家の女房らしくきぱきと手を動かし、器用に馬鈴薯《ばれいしょ》の芽をとっては皮をむき、黙々と鍋に放り込んでいく。その様子は、悲しみも何も感じていないようにさえ見えた。

「きよさん、強いねえ」

　思わずカネが感心していると、きよは口をへの字に曲げたまま、ふん、と鼻を鳴らした。

「強くなんねえで、どうするら。涙なんか、もうとっくのとうに涸れ果ててるに。ここで生きていくには、働くだけ働いたら、何でもいいから腹に何か詰め込んで、食ったら早く寝るに限るだ。そうすりゃあ、嫌でも明日がくるら」

　実際に夕食が済んでしまうと、他にすることもないからと、きよはとっとと横になる。そして、勝と利八とが炉端で酒を飲み始めても、まるで気にする様子もなくいびきをかいた。

「きよさんが羨ましい」

　リクは、カネが泊めてもらいに行く度に、決まってそんなことを言った。

「ああやって毎日のように利八さんと喧嘩してても、二人いつでも一緒にいるら。うちなんか、今ごろ主人がどこにいるもんかも、何も分からんけん」

確かに、文三郎さんが頑張ってはいるけれど、彼だって若いし畑仕事に慣れていないせいもあって、依田さんの小屋の前だけは、よそに比べて畑の拓け具合も遅れている様子だ。それより何より、いつでも何となくひっそりとした感じがして、これが一家の主人がいないということなのかと、カネもこの家を訪ねる度に感じた。

「そうだ。主人がね、今度モチャロクと引き網を作るんですって。そうしたら畑の合間に漁に行くつもりらしいわ。獲れたら、持ってくるわね」

カネが気持ちを引き立てるように言っても、リクの表情は相変わらずで、その淋しげな雰囲気は変わることがなかった。

数日後、利八夫婦の新しい小屋が出来上がった。彼らが移っていくのと同時に、カネもリクの家に泊まることはなくなり、またいつもの生活に戻った。夜明けと共に起き出して、鶏の様子を確認し、次いで畑の作物を見て歩いて水を撒き、新しく拓けた畑に、豆類、稗《ひえ》、粟、ゴマ、ケシ、南瓜などといった種をまいて、その合間に洗濯をしたり煮炊きをする。少しでも時間が出来れば、迷うことなく虫除けを全身に巻いて蘆の原に入った。人の背丈よりもずっと高い蘆はカネの視界をすっかり遮る。一体どこまで拓き続ければ果てが来るのか、この蘆の原に終わりがあるのかと思わない日はなかった。

来る日も来る日も変わらない。

働いても働いても終わらない。

気持ちがささくれ立ってきて、どうにかして気分を変えたいときには歌でも口ずさみたいと思うが、農作業と賛美歌とではあまりにも合わないような気がしたし、他に思い浮かぶ歌もなかった。手は荒れ、爪も汚れて、虫刺されの他にも細かい切り傷がしょっちゅう出来るから、絶えず痛むし、水さえも沁みる。それでも日が暮れれば子どもたちが勉強を教わりに来るのだ。このときばかりは気持ちを奮い立たせて教師の顔に戻ろうとするが、全身が綿のように疲れてしまって、すべてを投げ出したいこともあった。だが、どんなときでもカネは子どもたちと声を揃えて教本を読み、数式を解き、彼らに読み聞かせをすることで、自分を支えようとし続けた。

五月二十八日の朝、起きてみたら辺り一面、霜が降りていた。

「あなた、マメの葉が全部、枯れちゃってる」

まだ眠っていた勝を揺り起こして告げると、勝は布団から飛び出していき、「しょうがねぇな」と肩を落として戻ってきた。

「また、やり直し？」

「これこそ新規まき直しだがや」

「――冗談？」

やっとそのことに気づいて聞き返すと、勝は諦めたように口元を歪めて見せた。そしてまた、黙々と畑に出るのだった。

雨が降れば勝は畑を休んで釣りに行き、カネは鶏の世話を欠かさず、アイヌに教わって採ってきた野草を干したり、兄上たちからも頼まれることの多い繕い物や、時として仕立て物もした。いつ誰が大津へ行くことになるか分からないから、その時に託せるようにと、時間を見つけては思いつく限りの人たちに便りも書いておく。少しでも気持ちを静めたいときには聖書を開く。そうして日々を過ごしていたある晩、カネは、何かの物音に目を覚ました。

誰かいる?

しばらくは夢かうつつか分からない中で、ぼんやりと耳を澄ましていた。

ガタン。

また突然、大きな音がして、今度は全身がびくんと震えた。さらにガタゴトという密やかな音が響いてくる。どうやら物置小屋の方からだ。隣からは勝の規則正しい寝息が聞こえている。日中は身体を酷使しているから、一度、眠りについたらそう簡単に目覚めるものではない。

知らん顔をしていようかと思ったが、またもガタンという音が聞こえたから、今度こそカネは布団の上に起き直った。こんな場所で泥棒に襲われるとは考えられない。すると、何が物置小屋に入り込んでいるのだろう。

寝間着のまま草履を引っかけて、小屋の外に出た。辺りは月明かりを浴びて青白く輝いている。足音を忍ばせて物置小屋まで近づいていくと、やはり中からごそごそと物音が聞こえてきた。入口に吊した莚をそっと引き上げて中を覗く。目が慣れてくるに従って、少しずつ中が見えてきた。

あれは。

月の光を浴びて、ふさふさと長い尾が輝いて見えた。耳の大きな、尖った顔の生き物が、梁から吊してある鮭の塩漬けを取ろうとして、小屋の中の棚に前脚をかけているのだ。その姿をはっきりと認めたところで、カネは莚を戻し、家に駆け戻った。

「――あなた――あなたっ」

勝を揺り起こすと、勝は「ううん」と寝返りをうつ。

「ねえ、あなた。物置小屋に、キツネが入ってる」

「え――な――何ぃ、キツネだと？」

「間違いないわ、キツネが来てるの」

カネは、夫の腕を摑みながら、キツネが餌《えさ》を漁《あさ》りに来ているようだと声を押し殺して繰り返した。ようやく勝が起き上がった。

「カネ、明かりをつけておけ」

「――どうなさるの？」

「一発で、しとめてやる。キツネなら、毛皮もいい銭になるに違ゃあなゃあ」

部屋の片隅に立てかけてある鉄砲を手探りで取り上げて、勝は素足のまま小屋から出ていく。カネは急いでランプに火を灯して、自分も再び小屋の外に出た。

物置小屋の少し手前で、勝が地面に片膝をついて鉄砲を構えていた。地面に月明かりの作る勝の影が長く落ちている。その向こうに、確かにキツネの姿があった。口に何かくわえている。

キツネは、立ち去ろうとしてこちらを振り向いているような姿勢だった。長い尾をくるりと丸め、そこに月の光が集まっていて、まるで不思議な光る玉でも持っているように見える。雪がある間は足跡を見ることも珍しくなかったが、これほど間近に、生きているキツネを見るのは、初めてのことだ。しかもその姿は月の光のせいで全身が輝いて、神々《こうごう》しい光を放っているようにさえ見えた。

キツネは確かにこちらを見ている。何を言おうとしているのか、何を伝えたいのかという思いがカネの頭をかすめた瞬間、ダンッという音が辺りに響いた。キャーン、という声と共にキツネの身体は大きく跳ね上がり、再び地に落ちて、そのまま動かなくなった。

「――ほうれ、見い。我ながら、たゃあした腕前だが」

ふう、と息を吐きながら勝が立ち上がる。カネは胸の中で「キツネよ」と呼びかけながら、自分も勝に従った。

やすらかに、天に召されておくれ。

翌日、勝がパノに教わりながらキツネの処理をしていると、隣の利八がまた役人が来ていると知らせに来た。

「山林掛だとか言ってるら」

「今、手が離せん、こっちゃに寄ってもらってくれんか」

利八は大きく頷いて戻っていき、やがて洋服姿に足もとをゲートルで固めた男を案内してきた。

「何もありませんが」

カネが白湯をすすめると、鼻の下に髭をたくわえた役人は「どうも」と手刀を切るようにして湯飲み茶碗を手に取り、実は依田さんが春、戸長役場に来たときに「薪の払い下げ願」というものを出していったのだと言った。

「ヲビヒロ川、札内川、十勝川、これらの川からは、いずれも岸より三十間《けん》以上離れたところでなら、木の伐採は問題ありません。ただし、ドロノキとヤチダモは伐採を禁じます。伐採した木は検査を受けた上で許可が出れば使用を許すとのことです」

広げた書類を読み上げるようにして、役人はドロノキは建築用材には適さないので引き取り手がないし、ヤチダモの方は逆に住宅の柱や梁には向いているものの、湿地に生えることから、これらを伐ってしまうと洪水になる恐れが高まるのだという意味のことを言った。

「三十間とはまた、ずい分とひっこまんとならんのだなも」

勝は合点《がてん》がいかないという顔をしていたが、だからといって役場の言うことに異を唱えることも出来ない様子だった。

「これまでだって薪なんていくらでも、この辺りの木を伐ってきたのに」

役人が帰っていった後でカネが首を傾げると、勝は、これは単なる薪の話ではなく、開拓を進めていく上での林の伐採のことだと言った。

「依田くんは、この辺り一帯を大農場にしようとしとる。そのための準備をしとるわけだがね。森でも林でも、ぐんぐんと拓いていかんとな」

「ぐんぐんとなんて――そんなに壮大なことを考えていたって、出来るのかしら。ヤマニの大川さんが馬を使ったらって言ったときだって、依田さんは断ったんでしょう？」

思わず首を傾げていると、勝は憮然とした顔つきになる。

「どんなことをしてでも拓いてみせるわ。我ら晩成社が、この土地を何町歩拓くつもりだったか、忘れたのかゃあ」

「ええと――一万町歩」

「ほうだがや。今でこそまだこんなだが、我らは、このオベリベリを、地平線が見えるところまで拓くもんでね」

昨晩しとめたキツネの皮を片手にぶら下げながら胸を張ってみせる勝に、カネは、曖昧に頷くことしか出来なかった。一万町歩は三千万坪。一年あたり二百万坪と計算した日のことを思い出す。だが、たかだか十世帯の人間の手だけで、果たしていつになったら最初の二百万坪だけでも拓けるのだろう。それだけ拓けたときの光景を、カネだって是非とも目の当たりにしたいとは思っている。それでもやはり、あまりにも途方もない話に思えて、ため息が出た。

六月に入ると暑い日が増え、本格的に蚊も出てきたから、家の中に蚊帳《かや》を吊すようになった。同時に、またもおこりにかかる村人が出てきて、カネのところにキニーネを分けて欲しいと言ってくる。その都度、カネは仕事の手を休めてキニーネの瓶を持って走った。

「もう、嫌だよぉ。去年に続いて、今年もだもん。ねえ、カネさん、私らみんなで、帰えらねえ？」

その日も、カネが湯に溶いてやった苦いキニーネを飲むとすぐ、藤江助蔵の妻フデが、カネの腕をとってすがるように眉をひそめた。藤江夫婦は、もともと一度はオベリベリから逃げ出した二人だ。それで懲りたのかと思っていたら、少なくともフデの方は、今だって出来ることなら逃げ出したいと思っているらしかった。

「ねえ、カネさん。そうしよ。帰ぇろ」

カネと同世代のフデは「ねえ、ねえ」と何度でもカネの腕を揺する。それを叱ることも出来ないし、ただ励ますことの虚《むな》しさも今となってはよく分かっているカネは、ただ小さく首を横に振ることしか出来なかった。

「私は――私は我慢するわ」

「なんでぇ」

「なんでって――主人が取り組んでることだもの」

するとフデは、一人で農作業に出ている夫の助蔵の方を見やるような真似をして、自分ならば夫を置いてでもここから逃げたいのにと、わざとらしく声をひそめた。

「誰か、あたしを連れ出してくれる人さえ出てきたら、すぐんだって出ていくよ。どんな男とだって逃げてやる」

本気か冗談か分からないことを言って、がっくりと肩を落とすフデに「とにかく、お大事に」とだけ言い残して、カネは彼らの小屋を後にした。

我慢する。

前に進むことしか考えていない勝と一緒になった以上、このオベリベリで生きていく。それがカネの人生だ。今さら悔やんだところで、どうすることも出来はしない。

いくら日々を嘆き、思い悩んだとしても、とにかく身体を動かさないことには、畑の一坪も広がるわけではないと自分に言い聞かせるより他なかった。

来る日も来る日も汗みずくになって開拓に打ち込む中で、兄上や吉沢竹二郎、また他の誰かがたまに大津に行き、内地から届いて留め置かれていた荷物や新聞、数々の便りなどを持って戻ってくるときだけが、数少ない生活の刺激であり、また大きな慰めだった。あるとき、リクのところに伊豆の本家からたくさんの菓子や海苔《のり》、鰹節《かつおぶし》などが届いたからと、カネのところにもお裾分けがあった。

「ありがとう」

押し頂くようにして、さっそく包みを開いた途端に、震えるようなため息が出てしまった。何もかも、ずっと味わっていなかったものばかりだ。

「ああ、何ていい匂い！」

一つ一つを手に取っては撫でさするようにして香りを確かめ、カネはうっとりと目を閉じた。味わう前から、もう口の中一杯に唾液が広がってくる。何もかもが懐かしく、愛おしい。考えるまいと思っていても、どうしても様々な光景や懐かしい顔が瞼《まぶた》に浮かんできて、つい目の奥が熱くなり、カネはしばらくの間目をつぶったまま、何度となく喉を上下させた。

4

七月十三日はひどく暑い日曜日になった。朝から兄上が来て三人で聖書を読み、礼拝を行った後は、カネが作った団子や麦もちを食べながら、勝も兄上も、のんびりとした時間を楽しんだ。碁を打ったり庭に出て片隅に植えてある花を眺めたり、また家の中に戻って雑談を交わすうち、中でもカネのところに勉強を教わりに来ているアイランケという少年の話題に花が咲いた。アイランケは、もともと人なつこい性質だが、ことに兄上になついていて、毎日のように顔を出しては畑仕事を手伝ったり、薪採りや大工仕事も一緒にこなしているという。アイヌらしい、眉が濃くて彫りの深いはっきりとした顔立ちに、まだあどけない笑みを浮かべることのあるアイランケは、カネも可愛く思っている生徒の一人だ。

「あの子は少し飽きっぽいところはあるけれど、それでも何日か顔を見せないなと思うと、またちゃんと来るようになるから、あれが、あの子なりの調子の取り方なのかと思っているのよ」

「確かにそういう部分はあるな。だが、読み書きもずい分と出来るようになったことは、本人なりに嬉しいらしいぞ。『いろは』は全部言えるようになったし、俺がちょっとした文字を書いて見せるとちゃんと読んで、まんざらでもない様子だ」

「ああいう子らが増えていったら、この先、学校にも行きてぇという子が出てくるかも知れん。次の代のアイヌの暮らし向きは、きっと今よりかグンと変わっていくに違いねぇ」

他にもウエンコトレ、コサンケアンといったセカチたちが、兄上のところに通ってくるという。カネのところにくるナランケなどもそうだが、皆それぞれに野を駆け回り、弓を引いて獲物を捕まえ、また魚を獲ってきた人たちだから、等しく体つきはたくましい。これで百姓仕事に慣れていき、ゆくゆくは彼らも自分たちの農地を持てるようになると、アイヌの生き方は大きく変わるだろうなどと話しているうち、夕方になって札幌県庁の栂野四方吉さんが訪ねてきた。

「やあ、鈴木さんもおいででしたか。ちょうどよかった」

栂野さんは殖民掛にいて、今後のアイヌ政策のために、アイヌの実態調査をしている。彼は勝や兄上が実際にアイヌと関わりながら、彼らの救済について真剣に考えていることを知っていて、これまでも何度か意見を交わすことがあった。夜になって、カネがいつもながら質素な夕食を振る舞うと、栂野さんは嬉しそうに箸を動かし、食後は栂野さんが野営している場所に席を移して、そちらで話を続けると腰を上げた。

「これから子どもたちが来るのでしょう？　勉強の邪魔をしちゃ、いけませんから」

「お風呂にでも入っていただこうかと思ったのに」

「気を遣わんでください。この季節ですからね、川の水で十分です」

梱野さんは、軍が使っているのと同じ野営道具を一式背負って旅をしており、このオベリベリのように宿などない土地を訪ねたときには適当な場所に天幕を張って荷を解き、眠るときには寝袋というものを使っているのだそうだ。

「梱野さんに晩成社の社則を見せてな、これを、アイヌを雇えるように変えるつもりだという話をしたがゃあ。今ごろは、依田くんが伊豆で総会に諮っておるはずだと」

夜更けに戻ってきた勝は、梱野さんがいかに熱心に兄上と勝の話を聞いたかということを嬉しそうに話した。梱野さんは、札幌に戻ったらすぐに役所に報告書を提出すると請け合ってくれたという。

「明日、ここを発つ前に銃太郎のところに寄って、社則の写しをもらっていくとも言っておったがや。これで我ら晩成社の名前も県庁で認められていくに違ゃあなゃあ。依田くんがいくら出してても却下されてらゃあす土地の下付願や道路の開削願なんぞも、これがきっかけで許しが出るかも知れんで」

「そうなると、いいですねえ」

「所詮は役場の許可が下りんことには何一つままならんというのも、癪《しゃく》に障ると言えばそうなんだが、それならそれで、どこまで役場の理解と協力を取りつけられるかが問題だがや。アイヌを利用するつもりはなゃあが、そこは我らももうちょっと知恵を使わんといかんだろうと、銃太郎とも話しながら帰ってきたわ」

そんな話を聞いていると、カネの頭に浮かんでくるのは今とは格段に異なる、どこまでも広がる畑に青々とした作物が育つ風景だった。その景色の中で、カネや勝、アイヌたちが思い思いに働いている光景は、何と広々として美しいことだろう。そんな日が早く来ればいい。いや、きっと来る。信じていれば、そうなるはずだった。

ところが翌日、いつものように畑に出て汗を流していた午後三時頃、どこからともなくブリキ缶を叩く音がガンガンと響いてきて、何事かと辺りを見回したカネの耳に「バッタだ!」という声が遠くから聞こえてきた。同時に、北の空に黒雲のような小さなかたまりが浮かんでいるのに気がつく。

バッタ? あれが?

畑の真ん中に立ち尽くして、カネはしばらくの間ぼんやりと宙を見上げていた。動く黒雲のようなかたまりは、全体が一つの生き物のように絶えず形を変えていて、やがてそのうちの一部分がちぎれるようにして、カネたちの村に向かってくる。残った大きなかたまりは、そのまま東の方向へ移動を続けるようだった。

来る。

そこで初めて我に返った。急いで辺りを見回すと、もう納屋の方に向かって走っている勝の後ろ姿が見えた。

「あなたっ！」

「鎌を持ってくるもんで！　もう小麦は刈れるがゃあっ。やつらに食われるぐらゃあなら、少しぐらゃあ早よても構わん！」

それからは陽がとっぷり暮れるまで、カネは勝と共に無我夢中で小麦を刈った。幸いなことにその日はバッタの群はカネたちの畑まで来ることはなく、どこか他の方向へ降りた様子で、翌日の午後になってふわりと大地から湧き出すように飛び立つと、また一つの雲のようになって去っていった。

「どうやら去年とは様子が違うようじゃないか」

翌日もブリキ缶の音と共にバッタの来襲が知らされたが、ありがたいことにオベリは素通りに近かった。夕方、兄上がやってきて、いかにもほっとした様子で「こんな程度で助かった」と息を吐く。カネも、聞いていたほど恐ろしいものではなかったと頷いた。すると勝が「うんね」と首を横に振る。

「まだ分からん。去年のことを考えても、やつらが来るのが一日や二日で終わりってこたぁ、まずなゃあはずだがや」

だが勝の予想は外れたらしく、翌日以降、バッタは姿を見せなくなった。

「このまま来ないといいですねえ」

「まだまだ油断は出来んと思うんだがな」

あら、意外に用心深いところもあるのだな、などと思いながらも、種まきと草刈り、開墾に明け暮れた七月が過ぎて八月に入ると、勝はまた大津へ出かけていった。大津での用事の他に、トシペップト、トビオカ、ウシシベツといった土地に入り始めている開拓者の様子も見てみたいし、何より今年のバッタの状況を調べたいというのが理由だ。

「あなたがいない間に、またバッタが来たら、どうしましょう」

舟着場に向かって土手を下りる途中、カネが背後から不安を口にすると、勝は、もしもバッタが近くまで来たら、とにかく家の中に逃げて、窓も戸もしっかりと閉めることだと振り返った。

「ブリキ缶の音が合図だもんだでね。あの音を聞いたら、まずはバッタのいる場所を確かめて、こっちに来るようなら、何やっとる途中でも放り出して、家の中に走らんとならん。窓も戸も、きっちり閉めてな」

それから「まあ、だやあじょうぶだろう」と小さく笑って、勝は丸木舟に乗り込んでいく。今回も吉沢竹二郎が同行することになっていたが、それは彼が大津の病院で診察を受けるためだった。このところ、どうも胃の調子がよくないというので、一度、診《み》てもらった方がいいと勝たちがすすめたからだ。

「ちゃんと、お医者様に診ていただいて、お薬をもらってきてくださいね」

カネが声をかけると、いつもは威勢のいい吉沢竹二郎も、さすがに意気消沈した様子で、笑顔にも力がこもっていない。それでも、まるで自分たちの旺盛な生命力を見せつけるかのように茂った豊かな緑に囲まれて、いかにも涼やかに朝の陽をきらめかせている川に浮かぶ丸木舟に乗り込むと、不思議とほっとした様子になり、表情も和らいだように見えた。

「早く帰ぁるもんで」

雪の季節と違って、こんな季節に川を下っていくのは竹二郎でなくとも、いかにも気持ちが晴れそうだ。丸木舟は、棹《さお》を扱うウエンコトレとコルンゲの姿も含めて、まるで一枚の絵のように美しく見えた。

「お気をつけて。何か手紙が来ていたら、忘れずに持っていらしてくださいね」

丸木舟が見えなくなるまで一人で舟着場に立ち尽くし、ふと気がつけば、深々とため息が洩れている。次に自分があの丸木舟に乗って、大津へ、または函館へ、あるいは内地へ行かれるのは、果たしていつのことになるのだろう。ここにいると、外の世界のことがまるで分からない。今このときも世の中は動いているはずなのに、一体何が起こり、どんなことになっているのか、想像もつかなかった。普段は考えている暇もないが、そんなことをふと思った瞬間、まるで自分一人がこの世界から取り残されたような気持ちになる。

だけど。

考えたってしようがない。

何しろ働くこと、身体を動かすことだ。

ただでさえ少しでも放っておけば、瞬く間に夏草が伸びる季節だった。畑の作物も同様に毎日ぐんぐんと育っていく。今回は、泊まりに来てくれた父上も畑に出ようと言ってくれた。兄上との日々でも、草むしりや鶏の世話をはじめ、さほど力のいらない作業はどんどん手伝っているという父上は「よいせ」「どっこい」などと自分にかけ声をかけながら、せっせと身体を動かしている。その姿は、カネの目から見ても横浜にいた頃に比べて、ずい分と身のこなしが軽くなり、また日焼けしていた。

「ああ、喉が渇くな」

「これだけ陽が強いと、畑の土もすぐに干上がってしまいそうです」

実際、日によっては横浜の夏よりも厳しいのではないかと思うほど、じりじりと焼けつくような陽が照る。手ぬぐいを姐《あね》さんかぶりにして、アットゥシにたすき掛けという妙な出で立ちで、顎からも汗を滴らせながらひたすら畑に向かっていると、だんだんと頭の中が空っぽになって、やがて何も考えることがなくなる。そうして空っぽになった頃に、ぽん、と意外な記憶が蘇《よみがえ》ることがあった。それは信州上田のお城のそばにあった屋敷の庭だったり、ほんの短い間、父上が持っていた東京麴町の桑畑の風景だったり、女学校の授業で、どうしてもうまく発音出来ない英単語とにらめっこをしている場面だったり、我ながらどうして今になって思い出すのだろうかと不思議になるほど意外なものばかりだった。その度にカネは、今となっては遠い思い出を味わう暇もないほど、何と遥かで、また苛酷な道を選んでしまったものだろうかと、つい腰を伸ばすついでに空を仰いだ。

――カネさんは立派に学問して知識もある人です。

ある日ふいにワッデル先生の、身体の前で組みあわされていた手が蘇った。あれは、カネが北の地で暮らしていく心構えを尋ねにいったときのことだ。真っ白いシャツの袖口から出ている先生の手は大きくて厚みがあり、指の背にまで毛が生えていて、独特の表情を持っていた。

――必要なときはみんなの目や耳になって助けてあげるといい。代わりにカネさんは、畑のことは農民たちから教わり、その土地のことはアイヌから教わることが出来るでしょう。

本当に、言われた通りになった。そして、あの時にもらってきたキニーネが、この村の人々を今も救い続けている。そのお礼を、いつの日かお目にかかって直接伝えたいと思っていたのに、ワッデル先生はこの四月に母国のアイルランドへ帰られたと、つい先月、勝のところに来た友人からの便りに書かれていたそうだ。あの時の勝はずい分と気落ちした様子だった。

「同じ離れとるんでも、日本におれるのと遠い外地へ行ってしまわれたのとだゃあ、こっちの気の持ちようが、どえらゃあ違うもんで」

たとえ滅多に連絡出来なくても、また容易に会えない状況であったとしても、そこにワッデル先生がいてくれると思うだけで支えになっていたと肩を落とす勝を眺めながら、カネは、もしもミセス・ピアソンがアメリカへ帰ってしまったら、自分もさぞ心細い気持ちになるに違いないと考えていた。

それが天主さまの思し召しなら、仕方がないとしても。

今のカネにとっては、ピアソン先生やクロスビー先生、いや共立女学校そのものが、心の故郷のような存在になっている。最後の最後には自分を受け入れてくれる場所だと、密かに信じている。そういう存在があるからこそ今を耐えていられるのだという気持ちもあった。もしもこの先、身も心もボロボロになり、骨の芯まで疲れ果てて、もうどうにも前に進めないと思ったら、何一つ希望を見出せず、聖書を開く気力さえ失せてしまったら、そのときは這《は》ってでも女学校に戻りたい。そう思うことで、この日々を乗り越えられるのだ。

「いやあ、俺らの村がいちばん、どの村よりも出来がええように見えたがや」

五日ほどで帰ってきた勝は、まず「土産だ」と、カネに内地から届いていた何通かの便りと、薄茶色の紙を差し出した。

「まあ、これ、新聞！」

これで外のことが少し分かる。どんなことが起きているのかを知り、活字を追うことが出来る。懐かしい人々からの手紙はもちろんのこと、新聞が読めるという、たったそれだけのことが嬉しくてならなかった。端から手紙の差出人の名を確かめ、また新聞にざっと目を通す間、勝はカネが汲んできてやった冷たい川の水でバシャバシャと顔と足を洗い、手ぬぐいを絞って身体を拭いていた。

「トシペップトは俺らの村より小ぃさくてな、たったの六戸だけだったなも。ほんでも一所懸命、粟とか小豆なんかを作っとったが、まあ、俺らよりも半月ぐらゃあ遅れとるように見えたし、畑もぐんと狭まゃあもんで、あっちもあっちで苦労しとるわ」

そのトシペップトで、農商務省の若林高文《わかばやしたかふみ》に会ったと勝は続けた。その人は、晩成社にも分けてくれるつもりで、フランス麻とキリ麻の種を持ってきていたのに、何かの拍子にうっかり他のものと一緒に火にくべてしまったのだそうだ。

「どうしてまた」

思わず新聞から目を離して、カネは改めて勝を見た。フランス麻やらキリ麻やらが何の役に立つのかは知らないが、せっかくくれるつもりだったものを燃やされたと聞くと何とも残念な気持ちになる。勝も憮然とした表情で、だから次回は必ず持ってきてくれるようにと念を押してきたと言った。

「若林さんが言うには、だ。この先まだ三、四年は、バッタの駆除は難しいんでなやあかってことだ。役場なりに方法は考えてらゃあすらしいが、今んとこ出来るっていったら、卵のうちに探し出して焼き払うことと、バッタの害を受けにくいものを育てるしかなゃあだろうって。フランス麻もキリ麻も、そのために用意したげな」

「その麻だったら、バッタは食べないんでしょうか」

「どうだかなぁ」

「ちゃんと育ったら、高く売れるものなのかしら」

「それも、よう分からんが」

「それにしても、そんな大切な種を燃やしちゃうなんて」

「実際にバッタにやられとるもんの身にならゃあ、そんなたぁけたこと、しようにも出来んはずだが、だから役人なんて呑気なもんだって言われるんだがや」

そんな話をしてから三日ほどした八月十四日の午後、先月以来、ひと月ぶりにバッタの群が姿を現した。

「くそっ、やっぱり来たがや！」

ブリキ缶を叩く音が耳に届くと、勝は苛立った声を上げて空を見上げ、大急ぎで胡瓜《きゅうり》をはじめとする野菜の摘み取りにかかり、葉ニンジンを掘り出した。だが、今度はバッタの勢いにはかなわなかった。結局それから九月に入るまで、バッタは毎日か、または数日ごとに群でやってきて、畑の作物に大きな打撃を与えた。無論、通り雨のようにさっと行ってしまうこともあるにはある。そうかと思えば翌日までも村にとどまって、そこいら中の作物を食べ尽くしていくこともあった。先月の被害がさほどではなかっただけに、この勢いには、カネも呆然とするばかりだった。

「こんな風に、何かを憎らしいと思ったことが、これまでにあったかしら」

「片っ端から斬って捨てたゃあところだが、斬っても斬っても、そんなことで追いつく相手でもなゃあしな」

多いときには空が暗くなるほど頭上を覆い尽くし、耳障りで不気味な羽音を立てて、地上に降り立つなりジャクジャクと畑の作物を食い荒らしていくバッタは、それまでカネが知っていたバッタとはまったく別の生き物としか思えなかった。恐ろしい上に、忌々しい以外の何ものでもない。だが去年の大被害を経験している勝たちは意外に淡々としたもので、ただひたすら作物を刈り、または家に逃げ込んでバッタをやり過ごした。雨が降って畑に出られない日はバッタも来ない。そんなときは互いの家を行き来しあって、実に静かに碁や将棋に興じたり、兄上とは詩や歌を詠みあったり、また新聞や講談本を読んだりして過ごす。そうこうするうち次第に秋の気配が感じられるようになってくると、そろそろ冬支度の心構えなどが話題に上るようにもなった。

今年は鮭はどれくらい上ってくるだろうか。鉄砲の手入れもしておく必要があるし、弾の補充もしておかなくては。小屋はどこを補修すればいいだろう。より暖かく過ごすためには床に何を敷けばいいだろうかなどということを淡々と話し合う様子に、カネは半ば拍子抜けした気持ちになった。

「私、もっと四六時中バッタのことに振り回されて、大騒ぎになるのかと思っていました」

「騒いでどうなるものでもなゃあのは、もう分かっとるもんで。嵐や地震と同じ、どうやったって逆らえるものでなゃあ。張り合うだけ疲れるって、もう分かっとるがや」

それでもやはりバッタに作物をやられた日には、やりきれない思いにもなれば腹も立つに決まっている。そんなときは、勝は兄上や高橋利八、山田勘五郎、山田彦太郎などと誘い合っては、酒を飲んで憂さを晴らした。ときにはモチャロクやナランケの招きで「カムイノミ」に出かけていくこともある。

「カムイノミって何のことです？」

カネが尋ねると、勝は、アイヌの中ではどうやら大切な儀式らしいと言った。

「カムイは、あの人たちの神さまのことでしょう？」

「そんでも、俺らの耳には『カムイ呑み』に聞こえるもんで」

勝はにやりと笑っている。

「アイヌにとったゃあ、この世の中は隅から隅までカムイだらけだもんで、今日はどのカムイに祈ってるもんだか、俺らには皆目、分からんがや。儀式のときは、全部アイヌの言葉でやるもんだで。まあ何でも構わんで連中の真似をして、その後は一緒になって呑んどるってわけだ」

そのカムイノミに出かけていくと、勝は必ず泥酔し、足もともおぼつかない状態で帰ってくる。カネたちが信仰する天主さまとは違っていたとしても、神さまの前でそこまで酔って大丈夫なものかと心配になるほどだった。

「そのうちカムイさまに怒られて、夜道を歩く途中で川にでもはまるんじゃないんですか」

酔いが覚めたところで心配半分、皮肉半分にカネがそんなことを言ったときだけは、例によってシケレペニの煎じたものを飲みながら、勝は殊勝な面持ちで次からは必ず気をつけようと言う。だが、それが守られたためしはなかった。それでも、自分でも呑みすぎた、失敗したと思うらしい日の後には、川辺で見つけたからと愛らしい花を咲かせているセキチクなどを掘ってきてカネを喜ばせたりする。それが、勝という人の反省の示し方のようだった。

全体に天候不順の九月だった。晴れればバッタに襲われるし、大雨が降ってまたも川の氾濫《はんらん》に怯える日もあった。それでも何とか大根は、これなら出荷できるだろうというところまで収穫出来た。馬鈴薯やうずら豆も穫れたし、麦も刈れた。小さな種をまいたときから毎日毎日、芽が出ることを祈り、本葉が広がるのを待って水を撒き、世話をして形になったものが、こんなにも愛しく思えるものかとカネは初めて畑から抜き取った大根を抱きしめて、撫でさすってやりたいほどの気持ちになった。ちょうど一年前の今ごろは、父上と、文三郎さんと犬とでこのオベリベリへの旅を続けていたのだ。そのときには、一年後の自分が大根を抱きしめてうっとりしているなどとは、想像もつかなかった。

「鶏が初めて卵を孵《かえ》したときも、それは嬉しかったものだけれど、野菜も変わらないのですね。どれもこれも可愛く見える」

「こうやって育てたものが売り物になって初めて、暮らしが成り立っていくんだもんな。気の長がぁあ話だがや」

気がつけば、もうバッタは来なくなっていた。日によっては驚くほど冷たい風が吹き抜けて木々の葉も数を減らし、毎日確実に秋の色に変わっていく。家の裏の川を隔てた林の中に、立派な角を生やした鹿を見かけることもあった。その美しい凜《りん》とした姿に、カネは息を呑み、鹿が動き出すまで、ひたすら見守った。勝が見つけたら即座に鉄砲を持ち出すかも知れないから、「早く行きなさい」と、そっと話しかけたりもした。一頭仕留めれば、収入にもなるし食料にもなると分かっていながらも、あの顔を見てしまうと、気持ちが揺らいだ。

「新しい小屋を建てることにしたがや。銃太郎んとこと、利八んとこと、順番にな」

ある日、勝が言い出した。そうなれば、これまでの住まいはまた倉庫になる。この先、畑が広がり、収穫が増えるのを見込んでのことだ。それぞれの家やセカチらも手伝いに来てくれて、いつになく賑やかで、また長閑な日々が過ぎた。ところが十月に入って新しい小屋も出来たと喜んでいた矢先、早々に霜が降って、あと数日で収穫出来ると楽しみにしていた大豆《だいず》や小豆などの豆類がすべて枯れ果ててしまった。たった一日のことで、いとも簡単に命絶えてしまった作物が並ぶ畑に立って、カネは言葉を失い、ただ肩を落とすことしか出来なかった。

天主さま。

私たちはこんなにも無力です。

そのことを、こんな風に日々思い知らされることになろうとは。泣いても笑っても、どうすることも出来なかった。

# 5

鮭が川を遡り始めた。その数が増え、家の裏を流れる川にも上ってきて、夜など眠れないほどバシャバシャと音がすることがある。トレツの女房がやってきて、一緒にガラボシを作ろうと言ってくれた。ガラボシというのはホッチャレの内臓を取り出して乾燥させたもののことだ。十分に乾燥させたら、それを薪のように倉庫に積んでおいて、春までの食料として使う。塩は使わない。

「色々なものを乾《ほ》しておくのはアイヌの知恵ね」

「ウグイやヤマべも、焼いてから乾すよ」

「ああ、それは夏に、主人がモチャロクさんと釣りに行って、たくさん釣れたときに教わりました」

「塩漬けもする。フキとかワラビ。あとは少しの米があれば、粥を作ってガラボシや塩漬けを入れて、それで冬は何とかなる」

トレツの女房は拾ってきたホッチャレの内臓を自分専用のメノコマキリという、男たちが使うマキリよりも小さめの小刀を使って手際よく取り出しながら、そんなことも教えてくれた。

「フキやワラビは春でしょう？」

「そう、春。ああ、前の春に作った塩漬けを今度、奥さんに持ってきてやろうか。あと、プクサもいるかい」

「プクサ？　あの、ニンニクみたいな匂いのする草？」

「あれも葉っぱと茎を刻んで干してある。プクサは食べるだけじゃない。こんな、小さい袋に入れて、着物に縫いつけることもあるんだ」

カネは「へえ」と、つい仕事の手を止めてトレツの女房を見た。すると、口の周りに入れ墨を入れた彼女は、プクサの匂いを病気のカムイが嫌うのだと教えてくれた。

「あの匂いに、風邪のカムイが逃げていくんだ」

「風邪にもカムイがいるの？　嬉しくないカムイね」

「木にも風にも、何にでもカムイはいる。いいカムイも、悪いカムイもいる」

　この人たちの考え方は、嫌いではない。耶蘇教の考え方とはまったく違っているが、天主さまがお造りになったすべてのものに意味があると解釈すれば、さほど分からないこともないと思えたし、第一、医者もいなければ満足な薬も手に入らないこの土地で、病気や怪我から身を守り、健康が維持できるのなら、どんなことでもしなければいけないと、この一年でカネはつくづく思うようになっていた。現にアイヌはそうして生き続けてきたのだ。何をするにも迷信とばかり決めつけるわけにはいかない。オベリベリで生き抜き、これから来る厳しい冬を乗り越えるための知恵ならば、どんなことでも知りたいし、身につけたかった。

「風邪のカムイから、身を守るのね」

「そう。あとは生きるために食べるだけだ。奥さんのとこのニシパが、ホッチャレを獲ってもいいようにしてくれた。筋子《すじこ》はとれないが、それでも今年はアイヌは生きられるよ」

確かに、再びアイヌが飢えて死ぬことなどないようにと、勝は早々と鮭の監視員のところに出向いて、せめて産卵を終えたホッチャレを獲ることだけは黙認するようにと掛け合っていた。もしかすると、その礼のつもりもあって、トレッの女房はガラボシ作りを手伝いに来てくれたのかも知れない。

「鮭は、アイヌの命綱だもんで。そこまで奪うのは人殺しと同じだって、言ってやったがや」

あの、食べ物を分けて欲しいとアイヌたちがやって来た日、勝はアイヌのコタンを訪ねて本当に飢えて死んでいるアイヌの老人と子どもを見て、相当に衝撃を受けたらしかった。だから余計に、もう二度とアイヌがあのような思いをせずにすむようにしなければならないと、ことあるごとに繰り返し言っている。七月には札幌県庁の栂野四方吉さんにも熱心に話をしたし、八月に、まだ伊豆にいる依田さんから便りが届いて、アイヌの雇用について晩成社の役員会に諮った結果、正式に承認されたということが書かれていたときには「一歩前進だがや！」と大喜びした。それでも、こうして農期が過ぎて冬場になれば、アイヌを雇ってやりたくても仕事そのものがない。だからこそ余計に、鮭の捕獲は文字通り死活問題なのだった。

「今の俺らにとってだって、鮭は貴重この上もなゃあもんだ。今年も、開墾も思い通りに進まなかったし、収穫も思っていた程にはならんかったってからな。だが、その鮭の保存方法から何から、教えてくれたのはアイヌだなゃあか。恩を仇《あだ》で返すようなことは、これ以上はしたくなゃあって、やはり話題はアイヌのことになることが多かった。だが実の兄上が来たときにも、監視員にも強ぉく言ってやったがや」

兄上が来たときにも、やはり話題はアイヌのことになることが多かった。だが実のところ、最近の兄上はアイヌの話を聞きつつも、浮かない顔をしていることが多い。おおよその畑仕事が終わりに近づいたところで、晩成社の社務として村中を回っては、それぞれの家の収穫見込み高を調べているせいだ。

「バッタのこともあるし、他にも色々あるにはあったが、結局はあの早霜が、決定的な打撃だったことがよく分かる。あれのお蔭で、我らが見込んでいた収穫量からは、さらにがくんと減ったからな」

常日頃から互いの家を行き来しているのだし、それぞれの家の状況は手に取るように分かっているから、今さら言われるまでもないことだったが、改めて数字で示されると、ことの深刻さが余計に感じられるものだと兄上はため息をついた。これには勝も「まったくな」と唸るような声を出すより他にない様子だった。正直なところアイヌのことばかり心配していられる状況ではないのだ。

「バッタに霜、この二つさえなかったら、我ら晩成社の歩みは、もっと速くなるに違いなゃあんだがなあ」

「村のみんなだって、頭では分かっていると思うんだ。それでも、文句の一つも言いたくなるんだろう。今日など山田勘五郎さんが、まるで、最初に俺がオベリベリで越冬などしたから、結局はバッタにやられることになったんだと言わんばかりの剣幕で怒り出してな」

「そらゃあ、理屈になっとらんがや」

「それは本人も十分、承知してるんだ。それでも、言わずにおられんのだろう。いやあ、なだめるのにひと苦労した」

村人たちの落胆は、そのままカネの落胆でもある。収穫の喜びが大きければ大きいほど、その寸前で作物がやられてしまったときの衝撃と落胆とは、思っていた以上のものがあった。実際、数カ月間の苦労が一瞬のうちに水の泡となるのだ。収入が断たれることも打撃だが、何よりも自分たちがしてきた努力がすべて無駄になるというのが、どうにもたまらない。

「これが農業というものなのかしら」

厨仕事の傍らで、カネもつい呟いた。出来ることなら、もう二度とこんな思いはしたくないと思う。それでも来年も、再来年だって、同じ思いをしなければならないかも知れないのだ。農業を続けるとは、そういうことに違いなかった。

「御維新も俺らがどうこう出来るもんでなかったが、天下国家を論じる必要もない百姓仕事まで、いや、考えようによってはこっちの方がもっとお天道様《てんと》に左右されようとは、考えたこともなかったがや」

「気候や天候は、たとえば剣の道のように鍛練次第でどうにかものになるというものでもないしなあ」

「鍛練のしようがなゃあ」

「だからって手を抜けば、そこはすぐに作柄に出る」

「厄介でいかんわ、農業は」

互いの茶碗に酒を注いでは、勝と兄上は大きなため息をつく。

「この出来高を見たら、依田くんは何て言うだろうか」

兄上の言葉に、勝は「それにしても」と口をへの字に曲げた。

「依田くんは、今ごろどこにおるんだ」

竈の火を吹きながら、カネもつい「本当だわ」と勝たちの方を見た。

「リクさんと顔を合わせるときなんか、気の毒で見ていられないときがある」

「どうして」

兄上に聞かれて、カネは、「だって」と囲炉裏端に歩み寄りながら、ああ、そうかと思い出した。子どもと引き離された上にその子に死なれ、さらに一人で放り出されているからだとは、とても言えない。

「——心細いに決まっています。こんなに長いこと依田さんがお留守では。いくら文三郎さんがいるとはいったって」

依田さんがオベリベリを発ったのは、春まだ浅い四月のことだ。つまり、かれこれ半年以上も家を空けていることになる。手紙だけは頻繁に届いているらしいが、それでも月遅れのことしか分からない。生身の人間が傍にいるのとでは比べものになるはずもない。

一体、何を考えてるんだか。

無論この地からではそう易々と帰れるものではないし、東京にだって故郷にだって、行けばそれなりに会うべき人、済ますべき用事はあるのに違いない。それくらいのことはカネにだって想像はつく。だが、それにしたって開拓団の長、チームのリーダーが、農期の間中すっかり留守にしていたのでは、土と向き合う人たちと心を一つになど出来るとは、カネには思えなかった。実際にこの半年、初めて農民として暮らしてみて、自然を相手にしながら土に取り組むということの難しさが骨身に沁みたから、余計にそう思う。

「来月中には帰れるようにするからとか、今度の手紙には書いてあったと文三郎くんは言っておったが」

「それを、我らはじっと待つより、どうしようもなゃあわけだ」

茶碗の酒が空き、話の切りのいいところで兄上は腰を上げる。父上の待つ小屋まで、カネの足ならば十五分ほどの距離だったが、その道のりを苦にもせず、兄上は夜道に消えていくのが常だった。

数日後、村の東寄りにある畑に熊が出たと騒ぎになった。

「わしを見たら、すぐに逃げたけんど」

「あらあ、どでけえもんだってな」

「そのくせ、逃げ足が速ぇときてるら」

熊を見た人たちは興奮して、各家を回っては同じ話を聞かせ、聞く方も同じように興奮した。本当なら収穫の後には村祭りがあって、祭り囃子《ばやし》が聞こえたり神楽《かぐら》があったり、また夜店が出たり色々な演し物《だしもの》があって、人々は正月の次に楽しみにする季節のはずだった。さらに言うなら、普段はひたすら黙々と働く日々の中にも、たまには旅芝居が来たり門付けの芸人が来たり、そういう楽しみもあったという。それなのに、オベリベリでは笛の音一つ聞こえるはずもなく、たまに顔を見せるのはヤマニの大川宇八郎のような商人か、役場の人間だけだ。神社もなければ旅芸人も来ない。それだけに、ただ熊が出たというだけでも、人々は久しぶりに気持ちを沸き立たせ、刺激的に感じるらしかった。

さらに二、三日して、大津に野菜を運んでいた丸木舟が食料品や村人への手紙類、新聞、薬などを運んで戻ってきた。人々はまた舟着場に集い、多少なりとも賑やかな声を上げた。その中に、またも依田さんからの文があったと、例によって菓子や乾物などのお裾分けを持ってきてくれたついでにリクが話してくれた。

「前から言ってた通り、豚と山羊を買ってくるそうだら」

「豚なんて、どうやって飼うのかしら」

「それも、教わって帰ってくるらしいって、文三郎さんが言ってたら」

「そう――とにかくよかったじゃないの。やっと帰っていらっしゃるっていうんだもの。ねえ？」

カネが気持ちを引き立てるように言っても、リクは相変わらずどこか憂鬱そうな表情でひっそりと笑っているばかりだ。カネはふと思いついて声をひそめた。

「それで、依田さんは、俊助くんのことについては、何か書いていらした？」

思っていた通り、リクは力なく首を左右に振る。

「だけんど、知らねぇはずはないら。本家にも、私の里の方にも行っとるんだし、第一、俊助がどこにもいねぇんだもん、気ぃつかんわけが、ないに」

それなら依田さんなりに、今回の旅は辛いものになったかも知れない。もしかするとリクの顔を見るのが辛くて、それが旅を長引かせる一因にもなったのだろうか。そう考えると、一方的に腹を立てているのも気の毒だという気持ちになる。

「私も、もう覚悟決めたに。帰ってきたら、今度こそ話さんわけに、いかんもんで」

「そうしたら、一緒に手を合わせてあげるといいわね」

半ば諦めたように小さく頷くリクは、正月に、カネの前で突っ伏して嗚咽を洩らしたときに比べれば、一年近くの月日のお蔭か、ずい分と落ち着いたように見える。だがそれは、淋しさも悲しさも薄らいできたというよりは、そういう心持ちで暮らすことに慣れてしまったせいかも知れないと思わせた。そんな様子を見ていると、本当は少し前から折り入って相談したいことがあったのだが、やはり今回も言いそびれた。月のものがない。

気がつくと先月も、たしか先々月もなかった。

ひょっとして身ごもったのだろうか、という思いが少し前からカネの頭の片隅に、常にひっかかっている。だが、何しろ初めてのことだし、確信の持ちようがなかった。他に身体の調子が変わったということもないのだ。だから余計に誰かに相談したかったのだが、いちばん心やすくしている利八の妻きよはまだ子どもがいないから勝手が分からないかも知れないし、勉強を教わりに来ている山田広吉や山本金蔵の母親たちはいずれも年が離れている上に、キニーネの効果もあってか、カネを「先生」と呼んで必要以上にへりくだるようなところがあって、何となくこういう話まではしづらかった。だからリクにと思っても、子を亡くして傷心のままでいる彼女に、果たしてこんな相談をしていいものかどうかという迷いが、やはりカネを躊躇《ためら》わせた。

気のせいかも知れないし。来月になってもないようなら、そのときでも。

カネが一人で密かに気を揉んでいる間も、勝はモチャロクの家に熊の肉をもらいに行ったり、ナランケに手伝ってもらって新築の小屋に棚を吊ったり、また米を搗《つ》いたりして毎日、退屈するどころではなく、また楽しげな様子で過ごしていた。そうして十月も末になると、今度は兄上と一緒に大津へ向かった。まだ残っている野菜を売ってこなければならないし、やはり他の村々の状況も見たいからということだった。水夫を引き受けてくれたのは、エサンニヨエにウエンコトレ、シヤトンガ、シュウテケの四人だ。それに大津へ行きたいというメノコとセカチも乗り込んで、二艘の丸木舟はゆっくりと冬枯れの景色の中を滑るように下っていった。

## 6

さらにひと月ほどが過ぎると、悪阻《つわり》らしい症状が現れた。どうやら本当に身ごもっているらしいと思っていた矢先、きよが身ごもっているという話を聞いた。カネは大急ぎで利八の家を訪ねた。

「そうなんだよね。もう大分、でっかいら」

もともと丸っこい体型をしているきよは、そう言われてみれば腹の辺りが膨らんでいるようにも見える。カネは思い切って、実は自分も身ごもっているらしいのだと打ち明けた。

「へえ、カネさんも？　じゃあ、うちらの子どもは同い年になるらかね」

きよは嬉しそうにころころと笑っている。カネは、きよが落ち着き払っていることに、まず驚いた。

「心配なこととか、ないの？」

「そんなもん、心配したって、しようがねえよ。月が満ちれば赤ん坊の方で勝手に出てくんだし、伊豆の村でも、女たちはみんな産気づいたら自分らで産んで、自分らでその後の始末もしてたもんで」

けろりとした顔で答えるきよに、カネは彼女のたくましさを感じ、一方で自分のひ弱さを恥ずかしく思った。こんなことではいけない、オベリベリで子どもを産み育てていくには、相応の覚悟をしなければならないのだと改めて自分に言い聞かせる。

「そんで、このこと、勝さんももう知ってるだか？」

「それがね、まだ言ってないの」

すると、きよは「何でまた」と頬の肉を震わせる。

「言ってやりゃあ喜ぶに。特に最初の頃は重たいもん持ったりしねえ方がいいっていうから、早く伝えて大事にしてもらった方がいいら。女が大事にしてもらえる間なんて、他にそうそうあるもんじゃねえんだから」

きよからもはっぱを掛けられて、こうなったらいつ勝に打ち明けようかと頃合いを見計らっていた十一月末、朝から兄上と山田彦太郎とが小屋に駆け込んで来る日があった。

「池野登一が今日これから大津へ行って、そのまま戻らないと言ってるんだそうだっ」

息を切らしながらの兄上の言葉に、勝は「何っ」と囲炉裏端から立ち上がる。

「また、なんでだが。彦さん、どう聞いてらぁあす」

「なんも聞いとらん。だけんど、こりゃあえれえことだと思って、とにかく鈴木さんとこに駆け込んだら」

彦太郎も肩で息をしている。

「こうしちゃおれんっ、すぐに登一さんを呼んでくるがねっ」

言うが早いか、勝はもう小屋を飛び出していく。カネはすぐに囲炉裏の火を大きくして鍋の水を足した。これから何が始まるのか分からないが、日増しに冷えてくるこの頃からは、とにかく外から来た人には温かい物を出してやるのが何よりの気遣いになる。アイヌから分けてもらったトゥレプを葛湯《くずゆ》の要領で薄めに湯に溶き、そこに少量の煮豆でも加えれば小腹を満たすことも出来るから、カネは好んでそれを作ることが多かった。

「俺ぁ仕事があるもんで、帰ぇるとするわ」

彦太郎がそそくさと帰っていった後は、残された兄上だけがむっつり黙り込んだまま、囲炉裏の火に手をかざしている。ふと、兄上に妊娠のことを打ち明けようかと思い、やはり夫に言う方が先だろうと考え直している間に、やがて勝が風呂敷包み一つ抱えた池野登一を伴って戻ってきた。四十をいくつか過ぎている池野登一は頬骨が高く、頬の肉はそげ落ちていて、普段から暗い淵のような印象を与える目に、今日は明らかに怒りの色を浮かべていた。カネはその登一に「いらっしゃい」と出来るだけ柔らかい笑顔を向けて、彼と兄上、そして勝にも、温かいトゥレプ湯をよそった椀を出してやった。

「いや、驚いたよ、登一さん」

三人で囲炉裏を囲み、まず口を開いたのは兄上だ。

「俺たちの前で、ちゃんと事情を話してくれんか」

椀をひと口すすってから、勝も努めて落ち着いた表情で彼を見る。すると池野登一は口をへの字に曲げ、肩で一つ息をしてから、「だから」と眉間にしわを寄せた。

「つくづく、嫌んなったってことだ」

登一は顎を突き出すようにして、勝と兄上とを一瞥《いちべつ》した。

「ほれ、土屋の広吉が死んだら?」

土屋広吉というのは、カネと父上がオベリベリに入るよりも前に、早々と開拓に見切りをつけて出ていった若者だ。カネは横浜で船出する一行を見送ったときに会っているはずなのだが、はっきりとは記憶に残っていない。その彼がここから出ていった後、どこをどうさまよった挙げ句か、小樽で死んだという知らせが役場を通じてもたらされたのは、比較的最近のことだった。入植者として役場に名前を届け、また、出ていったことも届けてあったから、それで連絡があったらしい。

「俺ぁ、あいつが哀れでなんねえだ。結局は伊豆に帰ぇることも出来ねえまんま、こんな地のはてみてえなとこで、たった一人でおっ死《ち》ぬなんてよう。だから、せめて墓参りだけでもしてやりてえと思って」

「その気持ちは分からんじゃないが、今この時期から行くっていうのは、ちょっと無理があるんじゃないかな。これから雪が深くなるっていうときに」

「――ついでに、働き口も探してぇ」

兄上と勝とが、ちらりと視線を交わした。カネはその様子をそっと眺めながら、火鉢の傍で静かに縫い針を動かしていた。本格的に寒くなる前に仕立てなければと、兄上と父上の襦袢《じゅばん》を引き受けている。勝と自分の綿入れも縫いたいし、本当は生まれてくる子のための準備も早め早めにしておきたいと思っていた。だからこのところは少しの時間も惜しんで針仕事をしている。

「そんでは、あんたは晩成社を辞めるつもりってことかね」

勝の口調がわずかに厳しくなる。池野登一はうなだれる姿勢で黙っていた。

「苦しいのは、あんただけでなゃあがや。それに、開拓なんてもんは、一年や二年で簡単にできるもんでなゃあことは、最初から織り込み済みではなかったかゃあ」

「登一さん。あんた、自分も開拓農民として生きようと思ったから、晩成社に加わったんじゃなかったんですか」

勝と兄上に言われて、池野登一はますます肩をすくめるようにしている。やがて、その口から「そんでも」という言葉が洩れた。

「もうよう――身体が、保たんもんで」

小屋全体に広がるほどの大きな息を吐き出して、池野登一は、実は今年は春の種まきの季節からずっと身体の調子がよくなかったのだと、ぼそぼそと語り始めた。何しろ疲れて、その疲れが一晩寝ても抜けないし、体力が落ちてきているのが感じられる。自分でも痩せたのが分かる。このまま無理に働き続けていても、おそらくどこかで思わぬ怪我をするか、畑の中で倒れてしまう時が来るに違いないと思うと池野登一は語った。

「どっか悪りぃのかも知んねえだら。そうでなくっても、おらぁ、もう、百姓は無理だと思ってるら」

だから、このオベリベリにいても意味はないと、池野登一は言った。カネは、そう言われても特段、以前よりも痩せたという印象でもないし、力ない様子も感じられない池野登一を密かに眺めていた。嘘かも知れない。ただ単に、嫌になっただけかも知れない。だが、それを言ってどうなるものでもない。

「そんなら大津で、病院に行ったらいいんでなゃあか」

「いんや――おらぁ、出ていきてぇ」

「ほうかね――だが、それにしたって黙って出て行くって法は、なゃあんでなゃあか。俺ら、仲間でなゃあのかね」

「そうだとも。それに、さっきも言ったが、小樽までの道のりを行くとなったら、これからの季節は雪の中を進まなければならんということになりますよ。奥さんだって難儀なことだ。健康に自信がないっていうんなら余計に、そこのところも考えた方がいいんじゃないですか」

「それは、そうか知らんけんど」

　勝と兄上の言葉に、池野登一はますます意気消沈した様子になってうなだれ、それでもずっと前から考えていて、やっと腹を決めたのだと、絞り出すような声で呟いた。勝が腕組みをして背筋を伸ばした。

「実は先月、我らが大津におる間に、ちょうど依田くんから電報が届いたがよう。近々、帰ってくる目鼻がついたそうだわ。おそらく月が変わった頃には、オベリベリに帰ってくるんじゃなゃあかと思う。そうなったら依田くんにもちゃんと話して、筋を通して、それで春になっても気持ちが変わらんようなら決心するっていうのは、どうだゃあ」

「悪いことは言いません。もし登一さんがまた伊豆に戻りたいと思っているんだとしたら、依田の本家に知られないはずがないじゃないですか。それなのに、依田の人たちと顔を合わせるのが気まずいようになったら、あそこで暮らすのは辛くなるでしょう。だからこそ、きちんとした方がいい」

池野登一は文字の読み書きも出来ない、百姓仕事以外はしたことがないという人だ。最初から勝や兄上とやり合ったところで、理屈ではかなうはずもない。二人に畳みかけるように言葉を続けられて、彼はもう言い返す言葉も見つからない様子で、ひたすらうなだれるばかりになった。そして結局、本当にオベリベリを離れるかどうかは四月に結論を下すと約束させられる格好になった。

「大津に行くのはかまわなゃあが、今日は戻ってこんと駄目だがや」

「だから、分かったたって。今日は、嬶《かかあ》は連れていかんもんで」

「大津で多少の息抜きでもして、冬支度に必要なものでも買ってくればいいですよ」

「そんな余裕が、どこにあるらっ」

最後は捨て台詞のような言葉を叩きつけて、池野登一は憤然として帰っていった。

「やれやれ、朝から頭ん痛ゃあことだ」

勝が大きく伸びをしながら、頭をかきむしる。カネは針を動かす手を止めて「依田さんは」と顔を上げた。

「もう、大津へは着いていらっしゃるんでしょうか」

「そのはずだがね」

「それなら登一さんは、大津で依田さんに直談判なさるかも知れないですね」

「それにしたって女房を置いていくもんで、一度はこっちに戻ってこんならんがや」

さて、では朝食にしようと促されて、カネは針を針山に戻した。

「兄上も、召し上がっていったら。その後、利八さんを誘って帰ればいいわ」

「おう、そうするか」

今日、勝は利八と共に兄上の小屋掛けを手伝いに行くことになっている。本格的に雪が降り積もる前のこの時期は鮭獲りに茅刈り、薪採りといった冬支度に加えて、測量や帳簿つけ、報告書の作成など、晩成社の仕事もこなさなければならないから、勝も兄上も忙しい。その上に、二人は合間を縫ってはアイヌのコタンを訪ねて、彼らの様子も見たりしている。小屋掛けにも、そう何日も割けるものではなかった。

「なあ、うちで生まれた猫だが、どうだ、何匹か、もらってやってくれないか」

三人揃って粥を食べ始めたところで、兄上がふと思いついたように言った。カネは「猫ねえ」と、つい勝の様子をうかがった。これから赤ん坊が生まれようというときに、猫まで増えるというのはどうなのだろう。第一、猫は鶏を襲ったりはしないのだろうか。

「思ったほどではないにせよ、多少はねずみが減ったように思うんだ」

すると勝が「そらゃあええわ」と頷いた。

「ねずみは実に厄介でいかん。少しでも役に立つんなら、猫もいいんでなゃあか」

カネだって、もともと猫が嫌いというわけでもない。つい「そうですね」と頷いてしまってから、こうなったら早めに身ごもったことを勝に打ち明けなければならないと自分に言い聞かせた。だが、いざとなると、やはり切り出しづらい。毎日ためらっている間に、もう二匹の仔猫が来た。何にでもじゃれつく小さな猫を面白く眺めている間に師走に入り、八日の日も暮れようという頃、依田さんが帰ってきたと文三郎さんが息を弾ませて知らせに来た。ちょうど食事の支度をしている最中に急な吐き気に襲われて、カネが土間の片隅に屈み込んでいるときだった。

「そうかね、依田くんが」

勝は嬉しそうに声を上げ、すぐにも会いに行きそうな気配を見せる。カネは慌てて「あなた」と勝を呼び止めた。依田さんが戻れば、また互いに行き来する回数が増える。いよいよ打ち明ける機会を逃しかねないと思ったからだ。

「私、身ごもったかも知れません」

他の家にも知らせてくると文三郎さんが帰っていった後、カネは改まって勝と向き合い、思い切って打ち明けた。すると勝は不意打ちでも食らったように目を大きく見開いて、一瞬、信じられないという顔つきになった。

「身ごもったって――カネ、それぁ――」

「赤ちゃんが、出来たみたいです」

「――本当かゃあ」

「――多分」

「いつっ」

「いつって――」

「いつ分かったかゃあ」

「実は、少し前から、そうではないかと思うようにはなっていたんですけれど」

言いながら、自然に自分の腹部に目が行った。同時に、帯の上に手を添えると、その手首を勝が摑んできた。

「でかした！　でかした、カネ！　渡辺の家に、赤ん坊が出来たってことだがや！」

言いながら、勝はわっはっは、と笑い出している。その、あまりの声の大きさに、つい背をそらすようにしながら、カネは、思わず自分も笑顔になっていた。

「俺ぁ、とっつぁまになるがね！　いやあ、この俺が、とっつぁまかぁ！」

勝は、さらに大きな声で笑い、それからようやくカネの顔を覗き込んできた。

「そんで、いつ生まれる？」

「多分、五月か、六月か」

勝は、それはいい季節だと、うん、うん、と頷いている。

「きよさんの方は、この暮れにも生まれるかも知れないっていうから、お産の時は私もお手伝いに行って、色々と教えてもらおうと思って」

それには勝も神妙な顔つきになった。

「産婆もおらん村だからな。きよにでも、広吉や金蔵のおっかぁにでも、何でも教わるとええがね。アイヌの中にも子どもを取り上げたことのあるメノコがいるかも知れんな、今度、聞いてみるか」

そのときだけは少し真剣な表情になったが、すぐにまた「俺がとっつぁまか」と、勝は何とも言えない表情になって笑っている。それから、今夜は依田さんの家に行くのはやめにして、ここで二人で祝杯を上げようと言い出した。

「いやあ、こんな嬉しいことも、あるもんだなゃあ」

生まれてくる子は男だろうか、女だろうか、その子が大きくなるまでに、オベリベリはどれほどまでに拓けているだろう、学校や商店も出来始めているだろうかと、その晩の勝はカネを相手に上機嫌だった。これほど喜んでくれるのなら、もっと早く打ち明ければよかったと、カネは自分一人でお腹の子のことを考えていた日々を、少し申し訳なく思った。いつにも増してしんしんと冷えると思っていたら、外は雪が降り始めていて、そのせいもあってか、子どもたちもやってこない。

「もう一人の身体でなゃあんだから、これからの季節は余計に冷やさんようにしとかんとな。出来るだけ滋養のあるものを食って、そうだな、卵も毎日、食ったらええがゃあ」

それからも、話は尽きることがなかった。子どもたちが勉強を教わりに来ない晩に、勝が家でゆっくり過ごし、こうして二人であれこれと話をするなど、考えてみれば久しぶりのことだった。これも、お腹の子のお蔭だ。あとどれほど持てるか分からないこういう時間を大切にしたいと、カネは改めて感じていた。

翌日の午前、意外なほど積もった雪の中を、勝は依田さんの家に行ってくると支度を始めた。

「赤ちゃんのことは、まだ言わないでおいてくださいね。頃合いを見て、私からリクさんに話しますから」

カネが念を押すと、勝はあっさり頷いて出かけていき、午後になって兄上と一緒に戻ってきた。二人は依田さんから聞いてきたらしい話に興奮が冷めやらない様子で、しきりに自由党がどうの、薩長《さっちょう》がどうのといった話をしている。その様子からすると、どうやら兄上もまだカネの妊娠は聞かされていないらしかった。

「世の中は動いておるな」

「西欧列強に対しても、本腰を入れて対等な関係を築こうとしとるということだがね。それが鹿鳴館《ろくめいかん》とやらにも出とるに違ゃあなゃあ」

日が暮れる頃、依田さんが徳利を下げてやってきた。半年以上も会わなかったというのに、カネを見ても「久しぶり」でもなければ「ただいま」でもなく、相変わらずにこりともせずに「上がらしてもらうだ」と、当たり前のように藁靴を脱ぎにかかる。カネは、つい苦笑するしかなかった。そう、これが依田さんだ。この無愛想な感じこそ、依田さんだった。

「そんで、さっき言うておった農民騒擾《そうじょう》の話をもうちょっと詳しく話してくれんか」

勝が待ちかねていたように口火を切った。依田さんは早速、勝たちに交ざって囲炉裏の前であぐらをかき、自分が持ってきた酒をそれぞれの茶碗に注ぎながら「そうだらな」と一つ、息をついた。

「つい最近も、秩父《ちちぶ》で物騒な事件があったらしい。俺が函館にいる間のことだが。どこに行ってもこの話題で持ちきりだっただ」

「秩父って、どこだがゃあ」

「武蔵国《むさしのくに》だら。今は埼玉県というらしい。そこいらの農民が、新政府に対して武装蜂《ほう》起《き》したそうだで」

農民が、と、勝と兄上が声を揃える。カネもつい耳をそばだてた。

「それは、百姓一揆《いっき》のようなものか？　やはり不作が原因なんだろうか」

「一揆といやあ、一揆だらか。だが、相手は代官所や庄屋でなくて、政府だもんで」

「政府に、農民が」

「何でも大蔵卿《おおくらきょう》の松方正義《まつかたまさよし》のやり方がまずかったという話だら。今の政府は、西南《せいなん》戦争でずい分と懐具合が苦しくなっとるらしい。そんなもんで、出費を少なくして財布の紐を締めにゃならねえっていうことで、無理矢理ものの値段を下げたって話だ。農作物の買い取り値段まで下げたもんで、このまんまじゃあとても食っちゃいかれねえと、百姓らが怒ったらしい」

農民たちは政府に対して、税の徴収を免除して、負債に関しても支払いを延ばしてくれと主張して武装蜂起したのだという。その勢いは村単位どころか秩父の周辺にも飛び火して群馬《ぐんま》県や長野《ながの》県にも騒ぎが広がり、最終的には数千人規模という大騒動になったのだそうだ。

「そんで、内地は凶作というわけではなかったのか」

「凶作は凶作だったらしい。だけんど普通、作物が穫れなけりゃ物価が上がるのに、逆に物価の収縮ってやつが起こったもんで、こりゃたまらん、余計に食っていかれねえってことになったんだら」

野中の一軒家にいて、しかも外には雪が積もっているのだから、誰が立ち聞きしているとも思えないのに、三人はときに声をひそめ、ときに囲炉裏に向かって額を寄せ合うようにしながら、真剣な表情で話し続けていた。そこには、どうやら自由民権運動の影響があるらしい。憲法の制定や議会の開設を要求する一方で、これからは言論の自由、集会の自由が認められなければいけないと主張する社会運動は、カネがまだ横浜にいる頃から既に始まっていたものだ。

ああ、外の世界は動いているのだ。

カネは一人、針仕事を続けながら、遠い内地を思った。埼玉でそのような武装蜂起が起きている一方で、華やかな横浜や東京は、どんな様子になっているのだろう。さっき、勝たちは鹿鳴館がどうのという話もしていた。政府がそういう建物を建てて華族たちが外国人を招き、誰もが洋装で夜な夜な舞踏会を開いているのだという。日本人に洋装など合うものだろうか。丸髷にドレスなのだろうか。考えれば考えるほど、実物を見てみたいという気持ちになる。無理だと分かっていながら、せめて絵でもいいから見てみたい。いつか月遅れの新聞ででも見られるだろうか。

「これからは農民も黙っていないという時代になるのかな」

兄上が、ぐい、と酒を呑みながら一つ、大きく息を吐いた。

「そらゃあそれで、ええことでなゃあか」

勝がすかさず、空いた茶碗に酒を注いでやる。すると依田さんが、また難しい顔で「いや」と言った。

「そうとばかりも言えねえら。たとえば我が晩成社の身になって考えてみぃ。自分らの思い通りにならねえからって、小作人に反発されて、ましてや武装蜂起なんぞされでもしたら、たまらんに」

たったこれだけの村で武装蜂起も何もあったものではないが、それにしても、今の言い方は、自分と他の農民を完璧に隔てた考えから来ているのではないかと、カネはつい「あなたの立場は違うのですか」と口を挟みたくなった。

「まさか、そんな物騒なことにはならんだろうが」

「ほんでも、その武装蜂起した連中の気持ちも、分からなゃあじゃなゃあ。自分らのしてきたことが一つも報われとらんと感じれば、そらゃあ誰だって腹も立つし、自分らの頭にいるもんを敵だと感じるわね」

勝の言う通りだった。このオベリベリで働く農民たちは、自立できるまで晩成社が面倒を見るというから開拓団に加わった人々ばかりのはずだ。父上、兄上だって、勝だって、没落士族として内地で新たに根付く道が見つけられないからこそ、思い切って新たな場所を求め、農民になる覚悟を決めた。晩成社が約束さえ守ってくれれば、今が苦しくとも武装蜂起など心配する必要はどこにもないはずだ。そのためには晩成社がしっかりしてくれるのでなければ困る。

お腹の子のためにも。

子どもが行き場を失い、飢えに苦しむようなことにだけはなって欲しくないと、カネはまたそっと腹に手をあてた。

# 7

だが、カネの心配は、それから間もなく現実のものになろうとした。身ごもったことを父上と兄上にも知らせ、家族が増えることを喜んでもらって、これから正月にかけては心穏やかに、皆で楽しく過ごしたいと思っていた、ちょうどクリスマスの日に依田さんが晩成社の皆を集めた。そして、いきなり今年中に貸し付けた諸経費を精算すると申し渡したのだ。どの家だってこの一年どれほど働いたか分からなくとも、結局は雀の涙ほどの収入しか得られていない。だから、食費をはじめとする生活費も農機具代も、すべては晩成社に立て替えてもらっていた。今その総額を告げられたところで、どうすることも出来ないのは明らかだ。

「いきなり、そんなことを言われたって」

「そうだら。払える金なんて、どこにあるだ」

「それは承知しとるもんで。聞けば今年もバッタが来たというし、霜にもやられたそうだな。無理もないとも思うとるら。そんでも、俺らは晩成社という会社だら。会社なら、貸したものは貸したものとして、きっちりしとかんと、わしも伊豆の株主に説明のしようがねえだら。それに、貸したもんには利息がつくと決まっとるら。それをだな、年の瀬の内に精算して、一軒ずつ、証文を書いてもらわんと――」

「なんだとっ」

父上と共に晩成社で最年長の山田勘五郎が、いきり立った声を上げた。

「あんた、この上、利息までしぼり取ろうっていうだらかっ」

それを合図のように、男たちが口々に、たまりにたまっていた鬱憤をぶつけるように依田さんを責め始めた。

「大体、俺らはあんたにだまされたも同然だらっ」

「そうだらっ。あんた、別天地みてえないい土地へ俺らを連れていくと、そう言ったらっ」

「そうだ、いい土地だら。こんないい川が何本も流れて、水は旨いし、材木でも何でも取り放題で、その上、こんだけ広ぇ土地がある。そんなとこは、他にそうそうあるもんじゃねえ」

依田さんも一向に引く気配がない。

「ふざけんなっ」

山本初二郎が、こぶしを震わせて立ち上がった。

「あんた、最初に何て言ったら、ええっ。一年に三十町歩ずつ拓いていけるって、そう言ったら。そうならねえのは、あんた、俺たちのせいだとでも言うつもりか」

「去年が二町八反歩《たんぶ》、今年が五町四反歩、そこまで拓くのに、俺らがどんな思いしたか、ずっと内地に行っとったあんたに、分かるわけがねえっ」

依田さんが、ぐっと顎を引いた。カネは、はらはらしながらことの成り行きを見ているより他なかった。誰の気持ちもよく分かる。皆、必死で生きている。それなのに何も今、借金の利息の話までしなくてもいいではないかと、実際に思う。

依田さんは、下手くそなんだ。

人に説明をする間合いを測るのも、人の気持ちを測るのも。

「それに聞いた話じゃあ──」

ついに、若い進士五郎右衛門までが、おずおずと言いにくそうに口を開いた。この一家は、オベリベリを出ていくと言っては大津の周辺をあてどなくさまよっていたことがあるかと思えば、やはり伊豆まで戻る旅費もないからと舞い戻ってきた。彼らの気持ちは未だに不安定なのに違いなかった。

「ヤマニの大川さんは旦那さんに、人の手だけで畑を拓くのはいくら何でも無理だもんで、馬を使ったり、プ、プラウか、そういう器械を使ったりしたらどうかって、そう言ったそうだらな」

依田さんの眉間にぎゅっと皺が寄った。そうか、その手があったかと、カネは膝を打ちたい気持ちになった。馬が一頭いるだけで、どれほど労働力が違ってくるか分からない。カネが考えている間に、依田さんは、「あんなもの」と吐き捨てるように呟いた。

「危ねえに決まっとるら。よう操れんもんには、馬に怪我でもさせられるかも知れんし、下手すりゃあ、蹴り殺される。馬だって、高い銭払って買い込んで、呆気なく怪我でもされたら、元も子もねえら」

「だけどヤマニは、ああして商売やりながら、馬のお蔭で畑も広がってるっていうでねえかっ」

今度は、五郎右衛門の父親の進士文助が、たまりかねたように声を上げた。

「あんた、ここの代表だ、村長だっていうんなら、どうしてそういう工夫を考えんだら」

「ただ人の手だけで拓いていくのは、もう無理だって、実際にやらねえお人には、分かんねえだらかっ」

「そのくせ、今度は俺たちに豚だか山羊だかまで飼えって言うだらかっ、ただでさえ畑が拓けねえっていうだにっ」

狭い集会所が騒然となった。女たちの中で顔を出しているのはカネの他はリクときよだけだが、二人とも、すっかり怯えたように首を縮めている。

「一体俺らは何を支えにして、慰めにして生きていけばいいらっ。何も、面白おかしく暮らしてえとか、遊びてえとか、そんなことまで抜かしちゃいねえ。ただ人間らしく生きてえって言ってるらっ。そんなことも、俺らには贅沢だらかっ。その上、利息だと？　信じらんねえっ」

全員の怒りで冷え冷えとした室内が暖かく感じられるほどになったとき、ようやく兄上が「まあまあ」と立ち上がった。吐く息が白く見える。

「皆の言うことも、もっともだ。俺も、この一年も実に苦しかった。なあ、苦しかったなあ、皆の衆。おこりを患った人もいた。腹こわしたり、熱出したり、色々とあったが、それでもようよう、年の瀬まで来たんだもんなあ」

ようやく室内が静かになった。カネは、息をひそめて兄上を見つめていた。

「ここは一つ、皆、頭を冷やして考えよう、なあ。依田くんは何も、今すぐに晩成社が立て替えた金を払えとか、利息を支払えとか、そんなことを言ってるわけじゃないんだ。そんなことが無理なことくらいは、いくら長いことオベリベリから離れていたって、よく分かっている」

だが晩成社は株式会社であり、株式会社は利益を出すためのものだ。それに、株主、出資者がいる。株主を納得させるためにも、我々はただ借金すればいいと思っているわけではない、ちゃんと会社として利益を出し、利子も含めて借金は返済する意志があるのだというところを見せなければならないのだという意味のことを、兄上は出来るだけ易しい言葉を使って、ゆっくりと丁寧に説明した。

「もともと晩成社の社則だゃあ、二年目からは地代として収穫品の十分の二を本社へ収むべしと決められとるがや」

社則を手にしていた勝が、感情を押し殺したように口を開いた。すると、せっかく静かになった人々の間から、またざわめきが起きる。だが勝は「続けて」と、手元に用意した社則に目を落とす。

「我らが晩成社から借り受けたものには、金百円につき十五円の利子を支払うとも決められとる。社則第十八条だがや」

人々は互いに顔を見合わせて、ひそひそと何やら言い合っていた。そのざわめきを鎮《しず》めるように、勝の朗々とした声が「ほんで」と響いた。

「ここにおる全員は伊豆を発つときに、社則を読み上げられて、説明も受けて、こういう内容で承知しましたと、約定書を納めてきたはずだがや。つまり皆、そのことを承知で来たってことになっとる。そんなら支払わんならん」

勝はそこで一つ息を吐き、周囲を見回しながら「だが」と続けた。

「まあ、なやあ袖は振れんわね」

「ほうだらっ」

「ない袖は振れんっ」

「払いたくないもんだで言うておるのと、わけが違うらっ」

「第一、約束だけはさせられたって、オベリベリってとこが、聞いてたとこと、まるっきり違っとるじゃねえかっ。そこは、どう責任とってくれるんだらっ」

口々に声を上げる人々を、兄上が「だから」とひと際大きな声で制した。

「とにかく、とにかく、だ。社則は承知しておる、だから決められた通りに利息を支払う意志もあるというところを、ちゃんと見せなければならないということなんだよ。現に我々は今のところ、晩成社に立て替えてもらった金を頼りに暮らしを立てているんですよ。株主を怒らせて、万一その送金が途切れるようなことにでもなれば、その日から米も味噌・醬油も買えなくなります。それでは暮らしが立ちゆかない。株主の信頼を損なうことになってはならないんです。それは分かるでしょう？」

「だから、もう帰ぇろうって言ってるだに」

利八の妻きよが、大きく膨らんだお腹に手を添えて、横座りのままで呟いた。その途端、集会所はまたしん、となる。その静寂に驚いたように、きよは辺りを見回して小さく舌を出した。利八がそんな女房を片肘で突くと、きよは転がりそうになった。

「なあ、皆の衆」

それまでずっと黙っていた父上が、静かに口を開いた。

「晩成社という社名の意味を、常日頃からわしは考えとる」

父上は、ぐっと背筋を伸ばし、いつもの癖で腕組みをして、人々を見渡した。

「晩成とは『大器は晩成す』という、もともとは『老子《ろうし》』という中国の思想家が残した言葉からとっておる。その意味は、これまでも聞かされておるとは思うが、偉大な人物は大成するのが遅い、ということじゃ。そういう考えを、このオベリベリ開拓のための社名に掲げたことが、わしは素晴らしいと思うておる」

オベリベリに来て以来、農民たちの前では意識的に寡黙に過ごし、武士であったことも、藩校で教えていたことなどもあえて自分からは言わずにきた父上が、こうして皆の前で口を開くところを見るのは、ほとんど初めてに近かった。それだけに、人々は多少なりとも神妙な表情になって父上を見ている。

「その、社名に掲げた志を忘れずに励めば、やがて畑は大きく拓け、作物も豊かに実るときがくるであろうと、わしは信じておる。内地では考えられぬほどの大きな農場が出来るじゃろうと。投げ出すのは簡単じゃ。さらに言えば、ここでオベリベリを放り出したからといって、誰に責められることもないじゃろう。それでも、最初のひと鍬はもう入っておる。あとは、どこまで耐え抜くことが出来るか、大器を夢見ることが出来るか、そこにかかっておる。去年も、今年も、皆の衆は耐え抜いた。ならば来年も、再来年も、この地で生き抜く力は持っておるはずじゃ。そうするうちに知らず知らず、我らは成功を手に入れるに違いないと、こう思うておる。そして、晩成社という会社に出資した人たちにも、社名の意味をよくよく考えてみて欲しいと思う」

依田さんは眉間の皺を深くして、口を真一文字にしたまま一点を見据えている。そうして、やがてふうう、と大きく息を吐いた。

「これは一つの事業だら」

瞑目《めいもく》していた兄上が一瞬、え、という顔をして依田さんを見た。カネも、これは農業ではなくて事業なのかしら、と思った。だが依田さんは、以前と変わらずに心持ち背をそらし、顎を引いて言葉を続けた。

「俺は晩成社という会社を、このオベリベリで必ず大きく成長させる。その責任があるら。そのためには山羊でも豚でも飼うし、それに慣れたら牛も飼う。出来ることなら何でもするつもりだら。そんで、もうけが出れば、自分らで学校も建てる、病院も建てる、道も引くし橋もかけて、困っとる人らがいたらアイヌでも誰でも、助けてやりたいと思うとる。そのためには利益を出すことだが、まず晩成社という会社が、きっちり体裁を整えておらにゃならん。規則は規則として守ってもらわにゃならんだら。そのために今日は、こういう話をしとるだら」

もうこれ以上、何か言う人たちはいなかった。それは、父上の言葉や依田さんの意思表明に同意したというよりは、たくさんの理屈を浴びせられて、半ば疲れてしまったからのようにも、カネには見えた。

「とにかく、これでまた借金が増えたことだけは、確かだら」

結局は依田さんに言われた通り全員が証文に署名させられて、それぞれの家に帰る途中で、きよが大きなお腹を抱えながら白い息を吐いた。

「ねえ、そんでも帰ぇらねえの？」

「何言ってるの、きよさんだって、今となってはもう無理よ。そんなお腹を抱えて、帰れるもんですか」

カネがにっこり笑って見せると、きよは自分の腹部に目をやって、「あーあ」と声を上げた。

「ここまで膨らんできちゃったら、もう、にっちもさっちもいかんだら。こうなったらもう、早く出てきて欲しいよ」

「もうじきね」

「カネさんだって、じきだら」

きよが笑いながらカネの腹部に手を伸ばした途端、カネを挟んで反対側を歩いていたリクが「え」と声を出した。

「カネさんも、おめでたなの？」

一瞬どんな顔をすればいいのか分からないまま、カネは、おずおずと頷いた。リクは、ふうんと言うように目をみはって、カネと、そしてきよとを見ている。

「二人とも、かぁかになるんだ」

思わずきよと顔を見合わせた後で、カネはもう一度、うん、と頷いた。いつかは分かってしまうことなのだから、隠しておいても仕方がない。

「リクさんのとこも、きっとまた授かるわ。ね」

「ほうだら、旦那さんだってやっと帰ってきただもん」

きよも、リクを励ますように言う。それでもリクはつまらなそうに口を噤むばかりだった。

きよが女の子を産んだのは、明治十八年の正月が明けた六日のことだ。暮れから、やれ忘年会だ慰労会だ、さらにカムイノミだと男たちは宴会ばかり続けていて、そのまま年が明けてもアイヌを含めた互いの家を行き来しては村中の酒を飲み尽くす勢いで騒ぎ続けている、その最中のことだった。

# 第四章

# 1

〈家畜ノ餌〉
豚一頭ノ一日分ノ食料。
芋二升五合、大麦一升五合、小麦一升二合。
山羊一頭ノ一日分ノ食料。
牡麦五合。
牝麦四合。イズレニモきゃべつ半個。

〈豚ノ一生〉
生後六カ月過ギカラ三週毎ニ発情。
妊娠スレバ発情ハセズ。
妊娠後凡《およ》ソ十六カラ十七週デ出産。
凡ソ三週間授乳。

一週間程デ発情。

二月に入ると、勝と兄上たちは依田さんが作った「養豚山羊契約書」というものに調印をした。これによって、晩成社はいよいよ正式に新規事業として牧畜に乗り出すことになった。そうとなったら山羊や豚のことを少しでも知っておかなければならない。そんな時、ちょうど、大津へ大工の頼まれ仕事に行っていた吉沢竹二郎から「縁談アリ」という電報が来たこともあって、兄上は取るものも取りあえず大津へ向かうことになった。

「もしかしたら、お嫁さんを連れて帰ってくることになったりして」

カネが半ばからかうように言うと、兄上は「馬鹿を言え」と顔をしかめる。

「今は嫁取りより豚取りだ」

すると勝が「何を言っとるんだ」とはっぱをかけた。

「来てくれるというおなごがおるなら、さっさと連れてくることだがや。贅沢は言っておれん、この際、見た目は二の次だ」

「おい、勝、人のことだと思って――」

「なあ、銃太郎、夫婦はいいぞお」

だが兄上は「嫁など養う余裕はない」と苦笑するばかりだ。それでも勝は引っ込まなかった。

「俺とカネを見てみぃ。こうやって夫婦で何とかやっとるでなゃあか。その上、今度は赤ん坊も生まれるもんだで。これで、オベリベリに渡辺家ありとなるわ」

すると兄上は勝とカネとを見比べてから、カネは特別なのだと肩をすくめるようにした。

「俺が先に来ていたし、何と言っても父上がやる気満々だったのだから、半分は家族で移住するような心持ちだったのに違いない。それに、元はと言えばその父上がお前との縁談をすすめたんだからな。小さな時から父親っ子だったカネにしてみれば、まずその時点で覚悟は決まっとったはずだ」

それに、と、兄上はにやりと笑ってこちらを見る。

「何しろカネは勝に惚《ほ》れているからな」

そのひと言を聞いた瞬間、カネは自分の顔がかっと熱くなるのを感じた。

「見ておれば分かる。あんなに学問一筋、女学校一筋だったんだぞ。しかも、相当に意地が強いときている。いくら父上がすすめたって、その辺の男が相手ならば、おいそれと従うような妹ではないことは、俺がよく承知しておる。それが、これまでの生き方をすべて捨ててでもオベリベリに来ようなんて、たとえ天主さまの思し召しで父上の誘いがあったとしたって、相手が勝でなかったら、とてもではないが素直に従ったとは思えんよ」

「そうかなぁあ」

「そうさ。相手がおまえだからこそ、こんな土地での暮らしにも耐えているのだ、なあ、カネ」

カネが思わず「兄上！」と睨みつけても、兄上は「本当のことだろう」と涼しい顔で笑っているばかりだ。

「それに勝だって、危ういところで顔も知らぬ娘を嫁にするところだったと、前に言うておったではないか」

勝は「そらぁあそうだが」と、どこか居心地の悪そうな顔で首の後ろなど搔いている。「だから」、と兄上が一つ息を吐いた。

「俺も、俺のことや、ここでの暮らしについても、よくよく承知した上で嫁に来てくれるというおなごを探したいだけさ」

そう言い置いて大津へ向かった兄上は数日して無事に戻ってくると、内地からの便りの束やいつもの新聞、それに糀《こうじ》やフランス麻の種などを抱えてカネたちの家を訪ねてきた。そうして懐から取り出してきたのが、黒々とした墨で書かれた「家畜ノ餌」「豚ノ一生」という二枚の紙だったのだ。依田さんが内地から買い付けてきた豚と山羊とは、寒さにも耐え抜いて大津で無事にしているらしい。兄上は、そこで餌やりの方法なども教わってきたということだった。

「帳面に書きつけたものを、この家用に写してきてやった。壁に貼っておけばいいと思ってな」

今、この小屋の壁には、小枝を組みあわせて作っただけの小さな十字架と、大津の江政敏さんがくれた今年の暦、それに寒暖計がかけられているだけだ。いつか余裕が出来たら、そのうちに絵の一枚でも飾ってみたいと思っているのに、それが「家畜ノ餌」と「豚ノ一生」になったのかと、その殺風景なことに、カネは苦笑しないわけにいかなかった。

「山羊はともかくとして、豚はよぅけ食うんだなぁ。これを見ると、一日で五升以上も食らうことになるがね。それにまあ、育つのも早ぁときとる」

渡された紙を目の高さに持ち上げて、しげしげと見つめながら、勝はうーんと口をへの字に曲げている。カネも背後から紙を覗き込み、それだけの食料があったならどれだけ過ごせるものかと、腹の中で少しずつ大きくなっていく赤ん坊に「ねえ」と話しかけた。あなただって、生まれてきたらたくさん食べなければ大きくなれないのにねえ。

「一体それで、元は取れるのか。問題はそこでなゃあか」

呟いた勝の言葉に、兄上が「それがな」と即座に答えた。

「豚は、とにかく増えるらしいが、餌が必要なのは冬場だけで、それ以外の季節は、ほとんど心配いらんのだそうだ」

兄上が聞いてきたところによれば、まず、山羊という動物は一年中草ばかり食べていて、それで平気なのだそうだ。無論、与えれば麦でも野菜でも好むのだが、普段から粗食に耐える性質で、相当に硬い草や干し草でもよく食べるという。縄でつないでおけば届く範囲の草をどんどん食べていくので、草むしりの手間も省けるほどだと聞いて、勝が「そらゃ、ええがや」と眉を動かした。

「だろう？　刈り取った藁や籾殻《もみがら》なんぞもとっておけば、冬場はそれを食うのじゃないかな」

山羊は乳が出れば飲むことも出来るし、肉も食用になる。おそらく毛皮も売れるだろうと兄上はさらに語った。そんなに都合のいい生き物なのかと、カネも少しばかり興味が湧いてきた。

一方の豚はといえば、こちらは春になったら放牧してしまえば勝手にどこへでも行って、雪が降る頃までは戻ってこないのだそうだ。その上、おそらく放牧中に子を産むだろうから、帰ってくるときには子連れになっているという話を聞いて、カネは目を丸くした。

「子連れで帰ってくるの？　ちゃんと？」

「そういう話だ。しかも、一度のお産で犬よりもたくさん産むらしぃ」

「何て面白いんでしょう、ねえ」

畑仕事の忙しい季節に、これ以上忙しくなったらどうするのだろうかと心配だったのだが、そんなに手がかからないというのなら、問題はない。

「豚肉でハムでもベーコンでも作れば、日持ちもするし売りに行くこともできゃあすわな」

勝のひと言に、カネはさらに身を乗り出した。

「ハムやベーコン？　まあ、懐かしい。うちで育てる豚から、そんなものが作れるようになるのですか？」

勝は、カネの方を見てにやりと笑う。

「だんだんと、女学校当時の食事に近づいとるということだがね。こらゃあ、ナイフとホークを使う日も近いんでなゃあか？」

「手作りのハムと、自分の家で生まれた卵を焼いて、採れたての野菜でも添えれば、見事なデナーじゃないか」

「そんときぁ、俺が自慢の腕でパンも焼いてやろう」

貧しい小屋の土間に立ち、梁がむき出しの天井を見上げて、カネは思わずうっとりと両手を組みあわせた。何て素敵なのだろう。この貧しい小屋に、真っ白いテーブルクロスを広げて、きらきらと光るナイフとフォークを並べ、そこにきれいな洋食器が配される様が思い浮かぶ。そして、皿の上には、すべて自分たちのところで採れたものだけが並ぶのだ。ああ、食卓には小さな花も飾りたい。

「それには、あなた、椅子とテーブルがいりますね」

ふと我に返って勝を見ると、勝は兄上と顔を見合わせて、「気が早ゃあでいかんわ」と笑っている。

「椅子とテーブルより先に、まず豚小屋を作らんといかんわ」

「そういうことだ。春までにはこっちに連れてくるから、それまでにまず準備だ」

ああ、そうだったと、目の前の現実に引き戻される。それでも山羊が来て豚が来て、やがてそれらが子を産んで、いつか皆でテーブルを囲める日が来たら、さぞ楽しいに違いないと、カネはまだ思いを巡らせ続けた。その頃には、この北の大地には今よりもずっと広大な畑が広がり、輝く陽射しの下でカネと勝の間に生まれた愛らしい赤ん坊が元気いっぱいに育っているのだ。

「きっと、そうなるわ。今年はきっと、いい年になる」

自分に言い聞かせるように心の中で繰り返しながらカネは土間に立ち、湯気を立て始めた鍋の中をかき混ぜていた。

「ところで銃太郎、嫁取りの話はどうなったがね」

「あれか。やはり断ろうと思っている」

「本人には会ったのか」

「いや。会った上で断ったら、なおまずかろう」

「もったいなゃあな。竹二郎くんは自分だって独りもんなのに、お前ゃあさんの心配をしてくれたんでなゃあのか」

「それはありがたいと思っておるし、本人にも礼を言ったが、これぱっかりは、な」

もしかすると兄上は以前の、牧師時代に受けた心の傷がまだ癒えていないのだろうかと、二人の会話を聞きながらカネはふと思った。結局、未だに詳しい話は聞かないままでいるけれど、兄上はあのとき、家庭のある女の人と妙な関わりを持ったか、またはそういう誤解を生んだせいで、牧師の資格を剝奪《はくだつ》されたのだ。正月間近の横浜の家で、兄上が「女は、こわいものだな」と呟いた言葉は、今もカネの記憶に鮮明に刻まれている。ただでさえ不便極まりないこんな土地で、父上と二人の男所帯では何をするにも不自由に違いないのに、それでも嫁取りを躊躇う理由といったら、それしかないのではないかという気がして仕方がない。

「またとなゃあ機会だったんでなゃあのか。こんなところに嫁に来るというおなごは、そうはおらんぞ」

「だが、聞けば小樽辺りから独りで流れてきたらしい娘で、農業も何も知らぬというんだ。まず流れてきたっていうところで、何かわけがあると思うじゃないか」

「流れてきたのは俺らも同じでなゃあか」

「いやちがう。我らは目指してきたんだ」

「ああ、そうか」

「あてどなく来たのとわけが違うだろう？　とにかく、そんな娘が気まぐれのようにオベリベリまで来たとして、すぐさま逃げ出されたりしたら、俺も立つ瀬がない。父上も言うておられるが、嫁取りは縁だ。ここまで来たからには、気長に探すさ」

「爺さんになるまで探さゃあ、ええがね」

そんな風にいつも通りに話していたのに、兄上が帰ってしまうと、勝は急に陰鬱な表情になって黙り込んだ。実はこの数日、こんなことが続いている。狭い小屋に何ともいえない重苦しい空気が広がって、正直なところ、カネは居心地が悪くて仕方がない。兄上には「結婚はいいぞ」などと言いながら、カネに何か不満でもあるのか、来客も途絶えて二人きりになるのが、それほど気まずいのだろうかと、カネはずっと考え続けていた。だから今日は思い切って、「あなた」と勝の前に膝をついた。

「私に、何かご不満でもあるのですか」

勝は「べつに」とそっぽを向いている。こういうはっきりしない態度が、カネは何よりも好きではなかった。

「仰《おつしや》って下さい。私の何かに腹を立てたりしておいでですか」

「何でもなやあって」

「何でもなくて、そんなに不機嫌な顔をしていらっしゃるの？　おかしいです。あなたらしくもない」

じり、と相手に詰め寄ると、勝は唇をぎゅっと曲げて、まだそっぽを向く。それでもカネが繰り返し「あなた」と顔を覗き込むようにすると、勝はようやく諦めたように肩の力を抜いた。

「何か、よう分からんが」

「何が――」

「分からんが、こんところ、不快でならなゃあもんで」

「何が、でしょう？　私の何――」

「ちがうわ――そのう――妙に疝気《せんき》が走るんだがや」

「疝、気？」

勝は気まずそうな顔つきで、自分のへその下の辺りをぐるりと指でさし、ここに妙に痛みがあるのだと言った。

「その、あたりに？」

「おなごには分からんだろうが。それに、そう我慢出来にゃあという程でもにゃあから、カネには気づかれにゃだろうと思ってたもんで」

　カネは呆れて背筋を伸ばし、腹に手をあてながら「気づかないはずがないでしょう」と顎を引いた。

「私たちは夫婦ですよ。それに、こんな狭いところに二人でいて」

　勝は、それにしてもこの不快な痛みは男にしか分からないものだと繰り返した。

「伊豆を発つ前に虫下しをかけてきたんだが、まだ虫が残っておるのかも知れんな」

「それなら大津に行って、病院で虫下しをいただいてこなければ」

「そんでも、他の病気ってことも考えられるがね。虫で腹ぁ下すんなら分かるが、こんな風な感じになるってことは、聞いたこともなゃあし」

　それでな、と、勝はこれまでにも何度となく繰り返して、隅から隅まで読んだはずの古い新聞紙を押入の片隅から持ち出してくると、それをカネに差し出した。勝が指さすところを見ると、横浜の薬商が出した広告が載っている。

「取り寄せてみようか」

　だが、カネがよく見るとそこには「脳病及び神経の妙薬」と出ている。この人は自分の身体の何を疑っているのだろうと、カネはその方が不安になった。いつも豪放にしているはずの勝が、急に気弱で頼りない存在に見えてきてしまう。

「原因も分からないうちから高いお薬を取り寄せるくらいなら、やっぱり一度、大津へ行く方がよくありません？」

「そうかなぁ」

「もしかすると、冷えたせいではないですか。このところ毎日、狩りに出ておいでだし、雪の深いところにも入ると言っていらしたでしょう？　冷えは大敵といいますから。男の方にだって」

風呂を沸かしてよく温まり、温湿布などもして、何ならカネのように腹帯を巻いてみてはどうかと言うと、勝は「俺は妊婦か」と不愉快そうに鼻を鳴らしたが、それでも、それから毎日のように寒い中で風呂を沸かすようになった。カネも、少しでも身体の温まるものを食べさせようと、普段よりも多めに南瓜やニンジン、ゴボウなどを鍋に入れるようにした。さらに味噌も使う。アイヌの人たちが、シサムから分けてもらう味噌を使うと、不思議と身体が温まると言うからだ。彼らは陰口をたたいたり侮蔑的なことを言っているらしいときには和人をシャモと呼ぶが、それ以外の時にはシサムと呼んだ。

それから数日後、依田さんが珍しく機嫌の良さそうな顔を見せた。何事かと思ったら、これまで再三再四、札幌県に申請し続けては却下されてきた土地の下付願が今度こそ受け入れられたのだという。

「一月二十日付の書類だら。これで、正々堂々と晩成社の旗を掲げられることになったがね」

　これには勝も「やっとか！」と表情を明るくした。

「まーったく、どえらゃあ長ゃあこと待たせてくれよって。役場ってのは、どうしてこうも勿体《もったい》つけやぁすかなも」

「そんでも、許可が下りたのは十三万坪ぽっちだら。我らが当初の目標としておる百万坪に遠く及ばねえずら」

　しかも向こう三年の間に開墾しろという条件付きなのだそうだ。依田さんは、再びいつものように口をへの字に曲げてしまう。だが勝は、文句を言うならそれだけの土地を拓いてからにしようと依田さんをなだめた。

「出来てもおらんのに、晩成社は口先ばっかしじゃなゃあかと言われるのも小癪に障るわ。なあ、それでなんだが、依田くん」

　依田さんにトゥレプ湯を出した後は、カネは火鉢の傍に戻っていた。ちょうど、兄上から預かったフランネルの生地でシャツを仕立てようとしていたところだ。洋服の仕立てなどまるで経験がないが、そんなことも言っていられないから、これまで何度も継ぎを当てて着られるだけ着たおし、もはやボロ同然になった軍からの払い下げのシャツを一枚ほどいて、袖や身頃の型をそのままなぞり、読み古した新聞紙を糊《のり》で継ぎ合わせたものを使って型紙を作った。この型紙をもとにすれば、これから何枚でも同じシャツを縫うことが出来る。

やってやれないことはない。

これがオベリベリに来てから、カネがことあるごとに唱えている言葉の一つだ。

「やっぱ馬を使うことを考えてみんか」

勝の言葉に依田さんは、囲炉裏端で腕組みをしたまま、もう難しい顔に戻っている。勝は囲炉裏の火をいじりながら、本気で開拓に挑むのなら、馬の導入は必要不可欠だと思うと言った。

「暮れに皆で集まったときも、ヤマニの話になったろうが？　皆が馬を必要だと思っとるのは間違いなゃあ。しかも我ら晩成社、晴れて役所からの許可も得て、いよいよ本格的にこの地を拓こうとしておるときでなゃあか。三年で十三万坪を拓こうっていうんならますますもっと知恵を働かせて、効率的な方法を考えんといかんがね」

息をひそめるようにしながら、暖かく柔らかいフランネルの生地に取り組むカネの耳に、少し間を置いてから、ふうう、という長い息が聞こえた。

「俺らは自分たちの手だけで前人未踏の大地を切り拓くという目的で――」

「分かっとる、分かっとる。この手でやることに変わりはなゃあがや。ただ道具を使うだけでなゃあか。そうでなゃあと今度こそ村の連中は逃げ出すぞ。一昨年、去年とで、連中はほとほとくたぶれとる。身体もえらゃあに違いなゃあが、あんまりにも甲斐がなゃあもんで、こころが、もうくたぶれきってまうが」

「馬なんぞ——そんなもん入れて、何か起きたら、どうするら」

「なあに、最初のうちは馬の扱いにも慣れてらゃあして、取りつける機械のことやら何やら、教えてくれる人さえおらゃあ、何とでもなるわ。ちゃっちゃとやらんと、手遅れになるがゃああ」

少し年老いておとなしくなっている馬ならば扱いも楽に違いないし、おそらく値段も安く済ませられるのではないか、と勝はこのところ塞ぎ込んでいたことなど嘘のように熱っぽく語った。だが、依田さんの方は相変わらず口をへの字に曲げたまま、容易に首をたてに振る気配もない。

「そんでも、いざ何かあれば責任は——」

「なーんも、おまさんだけに責任をおっかぶせようなんて、誰も思っとらんがや。少なくとも俺と銃太郎がおるで」

依田さんの頑固さは、カネももう十分に知っているつもりだ。その依田さんの気持ちを変えられるとしたら、それは勝か兄上しかいないとも思っている。カネは、床に広げたフランネルの生地にまち針を打ちながら、心の中で勝に「頑張って」「もっと言って」と声援を送っていた。すると最後には、依田さんはいつもの難しい顔つきのまま、それでも「考えてみる」と言って腰を上げた。

「あちゃあ、入れるな。馬を」

カネが「分かるのですか」と振り返ると、勝は満足そうな表情で、依田さんは一度、自分なりに納得したことには、良くも悪くも考えを曲げることはないと言った。

「いやだと思うことは何が何でも突っぱねるのが依田くんだがね。その依田くんが『考える』と言ったってことは、まあ大体、そんならどこで馬を買い付けて、どうやって扱いに慣れた人を探してくるか、そういう段取りを考えようってことだわ」

満足げに頷いている勝は、ふと思い出したように懐中時計を取り出して、「そろそろ陽も暮れるな」と呟くと、妙に落ち着きのない様子になった。

「さて、と。そんなら、彦太郎んとこにでも行ってくるかな。利八んとこは、赤ん坊が泣くもんだで」

カネは縫い糸を噛み切りながら、もう腰を上げようとしている勝を見上げた。このところ少しばかり酒も控えめにしておとなしくしていたと思ったら。

「呑んでいらっしゃるの？」

「役場から許可が下りたことも教えてやりたゃあし、まあ、ちいとだ。ちいとばっかしな」

「お身体は？」

「ああ、もう、なんともなゃあ」

それだけ言うと、囲炉裏の上にしつらえてある火棚に乾してある蓑笠や藁靴を身につけようとする勝に、カネは「お気をつけて」と笑いを噛み殺しながら頭を下げた。どうやら、横浜から薬を取り寄せる必要はない様子だった。

## 2

三月に入ると、勝は疝気のことなど頭の片隅からも消え去ったといった様子で、やはり毎日、狩りに出かけていった。ところが、アイヌ救済策について話し合う必要があるといってトシペップトまで行き、一泊して帰ってきた途端、今度は目が痛いと言い出した。なるほど、確かに目が赤い。

「どえらゃあことだわ。一度、目を閉じたらジンジンして、もう開けておられんもんで」

「困ったわ。何かの病気をもらってきたかしら」

正直なところ、アイヌたちには衛生上の問題がある。これまで勝に連れられて、カネも何度か訪ねたことのあるアイヌのコタンも、お世辞にも清潔とは言いがたいものだった。小屋の中に饐えたような臭いが立ちこめていることも珍しくない。アイヌたちはその環境に慣れているから平気なのかも知れないが、慣れていないものが不用意にそこいらのものを触った手で目などこすったりすれば、眼病にかかったとしても不思議ではないと思う。

「ホウ酸があれば、それで洗えばいいと思うのだけれど」

「ホウ酸、あったんでなやあか」

「生憎《あいにく》少しだけ残っていたのを、この前、彦太郎さんのところの子に使ってしまいました」

勝は「うーん」と唸って目を押さえるばかりだ。カネも途方に暮れた。

「それは、おそらく雪にやられたんだろうな」

ところが、晩飯に間に合うようにと煮豆を持ってきてくれた兄上が、勝の顔を覗き込んだ後、陽の照っている雪原を歩き回っていると、雪のまぶしさに目がやられてしまうらしいと教えてくれた。

「アイヌがよく言ってる。冬場、雪の中を狩りに出るときには気をつけんと、雪目というものになると。雪目には、ホウ酸はどうなのかな」

「じゃあ、どうしたらいいのかしら」

カネが眉をひそめている間に、兄上は「そうだな」などと言いながらふらりと小屋を出ていき、しばらくしてアンノイノというセカチを連れて戻ってきた。アンノイノは、ゴボウのように見える木の根らしいものを持っている。

「これで目を洗うといいんだそうだ」

てっきり、自分の家に戻ってホウ酸を持ってきてくれるのではないかと思っていたカネは、兄上とアンノイノとを見比べて、その手にもっている木の根に目を移した。

「それは、ペヌプではないの？　あなた方が魔除けに使うものでしょう？」

以前、教わったことがある。アイヌはこの根を輪切りにしたものを首からかけて魔除けにしたり、また、夜道を一人で歩いたりするときには、この根をかじったものを辺りに吹き散らしながら行くという。それを、どうやって目の痛みに使うのだろうかと思っていたら、アンノイノは自分専用の短刀であるマキリを取り出して、ペヌプの根を薄く削り始めた。

「怪我したら、これを貼ると治る。だけど目は貼るの出来ない。だから水に入れてどんどん温めるんだ。ペヌプのカムイが水のカムイに移ったら、それで目を洗う」

そんなことをして大丈夫なのだろうかとカネが不安に思っている傍で、勝は「本当かゃあ！」と声を上げている。

「そんなら、すぐに煎じてちょう。ほれ、カネ」

兄上も興味津々《しんしん》といった表情で頷いているから、カネもそうしないわけにいかなくなった。

大丈夫。この人たちは、こうして生きてきたんだから。

受け取ったいくつかのペヌプの切片を鍋の水に放ち、囲炉裏にかけるとさほど間を置かずに鍋から湯気が立ちのぼり始めた。アンノイノはそれを何度か覗き込みながら「まだ」「まだ」と繰り返し、湯量が半分ほどになったところで自ら鍋を囲炉裏から外した。

「雪で冷ましてくる」

片手に鍋を持ったまま、さっさと小屋の外に出て行くから、カネも後に従った。アンノイノが小屋のすぐ前の根雪になっている場所に鍋を置くと、鍋からもうもうと湯気が立ちのぼり、やがてすぐにその湯気が薄らいでいった。

「奥さん、きれいな布あったら、それでニシパの目を洗ったらいいよ」

「あ、ああ、そうね。そうするわ」

すぐに小屋にとって返し、端布《はぎれ》ばかり放り込んでいる箱をかき混ぜにかかった。紅絹《もみ》の布でもあればいいのかも知れないが、絹などあろうはずもない。綿紗《めんしゃ》の端布を見つけている間に、アンノイノも鍋を提げて戻ってきた。ペヌプを煎じた汁は、もう人肌ほどに冷めている。カネは綿紗をその汁に浸し、軽く絞ったもので勝の目をそっと拭った。勝が「うーん」という声を上げる。

「何か知らんが、じんわり、気持ちええわ」

兄上も腕組みをしたまま、その様子をずっと見守っている。

「不思議なものだなあ、魔除けに使ったり、煎じて目を洗ったり」

「一体誰がこんなことを思いつくんでしょうね。文字のないこの人たちが、よくも昔からの知恵をこうして覚えているものだわ」

「これ、一日に何回もやるといい」

アンノイノはそれだけ言うと、残りのペヌプをカネに手渡し、じゃあ、と帰ろうとする。カネは急いで彼を呼び止め、米びつから白米を二合ほど測って「ありがとう」と差し出した。アンノイノははにかんだような表情で米を受け取り、風のように去っていった。勝の目の痛みは、それから二日ほどできれいに退いたようだった。

そうして三月は、勝はキツネ猟、カネは仕立物に明け暮れ、ようやく四月に入ると春の陽射しが溢れて、福寿草の花なども顔を出すようになった。家の裏の川も氷が溶けて、ささやかで軽やかな流れの音を聞かせるようになる。カネのお腹はますます大きく膨らんできて、少し動いても息切れがしたり腰が痛むようになってきた。もう少ししたら大津へ家畜を引き取りに行くからと、勝と兄上とは吉沢竹二郎に引いてもらった図面をもとにしてそれぞれの家の傍に簡単な小屋を建て、また、大津から運んでくるときに使う豚箱を組み立てるための木材も用意し始めた。そんな頃、依田さんがまた村の人たちを集めるという知らせが回ってきた。今回は、カネは留守番していることにして、勝だけが出かけていった。

「何も今、言わんでもよかったことではないかと思うがな」

するすると夕方になって、「玉蜀黍《とうもろこし》を煎《い》って茶を作ってみた」と言いながら現れた父上が、少しばかり困ったことになったと、会合の様子を教えてくれた。何でも依田さんは、いよいよ今年の畑が始まるというこの時期に、今年から地代の徴収を始めると皆に言い渡したというのだ。

「それも、今年がどんな作柄になるかも分からんというのに、たとえば小豆なら一反《いったん》歩《ぶ》に一石《いっこく》二斗《に と》は収穫するものと決めてかかって、その十分の二を納めろと、こう言うんだな」

その他にも宅地は一反歩につき一円、耕地は一反歩三円で計算して、それぞれの家に早くも請求書を渡したのだという。

「しかも、去年まではその半額で計算してやったのだから有り難く思えと、まあ、そういう風に受け取られても仕方がないような言い方じゃった」

「そんな――それでは、拓けば拓くほど、お金がかかるということではないですか」

「それだけの収穫が見込めるから構わんだろうという理屈じゃろうが」

「だって、またバッタが来るかも知れないし、いつ霜にやられるかも分からないのですよ」

「それは計算の中に入れてはおらんのじゃ」

カネは父上が持ってきてくれたばかりの玉蜀黍茶を急須で淹《い》れながら、「なんですか、それ」とため息をついた。暮れにあれだけ反感を買って、皆の中に溜まっている不満も、それなりに理解したのではないかと思っていた。あのときに提示され、証文を取られた借金だって、どの家も一文たりとも払えていない。とにかく長い冬をやっと越えて、皆どうにか新しい季節を迎えようとしているのだ。そんなときに、どうして依田さんはわざわざお金の話を持ち出すのだろう。

「あら、美味《おい》しい、このお茶」

「そうじゃろう。なかなか香ばしい」

本物のお茶の葉も少しだけあるのだが、何かの時のために大切にとってある。だからこんな代用品でもありがたかった。父上も両手で厚手の湯飲み茶碗を包み込み、お手製の茶の味を楽しむ表情を見せたが、それでも出るのはため息だった。

「依田くんにはあれほど、とにかく焦らぬことじゃ、五年、十年の周期で物事を考えなければ開拓などという大事業は成功せぬと、何度も言い聞かせたつもりじゃが、まったく耳に届いていなかったということかな」

父上は、心なしか肩を落として見える。カネは、これもまた伊豆の実家の顔色をうかがってのことなのだろうかと考えた。うがった見方かも知れないが、このオベリベリに根を張って、何年かけても見事に拓いてみせると言いながら、言葉とは裏腹に、依田さんはずい分と焦っている感じだし、何よりもその目は、いつでも伊豆の方ばかり向いているような気がしてならない。それとも、これは依田さんのような立派で頼れる本家を持てずにいる、没落士族のひがみなのだろうか。所詮は、この地を選んで海を越えてきた心構えそのものが違っているということか。

「しかも、依田くんの出してくる数字はすべて机の上で計算したことばかりじゃ。実際に汗水たらして畑を耕している人らにしてみれば、現実離れしているとしか言いようがないじゃろうに」

だから無論、村人全員が反発したし、今回は兄上も、そして勝も、依田さんの肩を持つようなことはせず、むしろ依田さんに賛成しかねる様子だったのだそうだ。

「それはそうでしょう。うちの人だって、疝気が走る、目が痛いと言いながら、それでも毎日のように猟に出て、キツネや山鳥や、白鳥まで獲って、それを売って何とか暮らしを立ててきたんです。いつだってカツカツの毎日なのに、今からもう今年の収穫に合わせてお金を払えなんて言われたって」

ふう、と一つ息を吐いて、カネは父上と向かい合った。お腹が大きい上にこの頃は少し浮腫《むく》みも出てきているから、行儀が悪いとは思いつつ、とても正座はしていられない。父上は柔和な表情で「無理をするな」と言った後は、また難しい表情になる。

「その一方では、今度は大津に出張所を置くと言うておった。吉沢竹二郎くんを大津に行かせたままなのも、その腹づもりがあってのことだったんじゃろう。出張所を置けば、誰か一人は晩成社のものにいてもらわねばならぬだろうから」

「出張所なんて。建てるか買うかするということですか？　そんなことをしたら、また出費になるではないですか」

「いや、依田くんにしてみれば、必要なことには金を使っているのだから、我らにも約束は守れと言うつもりで、この時期に皆を集めたのかも知れんのじゃが」

どうも、間合いの測り方がうまくない、と父上は腕組みをする。言っていることが間違っているわけではないし、経営者側としては当たり前のことをしているだけだという意識なのだろうとは思うが、どうも依田さんという人は話を聞かされる側の気持ちなり、その立場なりを考えることが非常に不得手か、または、そういうことが出来ない性質なのかも知れないと父上は言った。

「確かに、そういうところが、ある方なのかも知れないですね」

カネにはカネで思い当たるところがあった。一粒種の息子を亡くしたことを知った後も、依田さんは久しぶりに再会したリクに対して慰めの言葉をかけるわけでも、ましてや詫びるわけでもなく、ただひと言「諦めろ」と言っただけだったという話を、リクから聞かされていたからだ。リクとしては、ただ一緒に泣いてほしかった、両親から引き離されて独りで逝ってしまった我が子を悼《いた》んでほしかったのだが、依田さんは厳《いか》めしい顔で口を噤むばかりだったのだそうだ。男子一生の大望に向かっているときに、いつまでも喪《うしな》った子のことばかり思ってはいられないとも言われて、リクは夫を恨めしく思うことすら嫌になってしまったとも言っていた。

「それで、うちの人は」

「銃太郎と、彦太郎さんの家に行くと言っておった。立場上は皆の衆をなだめにゃあならんだろうが、こういう日は呑んで憂さでも晴らしたいと思うじゃろう」

兄上もいないのならと、今夜は父上と二人で夕食をとり、その後は、いつものようにやってきたアイランケや金蔵たちに勉強を教えて、カネはその晩を過ごした。ざわついた気持ちも、そうしている間は鎮めることが出来る。余計なことを考えず、生活の不安も横浜への未練も忘れていられる。そんなひと時を持てることが、カネにとっては何よりもありがたかった。

「依田くんは依田くんなりに、考えてはおるんだわ。いつの間にか、畦立《あぜた》て機のひな形なんぞを取り寄せてあってな、それを自分たちで作りさえすれば、作業はもっとはかどるに違ゃなゃあとも言っとったし、馬の買いつけについても方々に手紙を出して、いいあてがなゃあか、探しとるとか言っとったもんで」

数日後の朝食時、勝がそんなことを言った。カネは、ふん、と鼻を鳴らした。

「それくらい考えて下さるのが、当たり前です」

東京では洋装の上流夫人が洋館で舞踏会に明け暮れ、英語の勉強を始める人も増えていると新聞の記事にも出ていた。たまに函館から来る桜井ちかさんからの便りにも、新しい教会が建ち、役場や銀行も増えて、一時は大火災のために壊滅的な打撃を受けた函館の街が見事に生まれ変わりつつある様子が事細かに書かれていた。時代はどんどんと変わっているのだ。それなのに、このオベリベリだけが未だに御維新前と変わらないどころか、原始のままではないか。地代を払え、開墾料を払えというのなら、それなりの道具でも何でも用意してくれるのが当然だ。

「文明開化と言われる時代なのですから」

カネが口を尖らせると、勝は「恐《お》そがゃあ」と笑っている。

「本当、損な性格しとるがね、依田くんは。無骨というのか何というのか。いらんとこでおなごにまで怒られて」

「だって——」

「そんでも、この晩成社のことを誰よりも考えとるのは、依田くんであることは間違いなゃあ。いつだって必死で考えて、この地で生き抜くためのあらゆる方法を、それこそ夜も寝んで考えていらゃあす。そこんとこは、分かってやらんとな」

やはり、この人と依田さんと、そして兄上とはチームなのだ。時に腹を立てながらも、こうして相手を信頼し、理解しているからこそ、共に同じ明日を夢見、今の暮らしにも耐えていられるのだと、カネは彼らの友情を羨ましく思った。自分も同じチームの一員でありたいと常に思っているけれど、やはりこの男同士の関係には、入り込むことは出来そうにない。

四月十五日。勝はいよいよ豚と山羊とを引き取るために、兄上と共に大津に向かうことになった。ヤマニから二艘十円で買い取った丸木舟に、旅の途中で泊まらせてもらう家や大津の江政敏さんらに土産として持っていく大根や葱《ねぎ》、豚箱のための木材、また、売り物にする沢庵や卵も詰め込む。

「向こうでは吉沢さんにもお会いになるのでしょう？」

「もちろんだがね。竹二郎には向こうで豚箱の仕上げをしてもらうことになっとるし、出張所にする家についても、我らも一度ちゃんと見ておいた方がええもんで」

「よろしく伝えて下さいね。お独りで心細い思いをしていらっしゃらないといいんだけれど」

「それよりカネ、ええな、必ず親父どのに来てもらわんといかんぞ。そんで、もしも産気づくようなことがあったら、すぐにでも利八んとこに行ってもらえよ」

「まだ大丈夫ですから」

「そんでも、必ず来てもらえ」

「承知しました」

いつものように舟着場まで送るというカネを土手の上までで構わないと制して、勝は兄上と共に丸木舟に乗り込んでいった。今回は、帰りに家畜を積んでくることを見越してセカチは六人頼んである。その中にはアンノイノの姿もあった。誰もがカネとも顔見知りになっているだけに、皆が笑顔で手を振りながら川を下っていった。

### 3

「大変だっ、ニシパのチプが沈んだ！」

アンノイノが息を切らして家に駆け込んできたのは、それから十日近くが過ぎた日の夕方のことだ。今回の大津行きはずい分と時間がかかっているようだ、豚や山羊を運ぶのに手間取っているのだろうかなどと、朝に晩に父上と話し合いながら、そろそろ畑を起こす準備も始めなければならないし、出産のための産屋《うぶや》のことも考えなければならない、予め家畜の餌も用意した方がいいのだろうかなどと、相変わらず忙《せわ》しなく過ごしながら、その日も夕食の支度に取りかかろうとしていた矢先だった。水屋に立ち尽くして、カネは手にしていたザルを取り落としたのにも気づかないほど、一瞬、頭の中が真っ白になった。

「何ですって、どういう――」

「ニシパが、ニシパが」

すっかり息が上がっているアンノイノに、父上が、まず水を飲ませてやった。そして、落ち着け、落ち着けと繰り返し、背を押すようにしてアンノイノを囲炉裏の脇に腰掛けさせる。

「どっちのニシパじゃ」

「どっちも。パラパラニシパも、チキリタンネニシパも、どっちも落ちた」

「落ちた？　川にかね」

「全部、川に、落ちた」

「全部？」

「ニシパも、他の荷物も全部。金も、色んな紙も、ランプ、米、食い物、全部。チプが壊れた」

「それで、ニシパは？」

「ニシパは川から上がった。上がって、火を燃やして、服を乾かした。でも、荷物は分からなくなった」

「家畜もか？」

「かちく？」

「豚や山羊もか？」

「豚や山羊は俺たちのチプだ。俺たちのチプは沈まなかったからな」

「では、その豚や山羊は？」

「舟着場に置いた」

濃い眉の下の、黒目がちの瞳で父上とカネとを見比べながら、アンノイノは懸命に父上の質問に答えている。要するに、勝と兄上を乗せた丸木舟が転覆して積み荷がすべて川に落ちたということらしい。それでも勝たちは岸に上がることが出来たようだ。今は迎えのチプを待っているというアンノイノの言葉を聞いてようやく、カネは止まりかけていた心臓が動き出したような気持ちになった。お腹の子が、ぐりん、と動いた。

「二人が無事なのなら、まあ、何よりじゃ」

父上も胸を撫で下ろしている様子で、それならば、今と同じ話を依田さんのところにも伝えてくれないかとアンノイノの肩を叩いている。

「依田さん？」

アンノイノは少しの間きょとんとした顔をしていたが、村の中ほどにある、犬を飼っている家だと説明をすると、ようやく「ああ」と頷いて、すぐに小屋を出て行った。その後ろ姿を見送ってから、カネは思わず囲炉裏端にへたり込んだ。

「いつかはそんなことになるのではないかと思っていたのです。あんなに頼りない丸木舟なんだもの」

「とにかく生命だけは助かったようじゃから、それだけでもひと安心じゃ」

「それにしても、ヤマニは何というものを売りつけてくれたんでしょう」

「まあ、ここは落ち着くとしよう。腹の子に何かあるといかん」

父上も、やれやれといった表情で、何度となく深呼吸を重ねていた。そうして翌日、勝と兄上とは、舟ではなく陸伝いに戻ってきた。セカチらに言っておいたから迎えの舟は来たものの、今日は風が強すぎて、これではまた転覆する恐れがあるからと、陸路を選んだということだった。とはいえ道らしい道などあるはずもない土地だ。雪解けの泥濘の中を歩いてきたらしく、足もとだけでなく尻端折《しりはしょ》りした着物やマント代わりの毛布にまで無数の泥跳ねを飛ばして、大津行きのときには必ず持って行く仕込み杖の先に風呂敷包みをくくりつけ、それを肩に背負っている姿は、まるで落ち武者か敗残兵のようだった。

「いやはや、今度ばかりはまいったがぁあ」

何はともあれ温かい風呂に浸かって汚れを落とし、上から下まで洗い立てのものに着替え、ようやく囲炉裏端に落ち着いたところで、勝はカネが燗《かん》をつけてやった酒をひと口呑むと、腹の奥底まで酒が染み渡るような声を上げた。

「危うく、その子をてでなし子にするところだったがや」

「私も、アンノイノがここに飛び込んできた瞬間には、頭の中をいっぺんに色々なことが渦巻きました」

「どんな」

「こんな村ではまともなお葬式も出来はしないのに、とか、生まれてくる子にどう聞かせようかとか、いくら何でも赤ちゃんと二人きりでは、このオベリベリで生きてはいかれないでしょうから、兄上まで駄目だったのなら、これは父上と三人で引き揚げるしかないだろうか、とか」

勝は、それでは完全に後家さんになるつもりだったみたいではないかと苦笑する。カネは「だって」と、つい唇を噛んだ。それが現実ではないか。墓場もないようなこの土地で、キリスト教の弔《とむら》いの仕方など何一つ知らない人たちと、果たしてどうしたらいいだろうかと思うに決まっている。

「確かに、この村だやあまだ誰も経験しとらんもんで、俺が死んどったら、村で最初の葬式になったのは間違いなゃあわな」

「笑いごとではありませんよ。牧師さんどころか、お坊さん一人いらっしゃらないところで、どうやって天国までお送りすることが出来るものか、本当、真剣に考えたのですから」

「まあ、ええでなゃあか。こうして無事に生きとるんだ。そんで、明日は葬式にならなかった代わりに、山羊と豚が来るもんで、そっちのことを考えんと」

勝の話によれば、連れてくるつもりだった山羊の何頭かは、寒さのせいか数日前に死んでしまい、豚の方は思ったよりも成長が早くて、もう丸々と大きくなっているのだという。それで連れてこられるだけの豚四頭と山羊二頭とを運んできたのだそうだ。家畜に関しては、当初は村のみんなで世話をしようではないかという話になっていたのだが、先日、依田さんが地代の話など持ち出したせいで村の人たちの反発が強くなった。畑を拓くだけでも精一杯なのに、これ以上、自分たちの仕事を増やしてほしくないと言われて、結局は勝が豚二頭と山羊一頭、兄上が豚二頭、依田さんが山羊一頭の世話をすることになった。

「依田さんは、豚の世話はなさらないのですか？」

「つがいでなゃあことに、子が生まれんだろうが。豚は、まず増やさんと」

「それでは、依田さんのところには豚は来ないのですか？」

もしかして、豚の世話は人に押しつけるだけなのだろうかと、喉元まで出かかった言葉をカネがぐっと呑み込む間に、依田さんのところが飼う予定の豚は、まだ大津に残してあるのだと勝は言った。

「じきに連れてくることになるだろうが、そういっぺんには運べん。何しろ、大《で》かゃあもんで」

勝は、ふう、と大きなため息をついた。その顔が、もう赤く染まり始めていた。

「まあ、何だわ。このオベリベリというところは、豚どころか山羊一頭飼うのさえ、一筋縄ではいかんてことだが。せめて道さえ通っておったら、はるかに簡単に済むはずのことが、何しろ川一本しかなやあああもんで。この川一本に、命の全部を預けんといかんというのもなあ」

疲れているせいもあってか、今日の勝はことに酒の回りが早いようだ。こういうときには気をつけないと、ほんのちょっとしたひと言が癇にさわるらしく、勝は突如として「何ぃ」などと気色《けしき》ばむことがある。カネとしては特別なことは何も言っていないつもりなのだが、ほとんど難癖をつけるように突っかかってこられて時としてびくっとなることもあった。特に、何か面白くないことがあったときなどは余計にそうだ。それは、兄上や依田さんと呑んでいるときでも、またはよその家に行って呑むときでも同じらしく、突如として声を荒らげることがあるとは何回か耳にしている。ひと晩たってしまえばけろりとしているのだが、そういう癖があると分かってきてからは、カネは、勝がいつもよりも速い調子で酒を呑み、また、早く酔い始めているらしいときには、努めて刺激しないことにしようと自分に言い聞かせていた。身ごもっている身としてはなおのことだ。

「カネもまた忙しなるが、まあ、いい塩梅《あんばい》やあでやってちょうよ」

ゃあ」

「それ見て、依田くんも、これから自分のとこに来る豚の飼い方を考ゃあるに違いなゃあ」

「──やってみます」

なぜいつも、うちと兄上のところばかり実験材料のようになるのだ、という言葉も、ぐっと腹の底に沈める。依田さんは、単に自分のところで飼うはずの豚を先に譲ってくれたのに過ぎない。そう考えるべきだ。すべては天主さまの思し召しだ。その晩は、カネは勝が何を言っても、相づちを打つ程度にしていた。丸木舟が沈み、生命を落としかけ、泥まみれになってやっと帰り着いて、疲労困憊《こんぱい》していたに違いない勝は、あっという間に酔いが回り、早々と目をとろりとさせて、その晩はおとなしく眠りについてしまった。

翌日、豚二頭に山羊一頭が、カネたちの家に運ばれてきた。山羊は丈夫な荒縄でつないでみると、なるほど早速、雪解け後の地面から生えてきた柔らかい草を食み始める。多少の麦なども与えてみたが、それらもひたすら食べ続けた。

「変な目をしているのねえ、山羊って」

カネはしげしげと山羊の顔に見入ってしまった。

一方、急ごしらえの柵の中に入れた二頭の豚はといえば、取り立てて興奮したり緊張したりする様子もなく、柵に入るなり互いに全身に泥をつけて地面に寝転がった。

「大津におる間に大体、一人前になったげな。もう、いつ子作りを始めてもおかしくないそうだがや」

なるほど大層大きいし、餌も大量に食べそうな体つきだが、とはいえ、そうそう貴重な芋ばかりやっていられないと考えて、カネは、いちばん大きな鍋に馬鈴薯や南瓜、豆など、去年の畑から出た中から出荷の出来ないクズ野菜を何でも入れて、そこに、さらにガラボシを戻したものも加えて煮てみることにした。よく煮込んだそれらのものを金だらいに移して与えてみると、二頭の豚は先を競うようにして金だらいに顔を突っ込み、ブゥブゥと鼻を鳴らしながらよく食べた。

「こらゃあまた、よく食うがね」

勝も感心したように眺めている。これではひっきりなしに餌の用意をしていなければならないことになりそうだ。いずれにせよ囲炉裏の火はいつでも熾《お》きているのだから、自分たちの食事を煮炊きするとき以外は、大鍋をかけて豚の餌を煮ていればいいだろうということになった。

「ぬくとなるまでの辛抱だ。あとは柵から出したって、本当に冬までに子連れで戻ってくるかどうか、試してみらゃあええだけだがや」

鍋に入れるクズ野菜は丁寧に洗い、ガラボシは水で戻して、ごろごろと鍋に放り込み、あとはたっぷりの水を加えて、自然に煮えるのを待つ。次第に湯気を上げ始める鍋を眺めているうち、カネはふいに、女学生の頃に食べたシチューを思い出した。バターとミルクの何ともいえない香りがして、嚙みしめると味が染み出てくる肉の塊なども入っていた。あの時は、普段は苦手にしているニンジンさえ甘く感じたし、タマネギもとろけるように美味しかった。ああ、あの味が懐かしい。いつかは、またあんな料理を食べられる機会が来るだろうか。

とにかく、兄上が調べてきた「家畜ノ餌」に従わなくても、文句も言わずにひたすら旺盛な食欲を見せつける豚たちにひと安心して、カネは餌を与える度に「早く増えておくれ」と念じた。

数日後、雨が降った。勝は舟から放り出されて以来、どうも風邪気味で熱っぽいと言うし、こんな日は外での仕事はやめにして、家で本を読むなり手紙を書くなり、ゆっくり過ごしたらと話していたら、午後になって依田さんが豚の様子を見に来た。

「あれからも、ちゃんと飯は食っとるかね。山羊の方は、どんな具合だら」

庭に回り込み、勝と一緒にしばらくの間、山羊と豚の様子を見ていたらしい依田さんは、何はともあれ豚たちが無事で安心したと言った。

「苦労して連れてきた豚や山羊まで沈んだかと思ったら、あんときゃあ、目の前が真っ暗になっただら」

まるで、勝と兄上のことは心配ではなかったかのようではないかと、カネは密かに面白くない気持ちになる。だが、勝の方は特段、意に介する気配もなかった。

「あいつらは泳げるに違がやあなやあけど、何しろ豚箱に入っとったもんでね、川に放り出されとったら箱ごとぷかぷか浮いて、そのまま流されとったかも知れんな」

「そんで、どっかのコタンで拾われとったら、桃太郎さながらだがね。豚太郎だら」

自分でつまらない冗談を言っておいて、依田さんはふふふ、と笑っている。へえ、依田さんでも笑うことがあるのかと、カネは少しばかり薄気味の悪いような、皮肉な気持ちにとらわれた。無論、悪い人でないことは分かっているのだ。人間なのだから、笑うことだってあって当たり前だとも思う。それでも、どうにも依田さんの言動が理解できない、納得出来ないという気がして仕方がない。勝にとっても兄上にとっても大切な友人だと分かっていながら、どうにも打ち解けることが出来ないのは、もしかするとカネの方に問題があるのだろうかとも考えてしまう。

反省しなければならないのは私の方かも知れない。

天主さま、だとしたら、どうぞ私をお導きください。

その証拠に、依田さんはほとんど連日のように顔を出すし、カネに気兼ねする気配もなく、話が弾めばいつまでも腰を上げようとしない。難しい顔をしている割には、居心地悪そうにしている感じでもないのだ。要するに依田さんは、この家をそれなりに気に入っているということに違いなかった。ただ、そう見えないから損なのだ。結局その日も二人は豚を見た後は、「こんな天気だから」などと言いながら早々と酒を飲み始めた。すると、まるで見計らったかのように、兄上が「よう」と顔を出した。

「なんだ、依田くんはここに来ておったのか」

つい今し方、依田さんの家に寄って米を借りてきたところだと言いながら、兄上はその半分をカネの家の米びつに分けてくれる。それから勝たちに加わって、一緒に茶碗酒を傾け始めた。こうなると、もう長引くと相場が決まっている。何か酒の肴でも用意しなければと思うが、囲炉裏には豚用の鍋がかかっているし、漬物と塩いくらだけは出したものの、他はまず水で戻さなければならないものばかりだ。時間がかかる。さてどうしたものかとカネが水屋で腰に手をあてて考えているうち、勝がカネを呼んだ。

「箸と椀を出してくれんか」

「でも、まだお出しできるものが」

すると勝は目の前の鍋を指さして、「これでいい」と言った。

「だって、あなた、これは豚の」

「えぇわね。煮崩れしとらんとこ、ちいとつまめば。そんな身体なんだから、バタバタ動かんでえぇ」

兄上と、依田さんまでが、うん、うん、と頷いているから、カネは三人に箸と椀を出し、それから炉端に味噌、醬油、塩の壺を並べた。三人は木杓《きじやく》を使って銘々に、豚用の餌を煮ている鍋から野菜やホッチャレを取り分けていく。好みによって、味噌をつけたり塩を振りかけたりして、豚の餌をポツポツとつまみながら、三人はまたも晩成社はどうだの、大津の景気は好くなりそうにないだのと話を続けるのだった。

屋根を叩く雨の音は、いつまでも途絶えることがない。もう五月になろうとしているのに、こんな雨の日にはひんやりとした湿気が土間まで入り込んできて、足もとから冷たくなった。それでも雪の季節に比べれば、日ごとに暖かさが増す最近の雨音はあくまでも優しく聞こえる。カネは、竈の前に置いた小さな腰掛けに腰を下ろして、雨音を心地良く感じながら豆が煮えるのを待っていた。

「うん、一句出来たがや」

急に勝が声を上げた。あぐらをかいた膝に手を置いて、自慢そうに兄上たちを見比べている。

「どうだ、聞くか」

「よし、聞こう、聞こう」

「どれ、詠んでみぃ」

すると勝は、わずかに背筋を伸ばし、得意げに顔を上げて「落ちぶれた」と、いつもの朗々と響く声を上げた。

「落ちぶれた　極度か豚と　一つ鍋――どうだ」

一瞬、間があった。雨音が小屋の中に広がって、兄上と依田さんとはそれぞれに首を傾げたり天井の梁を見上げたりしている。

「それは、あんまりでねえか」

「そんなことを言うもんでなゃあ。哀感が漂っとって、ええだろう」

「哀感が漂いすぎだ。いくら何でも惨《みじ》め過ぎる」

「惨めなんてもんでねえ」

二人が同時に批判的な言葉を口にする。すると勝はホッチャレを口に運びながら
「そうかな」と口を尖らせた。

「我らが現実を、これほど写実的に詠んでおる句は、そうはなゃあと思うが」

「確かにそうかも知れんが、それにしても少しばかり悲惨すぎる気がする。極度とは、また」

「第一、落ちぶれたと言ったらいかんがね。わしらは今、この何もないとっから這い上がろうとしとるんだで。その気概が見えんというのは、どうもいただけん」

カネも、まるで人間が豚と一緒に鍋に顔を突っ込んでいるような様が思い浮かんで、これは笑うに笑えない句だと思った。

「そんなら、どう詠む」

「そうだな、一つ鍋、これは、まあ、よしとしよう」

「そんなら、これはどうだ。落ちぶれて　なるかと向かう　一つ鍋」

依田さんが言うと、今度は勝と兄上が「だめだめ」と顔の前で手を振る。

「豚が入らんと、一つ鍋が生きてこんがね」

「この句は豚と歩み始めた記念の句になるはずだからな」

「では、そういう銃太郎なら、どう詠む」

兄上は「そうだな」となり、しばらく考えてから「俺なら」と口を開いた。

「一つ鍋」

「お、一つ鍋を上の句に持ってきたかね」

「一つ鍋　豚と分かつも　春の雨」

勝と依田さんが競い合うように「だめだめ」と顔の前で手を振った。

「意味が分からん」

「これはこれで感傷的すぎるがね」

それから三人は「豚」と「一つ鍋」を活かしてどう詠むかということで、侃々諤々《かんかんがくがく》の議論になった。そうこうするうち、鍋の中身が少なくなったと勝が声を上げる。カネは「はいはい」と応えて、竈にかけていた新たな鍋を囲炉裏に移した。こちらでも新たな豚用の餌を煮始めていたのだ。

「いくらでもどうぞ」

「おう、気前のいい話だ」

「遠慮せんでええというのも気が楽だらな」

「依田くんが遠慮したことがあるか」

互いに言い合っては、わっはっはと笑っている。酒が進む。時々は話が脱線して歌が飛び出したり、誰かの噂話になったりしながら、また俳句をいじりだす。そうして過ごすうち、すっかり外も暗くなった。雨音に混ざって、ひそかに小屋の戸を叩く音がした。

「うちの人、来てるかな」

顔を出したのはリクだった。いつものように、どことなく淋しげに見える笑みを目元に浮かべてそっと囁くように言う彼女は、椎茸《しいたけ》の佃煮《つくだに》とみかんを持ってきてくれていた。

「まあ、珍しい！」

「伊豆から届いたのの、おすそわけだら。他にも何かあったようだけんど、この間の舟でおおかた沈んだんだって」

リクは「少しだけど」と言いながらみかんを差し出し、それからおずおずと小屋に入ってきて男たち三人の方を盗み見ている。

「何の話、してるら？　また難しい話？」

「違うのよ。うちの人の詠んだ句がね、出来がひどいからっていって、三人でいじってるとこ」

「なーんだ、遊んでるだらか」

リクは少しばかり安心した、また呆れたような顔つきになって、それからカネの隣に立ち、ひっそりとした声でカネの体調などを聞いてくる。カネは、最近はずい分と下がってきたように感じる丸い腹を撫でながら、実はだんだん出産が心配になってきたのだと打ち明けた。何しろ初めての経験だ。母上も近くにいなければ産婆もいないところで、果たして大丈夫なものかと、今さらながらに思うようになった。アイヌのメノコたちの中には、産後にいいからという薬草などを持ってきてくれる人がいるものの、それを使う以前に、果たして無事に産み落とせるものかどうかが心配で仕方がなかった。

「ねえ、痛いんでしょう？」

「痛い、痛い」

「ああ、怖い。どうしよう」

カネが思わず眉をひそめると、リクは「皆、経験してることだら」と、そっと微笑んだ。

「生まれてきた子を見たとたんに、痛かったことなんか全部、忘れちゃうもんでね」

「きよさんも、そんなこと言ってたけど。本当に、そんなもの？」

「そうでなければ、二人も三人も産めんでしょうよ。私は、まだ二人目は出来んだけんど――それに、もうここまで来たら、逃げようもないもんでね。おしるしとか、まだないら？」

「おしるし？」

「生まれる前んなったら、そういうのがあったりするんだわ」

ひそひそとやり取りしている間にも、男たちは「いやちがう」「じゃあ、これはどうだ」とやり合っている。それからしばらくして、「よし、分かった」と依田さんの声が響いた。

「こういうのは、どうだら」

「どれ、聞こうか！」

「いいか、開墾の――」

「お、開墾の、ときたか」

「ふむ、開墾の」

「初めは豚と一つ鍋――さあ、どうだら」

うーん、と腕組みをしていた兄上が、ぽん、と膝を叩いた。

「まずまずだな！」

「開墾の初めは豚と一つ鍋、か。まあ、なかなかいいんでなゃあか」

「そうだろう、いかにも晩成社らしい句になったろうが」

「すごくいいとまでは言わんが、まあ、よかろう。落ち着いたところに、落ち着いたってとこだが」

「何を言う、名句だ。ただ惨めなだけでもねえし、未来への希望もある、だけんど、現実の苦労も滲んでるら」

なるほど、その句なら、カネもよしとしようと思った。リクは、よくわけが分からないといった表情で男たちを眺め、また、カネを見て、呆れ顔で肩をすくめるようにしていた。

「家ではにこりともせんくせに」

「うちにいらしたときでも、あんなのは珍しいのよ」

カネが小さく笑って見せると、リクは余計に呆れたような、面白くなさそうな顔をしていた。

## 4

大地のすべてが息づく季節を迎えていた。カネと勝は毎朝夜明けと共に起き出して、まず鶏小屋を確認し、山羊を小屋から出してつなぎ、また豚に餌をやって、それから畑に入った。

「奥さん、フチも連れてきたよ」

働き手が足りないと嘆いていると、セカチが自分の祖母なども連れてくるようになった。

「ありがとう、ウルテキ。じゃあ、フチに手順を教えてあげて」

「奥さん、うちのフチも来た」

「まあ、メモシのところも？ 助かるわ」

口の周囲に入れた入れ墨も色褪《あ》せて、顔中が深い皺に囲まれているアイヌの老婆たちは、実際の年齢がいくつなのかも分からない上に、彼女たちは和人の言葉を理解しなかった。けれど、おそらく家族や同じコタンの仲間からカネや勝、晩成社の話などを聞いているのだろう。無論、ごくわずかだが、日当を出しているせいもある。彼女たちは作業の合間でもカネと目が合うと、顔をくしゃりとさせて微笑み、後は黙々とよく働いてくれた。

　エンドウ豆に茶豆、夏大根、カブ、トウガラシ、スズナ、春菊に南瓜、胡瓜、キャベツ。手に入っていた種は、とにかく蒔く。その間に鶏は卵を孵すし、猫はねずみを獲り、山羊は数日ごとにつなぐ場所を変えた。ちょうどよい季節だからと、二頭の豚を野に放ってみると、遠くに逃げていく素振りもなく、しばらくの間は気ままにその辺を歩き回っていたが、やがてどこかに見えなくなった。

「これで、一つ鍋の季節は当分、来んな」

　見えなくなった豚の姿を追うような目をして、勝が笑った。

　日によって、勝は依田さんと周囲の土地を測って道路を引く線を決めるために歩き回っている。蒸し暑い日には早々と蚊が出てきて、またヨモギを燻さなければならなくなり、蘆の原ではブヨが飛び交った。栂野四方吉さんが、ひょいと顔を出す日もあって勝を喜ばせ、そんな日にはアイヌの救済策で話が盛り上がった。

「やあ、奥さんの腹は、そんなにでっかくなったのかい」

　久しぶりに吉沢竹二郎が大津から戻ってきた。まずは丈夫な山羊小屋を作ってくれ、畦立て機を作り、それに、勝からの頼みだといって、彼は貧しい小屋の中らしからぬ、障子の仕切り戸を作ってくれた。カネの出産のためだ。

「納屋で産もうかと思っていましたのに」

勝は当然のことだと首を振った。

「納屋なんぞで産ませられるか。ただでさぁあ何もなゃあとこで産むんだ。ここで出来る精一杯のことは、しとかんとな」

そうして障子戸も出来、それだけでも小屋の中がまともな家らしくなったねと話し合っていた六月四日、カネは突然の腹痛に見舞われた。午後から雨になって、セカチたちも帰っていったし、勝も早めに仕事を切り上げて小屋に戻ってきたなと思ったときのことだった。

「あ痛、痛たたた――」

竈の脇に崩れるようにうずくまると、たらいの水で土の汚れを落としていた勝が「来たかっ」と顔色を変え、飛び上がるようにして山田勘五郎さんのところから、女房のよさんを連れてきてくれた。

「もう生まれるんでねぁかっ」

「落ち着いて、落ち着いて。まず、産屋に行こう、それからだ」

「で、どうなんだっ、生まれるかっ」

「ああ、まだだね、まだだ」

出来たばかりの狭い産屋に布団を敷いてもらい、そこに横たわって、カネは、のよさんの声を聞いた。さっきの痛みは嘘のように退いていたが、また同じ痛みに襲われるのかと思うと、それだけで恐ろしい気持ちになった。

「のよさん、私――」

「大丈夫、昔っから言うだろうが、案ずるより産むが易しだよ。先生なら、それくらいの諺《ことわざ》、知ってんだろう？」

四十代半ばになるのよさんは、普段はへりくだったようにカネを「先生」と呼ぶ人だったが、こういうときには落ち着き払ったものだった。そうして、出産にはまだ間があるからと、今日のところはさっさと帰ってしまった。ところが翌日、やはり陣痛らしきものに見舞われると、勝は、今度は大慌てで父上を呼んできた。

「よいか、カネ、武家の娘として、気をしっかり持つんじゃぞ」

はい父上、などと言っているうちに、痛みは退いていく。息を切らしていると、障子越しに、勝が父上に、兄上やカネたちが生まれたときはどうだったのか、などと聞いている声が聞こえてきた。

「うちの場合は産婆が来ておったし、わしはお城に上がったりお勤めに出ておって、傍にいたこともなかったからなあ」

カネの妹たちが生まれるときも同じだったと思い出した。父上はおらず、無論、初産《ういざん》でないせいもあったかも知れないが、母上は陣痛に見舞われても落ち着いたもので、痛みが退いている間に米を研ぎ、布団を敷き、湯を沸かしたり必要なものを揃えたりして、それからカネを産婆のもとに走らせ、さほど大騒ぎすることもなく妹たちを産んだ。

私もそうありたい。

母上、私をお守り下さい。

陣痛が治まっている間に、とにかく何か口に入れて、空腹になりすぎないようにする。するとまたしばらくして猛烈な痛みがやってくる。それを繰り返すうち、六月七日頃には、今度は腰の痛みがひどくなった。こちらはほとんど途切れることがなく、まるで腰の骨が割れるのではないかと思うほどの痛みだ。

「カネ、カネ、だゃあじょうぶかゃあ」

勝が声をかけてくれるが、返事をする余裕もなかった。口を開けば「痛たたた」というめき声が出るばかりだ。腹が大きいからどっちを向いて寝ていても苦しいし、途中で父上も様子を見に来てくれたりしたが、もう日にちの感覚が分からなくなり始めていた。

「ちょっと、勝さん。カネさんひどい熱だわ」

八日の早朝、またもや勝に連れてこられたのよさんが、カネの額に手をあてるなり驚いた声を出した。

「えっ、熱？　カネ、いつからだゃあ？」

「何か――分かりませんけれど、昨夜から何だか寒気がして――」

朦朧《もうろう》とした意識の中で息を切らしながら答えると、のよさんが「お産だからって、熱なんか出やしない」と言う。

「そんで、何だやあ、この熱はっ」

懸命に抑えているのは分かるが、勝の声が耳にびんびんと響いて、カネは思わず顔をしかめずにいられなかった。あなた、大丈夫ですからと何度も言おうと思うのだが、痛みがひどくて、とてもではないが「大丈夫」などと言うことは出来なかった。

「ひょっとして、おこりじゃねえの？」

こんな時に限って、ついに自分までおこりにかかってしまったのだろうかと、カネはうんうんとうなり続けながら、勝たちの話を聞いていた。

「そんなら、例の薬を飲ませたら」

「キニーネか。いかん。あれは劇薬だぞ。赤ん坊に何かあったら、どうするんだ」

そうだ。今はお腹の子のことを一番に考えなければいけない。それにしても、何という痛みだろうか。腰も腹も、どこもかしこも痛くて、身体の下半分を切り落としてしまいたいくらいだ。

「頑張ってくれ、頼む、カネ」

途中で勝が額の汗を拭い、何度か手を握ってくれた。

「カネさん、ほれ、気張って！　ほれ、もう一回！」
のよさんの声がする。痛みが激しくなる度に、握りこぶしに力が入りすぎるせいもあってか、いつの間にか手ぬぐいを持たせてもらっていた。どんなに黙っていたくても、うめき声が洩れた。汗がしとどに流れる。
天主さま。
ああ、天主さま。
天にましますわれらの父よ
願わくは
願わくは
いっそのこと、気絶でも出来たらと思うのに、痛みが激しすぎてそれも出来ない。カネはとにかくひたすら祈りを唱え続けた。
我らの日用の糧を
今日もあたえたまえ

どれくらいそうしていただろうか。気がつくと、猫とも何とも違う、聞き慣れない泣き声が辺りに響いていた。

「生まれたっ」

「えっ、生まれたっ！」

「生まれた生まれた？」

「どっちじゃ！」

「女の子だよ！」

わんわんと、いくつもの人の声がする。枕につけた頭の後ろから、すうっと力が抜けていくようだった。急に首筋の辺りから涼しくなってきて、何度も呼吸を整えているうち、自分の胸元に、柔らかく温かいものが押しつけられた。

「カネさん、よく頑張ったね。可愛い女の子だよ。ほうら」

のよさんの声が聞こえた。見ると、くしゃくしゃの顔をした小さな小さな赤ん坊が、少しだけ口を開けて、産着に包まれている。

これが、私の赤ちゃん。

徐々に痛みが遠のいていくのと同時に、猛烈な眠気が襲ってきていた。それでも、この子だけは手放すまい、どんなことがあっても離さないと、カネは必死で赤ん坊を抱きとめていた。六月九日、早朝のことだった。

長女は勝によって「せん」と名付けられた。水の美しいオベリベリで、なお美しく湧き出る泉のようにという意味で、漢字は「泉」を当てることにするという。

「せん。せんちゃん」

産後の痛みと、周期的に襲ってくる高熱に喘がなければならない日が続いた。

「いかん、うちのキニーネは全部もう切れとった。親父どののところから分けてもらってくるがね」

せんが生まれて数日後、勝が父上のところからキニーネをもらってきてくれて、カネは初めてキニーネの苦みを知った。

「こんな苦いものを、みんな、飲んでいたのですね」

床の上に起き上がって、勝が湯に溶いてくれたキニーネを飲み、カネは思わず顔をしかめた。人にはさんざん「飲みなさい」と言い続けてきたが、なるほど、この苦みは大変なものだ。だがキニーネを飲めばすっと楽になり、熱も下がる。それでも結局六月の間中、カネは何度か発熱に見舞われることになった。子どもが生まれればすぐに身軽になって動けるようになるかと思っていたのに、まさか、おこりが一緒にやってくるとは思わなかった。熱に喘いでいる間は、せんの顔をじっくりと眺める余裕もないほどだった。

七月に入るとようやく床上げも出来て、カネは久しぶりにたっぷりと陽の光を浴びることが出来た。畑を手伝いに来るセカチらがカネの周囲にやってきて、祝いの言葉を投げかけ、せんの顔を見ていく。すやすやと眠っているせんの頬に触れたり、握りしめたままの小さな手の中に自分たちの指を挟んだりしては、彼らは「ポン」「ピリカ」という言葉を口にした。

「ポン、小さいこと。ピリカ、可愛い」

「ポン、ピリカ、せん」

トレッの女房も何度も同じ言葉を繰り返しては、いつの間に用意したのか、せん用の小さなアットゥシまで作ってきてくれた。何よりも蚊やブヨにやられては困るから、カネはせんの全身を綿紗ですっぽりくるみ、その上から産着とアットゥシを着せて、懐に抱きながら畑に出た。

「お七夜《しちや》は出来なかったから、今日がその代わりだ」

十一日には兄上が酒を担いでやってきて、「ご苦労だったな」と、カネ以上に勝の労をねぎらった。確かにカネが産気づいてからというもの、畑の仕事はもちろん鶏や山羊の世話から煮炊きまで、何から何までやっていたのだから、勝も大変だったに違いない。

「おカネは、今日はせんを連れて父上のところに行ってくるといい。そうすれば、俺らの世話もせんですむし、父上も喜ばれるに違いない」

「よろしいのですか？」

「おう、それがええがね。行ってこい、行ってこい」

勝も、どこかほっと力が抜けた様子で言うから、カネはせんを抱いて、父上の家に向かうことにした。

「ずい分と人間らしくなってきたな」

三日にあげず様子を見に来ているくせに、父上はせんを抱き上げるとこの上もなく嬉しそうな顔になって、これでようやく我々の血がこのオベリベリで受け継がれていく実感が生まれたと言った。

「うちの人も同じことを言っています」

「そうじゃろう。これで銃太郎も嫁をとってくれたら、ますます安泰じゃ」

こんな風に嬉しそうに、また穏やかに笑う父上を、そういえば久しぶりに見ると思った。いや、もしかしたら初めてに近いかも知れない。カネが記憶する限り、幕府が倒れて時代が変わり、家禄と主君を失って、いつでも何かに追いかけられるように自分と自分たち家族が進む道を探しあぐねてばかりいるように見えたのが、父上の半生だったかも知れない。そんな父上が信仰を得て、髷も落とし、北海道にまで来て鍬や鋤を手に汗を流すようになり、そうして今ようやく、ほんの小さな孫を抱いて微笑んでいる。

「母上にも、ご覧いただきたいです」

「文は出してあるが。直も、自分がばばになったと知ったら、少しは考えが変わるかも知れん」

その日は小さなせんを脇に寝かせて、カネは父上とゆっくり話をし、兄上が作り置きしておいてくれた汁粉に舌鼓を打って、のんびりと過ごすことが出来た。オベリベリの夏の陽射しはあくまでも明るく、拓かれた畑を渡って吹き抜ける風は、さらりと乾いていて心地良かった。アイヌの人たちが特別な神、土地を守るカムイだと言っている柏の大木が、風に吹かれる度に大きな葉を揺らしていた。

5

この夏は、雨が降るときは土砂降りになるし、照れば照ったで凄まじい陽射しになり、苦しいほど暑くなった。降ろうが照ろうがせんは泣く。そうでなくとも家の用事は途切れることなくあるのだし、年がら年中、村の誰彼やアイヌの人たちなどの出入りがあるから、相変わらず朝から晩まで忙しく動き回っているカネをよそに、こんな天気では外での仕事は無理だと思うときは、勝は日がな一日文机に向かい「南総里見八犬伝」を読んで過ごすようになった。何でも、このところ名をあげている坪内逍遙《つぼうちしょうよう》という若い学士が、この前時代的な伝奇小説を批判しているとかいないとかで、それについて「君はどう思うか」という手紙を添えて、東京の友人が送ってきてくれたものだ。

「いや、こらゃあなかなか馬鹿にならん。というよりも、さすがに長い間読まれてきただけのことはあるがゃあ。この、曲亭馬琴《きょくていばきん》という書き手は、ようく考えてらゃあすし、八犬士という設定が、何というても面白れぁ」

オベリベリに来て以来、勝の日常は大半が真っ黒になって身体を動かすばかりで、机に向かうことがあるといっても内地へ文をしたためるときか、または役場に提出する上申書などを書くときがほとんどだ。新しい新聞が届けば貪《むさぼ》るように読むし、また詩を詠むようなこともないわけではないが、総じて文字を読み書きする時間は減っていた。そんな勝にとって、肩の凝らない読本《よみほん》を一人のんびりと楽しむ時間は実に思いがけない骨休めであり、大切な気分転換になっているのかも知れなかった。

文机の脇にキナと呼ばれるアイヌの莫蓙を広げて、そこにまだ首のすわらないせんを寝かせ、せんが泣いたりむずかったりすれば、本を片手に「おーい」とカネを呼ぶから、そのときはカネがかけつける。勝がそばにいてくれると思うと、カネも身軽に家の外に出て、洗濯でも水汲みでもすることが出来るから、そう考えれば、読書の日も悪いものではない。

ちょうどこの頃、カネたちの村から二里ほど西にあるフシコベツというコタンに宮《みや》崎《ざき》濁卑《だくひ》という人が入ってきて、勝や兄上たちとの間で行き来が増えてきていた。宮崎さんは富山《とやま》の出身で、県庁の梱野四方吉さんが主任官を務めるようになったアイヌへの授産教育のために教師として派遣され、フシコベツへの定住を決めたという人だそうだ。

「宮崎くんは、この先、富山からの移民も募るつもりでおるそうだ。これから教育を受けていくアイヌたちも、和人が増えて一緒に働くのが当たりまゃあになれば、自然と暮らしは変わっていくに違ゃあなゃあ。そういうコタンが増えることで、ゆくゆくは十勝全体のアイヌが今の暮らしから抜け出すだろう。死ぬほど飢えることもなくなって、土地ももっと拓けることになるがね」

その宮崎さんに招かれて、兄上と一緒にフシコベツでのカムイノミに行った翌日など、勝は「おれたちも負けとれんぞ」と張り切って畑に出ていく。それでも天気がすぐれない日には、また「八犬伝」に吸い寄せられるのだった。

「そんなに面白いのですか」

せんに乳をやっているときなど、カネが尋ねると、勝は返事をするのも煩わしいといった顔で、本から顔を上げないまま「うーん」と、わざとらしいほど難しげな声を出す。やれやれ、時間さえ許すならカネだって読んでみたい。徳川さまの時代の読本なんて、もうどれくらいページを開いたことさえないものかとため息をつきながら、カネはせんを寝かしつけ、また次の仕事に取りかからなければならなかった。それでも、せんの泣き声に続いて勝の「おーい」と呼ぶ声が聞こえてくるときなどは、ああ、家族になったのだなと実感する。

横浜で、ただ結婚式を挙げただけの、文字通り夫婦とは名ばかりの状態で、何もないこの土地に来て、掘っ立て小屋から始まった勝と二人の生活が、貧しいながらも少しずつ体裁を整え、こうして赤ん坊の泣き声が響くようになったのだ。庭では鶏が餌をついばみ、猫が日向《ひなた》でまどろんで、山羊が草を食んでいる。最初に暮らした小屋、次に住んだ小屋も今は納屋となり、今度の小屋はこれまでで一番しっかりしている。裏の川へ通じる小道も少しずつ踏み固められて、雪解け水や洗い物をした水などが流せるように溝も掘られたし、一方、家の前には何にでも使える大きめの縁台を置いて、畑の作物を広げたり、布団を干したり、またセカチらと一緒に食事をとるときなどにはそこに料理を並べることもあった。

畑も徐々に大きくなってきている。その証拠に、以前は遠く蘆の原の中にぽつり、ぽつりと見えていたはずの柏やハルニレの木が、今は意外と近く、また根本まではっきりと見えるようになったし、視界全体が開けてきている。青々とした葉を広げて育っている野菜畑の中では、日によってセカチたちの働く姿を見ることも出来た。

「今年はバッタが来ませんね」

「そういやあ、そうだなも。そろそろ来てもおかしくなゃあ時期だが」

「このまま来ないといいのですけれど」

カネがバッタの話題を持ち出すときだけは、勝も本から顔を上げて「まったくだ」と頷く。昨年の今ごろは最初のバッタがやってきて、ブリキ缶を叩く音に息を呑んだのだ。だが今年は嘘のように平穏だった。これで気候も安定して、確実に収穫さえ上がっていけば、今よりずっと生活しやすくなるのにと思いながら過ごしていたある日、依田さんのところのリクが、伊豆に暮らす実姉を亡くしたと泣きながら知らせてきた。しかも、その人はリクの実姉でありつつ、依田家当主である長男の佐二平さんの妻でもあったのだそうだ。つまり、姉妹で兄弟に嫁いでいたのだということを、カネは初めて教えられた。

「うちらのせいかも知れんだら」

リクは手ぬぐいで泣き腫らした目元を押さえ、いかにも切なそうに眉尻を下げて、鼻をすり上げた。

「なんでリクさんのせいなの？」

「だって、うちらが俊助を預けて、こっちに来たんだもん。その俊助があんなことんなったもんで、姉さんは、えらいこと気に病んでたに決まってる。それで身体をこわしたんだ、きっとそうだら」

カネは、唇を嚙むリクの手を握ってやることしか出来なかった。

「ここからじゃあ、もしもご病気と分かったって、簡単に駆けつけて差し上げることも出来ないものね。お気の毒だったわねえ」

リクは手ぬぐいで目頭を押さえながら、ただ、うん、うん、と頷いている。

「ふんとに間が抜けた話だよねえ。野辺の送りも何もかも済んだ頃になって、やっと知るんだもん。俊助んときとおんなじ」

線香の一本もまともに手向けられずにいるのだからと、リクは深々とため息をついたかと思うと、「どうも、お邪魔さま」とだけ言い残し、肩を落として帰っていった。この村の女たちはみんなそうだ。どうしてもひと言、思いを吐き出さずにいられない、ため息をつきたい、毒づきたいとき、こうして互いの家をふらりと訪ねて言いたいことだけを言い、泣くときは泣いて、後はさっと帰っていく。それ以上に話し込んでいる暇はないし、そうかと言って自分の中だけにため込んでいるのはあまりに辛いから、そうしている。

「今のは依田くんのとこの、ごっさんでなゃあか?」

畑に出ていた勝が、ちょうど入れ替わりのように戻ってきて、「今日は何だって？」と言いながら首筋の汗を拭う。カネが、リクの姉の訃報だったと答えると、勝は「ふじさんが」と手ぬぐいを持った手を止めた。そういえば、依田さんの家の食客だったこともある勝が、リクの姉を知らないはずがなかった。

「依田さんのお兄様の、奥さまなのだそうですね」

「あんだけの旧家を切り盛りしとるだけあって、どえらやあしっかりした人だった。そんな、身体が弱わやあようにも見えなかったと思うがなやあ」

そんな人がいなくなったら、今ごろは依田家も大変なことになっているだろう。この晩成社の最大の理解者であり、大いに力を注いでくれている佐二平さんだってさぞ力落としに違いないし、屋敷全体が、おそらく火が消えたような淋しさに包まれているのではないかと、勝は物思いにふける顔になり、それから一つ大きなため息をつくと、手にしていた島田鍬を脇に立てかけ、頭を垂れて身体の前で両手を組みあわせた。カネも、せんを抱いたままで黙禱《もくとう》した。

天主さま。

このようなところにいれば、たとえ家族の病を知ったところで、私たちはこうして祈ること以外に出来ることがありません。

天主さま。

どうか、私たちを思いながら離れて暮らす人々をお守り下さい。そして、気の毒にも亡くなった方には、安らぎをお与え下さい。

リクの力になれることはないだろうか、どうしたら少しでも慰めることが出来るだろうかと思いながら、日々のことに追われて何一つ出来ないまま、八月に入ると早くも夕暮れ時の風などに秋の気配を感じるようになった。だが全体には、やはり雨の日が多い。結局、バッタは来ないようだが、このままでは、雨のせいで作物が駄目になってしまうのではないかと、今度はそちらが心配になる。それでも、どういうわけか豆類と馬鈴薯は、どこの家でも順調に育っている様子だった。

「去年も馬鈴薯は悪くなかったな」

「ひょっとするとこの土地は、豆と芋に向いとるのかも知れんな」

ある雨の夕方、兄上がやってきて、早くも勝と酒を酌み交わしながら、そんな話になった。

「実は昨日、桐野さんと宮崎さんがうちに寄っていったんだ。そのときにも、やっぱり馬鈴薯の話になってな」

最近になってカネは子どもたちへの授業を再開していたし、幼いせんを気遣ってか、兄上だけでなく村の人たちも、夜はあまり来ることがない。勝自身ももっぱら自分から出かけて行く方が多かったから、その勝が家にいて、誰かとゆっくり話をしながら酒を呑むのは、実は案外久しぶりのことだ。「八犬伝」は手元にあった上の部を読み終えてしまっていて、今は下の部が届くのを心待ちにしている。だからこんな天気の日は昼間から手持ち無沙汰だったに違いなく、勝はさも嬉しそうだった。すすめられれば断るということのない兄上も、当たり前のように茶碗に酒を注がれている。

「馬鈴薯がここの土に合うのなら、馬鈴薯に的をしぼって作ればよい。アイヌにもいっぺんにあれこれ教えるのでなく、まず馬鈴薯の育て方から指導すればよいのではないかと俺が言うと、栂野さんも賛成してな、それにしても、プラウさえあれば、今よりもっと仕事ははかどるだろうにと言うんだよな。アイヌにも、プラウの使い方くらいは教えたいものだと」

「プラウなあ」

カネもつい手を止めて兄上たちの方を振り向いた。兄上は、自分もプラウについてはよく分からなかったから、依田さんのところに聞きにいったのだと答えた。

「だが依田くんは大津から、まだ戻っとらんだろう？　親父どのも」

カネは、父上と依田さんが大津に向かった日から今日までを指折り数え、そろそろ一週間になるのだから、もう戻ってもいい頃ではないかと考えながら水屋に向かい、背中で二人の会話を聞いていた。

「それでも文三郎くんが何か知らないかと思ってな。文三郎くんは、依田くんの持っている農事に関する本をひっくり返してくれた。すると、出ていたよ。何のことはない、前々から言っていた畦立て機のことなんだ」

「なんだ、そうかね」

「ただな、驚いたのは、プラウには俺らがひな形から作ったものよりもずっと大型で、馬に引かせるものがあるということだ」

「ふうん。すると、やっぱり馬か」

「馬だな、何と言っても」

「そんで、いつ来るんだ、その馬は」

「依田くんは、秋には着くはずだと言うておったが」

つまり、そのプラウを馬に引かせて土を耕すことが出来れば、畑の作付け面積は格段に増えるということだ。もしも本当に、ここの土が合っているのなら、馬鈴薯の収穫量も相当な量になるはずに違いなかった。

「ほんでも、芋ばっかりそんなに穫れたところで――」

「だろう？　そこで俺は考えたわけだ」

兄上は大きく息を吸い込んで、いかにも意味ありげににやりと笑う。

「澱粉だよ、澱粉。馬鈴薯から澱粉を作る、これはどうだ」

「澱粉？」

「そうだとも。澱粉だ。馬鈴薯は澱粉が豊富だからな。トゥレプよりも何倍、何十倍の澱粉が作れるはずだ」

「なるほど、澱粉――澱粉か」

言ったきり、二人はしばらくの間、黙って囲炉裏の火を見つめている。振り向いたカネの方が、息をひそめる格好になって、そんな二人を見ていた。

プラウ。馬鈴薯。澱粉。

そういえば、馬鈴薯は皮をむいて少し水にさらしておくだけで、白い粉のようなものがたらいに沈む。包丁にだって、何やら白っぽいものが残るではないか。

「あの白いものが澱粉なのね」

思わず一人で納得していると、二人は同時にこちらを振り向いた。そして勝が「何かつまみはないか」と言うから、また急いで流しに向かって漬物を刻み、水で戻している干し野菜の具合を見る。

「澱粉にすれば保存も利く。季節に関係なく出荷も出来るし、第一、馬鈴薯よりも高く売れるがね。そらゃあ、ええわ！」

「それで、また依田くんのところに行ってきた」

「またか」

兄上は、矢も楯もたまらなかったのだと笑った。

「馬用プラウの確保と澱粉製造、この両方について、是非とも依田くんの承諾を得たい。そこに晩成社の運命がかかっているとも言えるかも知れん。いや、かかっていると思うんだと、そう文三郎くんに伝えてきた。依田くんが戻ったら、いの一番にその話をしてほしいと」

「ほんなら、とにかく早ぁとこ帰ってきてもらうことだがや」

誰かが大津へ行くと、村のみんなはいつでも首を長くして彼らの帰りを待つ。外へ出ることのない女房連中はなおさらだ。大津にさえ行けば、男たちはどんな場合でも手ぶらで帰ってくるということはない。必要な食料や調味料などはもとより、農機具、日用品、小間物から、薬、新聞、内地からの便り、そして巷《ちまた》の噂まで、あらゆるものを持ち帰る。それらを、カネたちはいつでも首を長くして待っていた。

そして翌日、父上と依田さんが無事に戻ってくると、兄上と勝とは早速、澱粉製造とプラウの導入について依田さんに談判し始めた。

「ちいと待ってくれと言っとるに。まだ馬も来とらんし、何より今日は、うちの豚が今にも子を産みそうだもんで、まずはそれを見てやらんと」

早く話し合いの時間を持とうとせっつく兄上たちに、新聞や郵便物などの他、大津土産だと焼酎を持ってきてくれた依田さんは、珍しく困惑した表情を見せた。

「なに、豚が生まれるか」

「そんなら、まずそれを見てからだな」

勝と兄上は頷き合って、三人一緒に依田さんの家に向かい、しばらくすると、二人揃って酔っ払って帰ってきた。

「いや、豚が子を産むのを待っておる間、澱粉製造の話をしておるうちに、何となく呑み始まったのだ」

「銃太郎は、こう見えて熱いからなあ。議論が白熱すれば酒もすすむがや。カネ、飯にしてちょう。腹ぁ減ったわ」

お雑炊でも作りましょうかと水屋に立ちながら、カネが「それで、豚はどうなりましたか」と振り返ると、勝は再び兄上と茶碗酒を呑み始めながら、依田さんのところの豚は無事に出産したと言った。

「それも、六匹だ、六匹！」

「そのうち一匹は、生まれてすぐに死んだがな。だが話に聞いていた通り、多産だ」

「俺らんとこが放した豚も、大勢の子豚を連れて帰ゃあってくればいいがなゃあ」

「うちの豚も大分、腹が膨らんできてるからな、この分だともうすぐだ」

二人はともに赤い顔をして、豚の増え方は望みがある、とか、それにしても、やはり澱粉製造に望みを託すべきだとか、また同じ話を始めた。

豚と澱粉。

これからの晩成社が目指す道は、それなのだろうか。闇雲に何でもかんでも畑に蒔いていた昨年や今年から、的を絞るときに来ているのだろうか。

「どっちでも構わないわ。とにかく、少しくらいバッタが来ようと旱《ひでり》や雨が続こうと、安定した収入が出来て、ちゃんと暮らしていかれるんなら」

雑炊の鍋を囲炉裏に移しながら「豚だって澱粉だって」とカネが言うと、兄上たちは互いに顔を見合わせ、「もっともだ」と声を揃えて陽気に笑っている。そんなにおかしなことを言っただろうかとカネは小首を傾げたが、要するに二人はただ単に酔っ払っているだけのことだった。

6

八月末は大雨が続いて、キュウリ棚が崩れたり麦の刈り込みを急がなければならなかったりの忙しさが続いた。それでも兄上は、畑仕事の合間を縫っては自分なりに澱粉の製造をあれこれと試しているらしい。何日か置きにせんの顔を見にやってくる父上が「取り憑かれとる」と苦笑するほど、夢中になっている様子だ。一方の勝の方は、収穫した麦でビールを作ってみたり、既に大津まで届いていたものを、父上が受け取ってきてくれた「南総里見八犬伝」の下の部を読み始めたり、また文三郎さんと麦の穂に群れるスズメ獲りを試したりしていた。せんは、もう少しすると首がすわってきそうだ。そんな毎日にてんてこまいを続けていたある日、依田さんがひょっこり顔を出した。例によって相変わらずのぶっきらぼうな表情で、少しの間、黙ってカネを見ている。

「あの、主人なら畑の方に」

「リクをな」

ぼそっと言った言葉がよく聞き取れなかった気がして、カネは仕事の手を止めて依田さんを見た。依田さんは、口をへの字に曲げたままだ。

「しばらくの間、帰そうと思っとる」

「――リクさんを、ですか。帰すって――伊豆へ？」

「どうも、身体ん調子がよくないら。このまんま寝込まれても困るし、あんたみたいに働けんもんで」

手ぬぐいを握りしめて目頭を押さえるリクの顔が思い浮かんだ。そういえばこのところのリクは、前にも増して顔色もすぐれないし、姉の死を知ってからは余計に表情も曇って見えるようになった。

「いつ、ですか」

依田さんは、自分は明日から再び大津へ行くので、そこで晩成社の用事をすませ、ついでに函館行きの船の手配もしてくるつもりだと言った。そして、一旦戻ってきてから今度はリクを連れて行くということだ。すると、そう先のことではないのだなとカネは微かにため息をついた。

「もう、九月ですものね。お帰りになるなら今の頃でないと、どんどん寒くなるでしょうし、冬の波は荒れますものね」

「――本人は帰らんと言うとるだけんど、ただ意地張っとるだけに決まっとる。心ん中じゃあ、ずーっと、いつだって帰りたかったはずだもんで」

「でも、また戻ってこられるのでしょう？」

依田さんは、いつもの難しい顔のままで大きくため息をつき、それには答えないまま「渡辺くんと話してくる」と言い残して出て行ってしまった。せんが泣いている。ついぼんやりしそうになっていたのを、その泣き声が我に返らせた。

「リクさんがねえ、伊豆に帰るんですって」

襁褓《むつき》を替えてやりながら、カネはまだ何も分からない赤ん坊に「どうしましょうねえ」と話しかけた。

「せん。せんちゃん。また淋しくなっちゃうわ。あなたが生まれたオベリベリは、まだまだ、何もないのよ。せめて、お友達が欲しいわねえ。きよさんのところのツネちゃんだけじゃねえ」

もしもリクが帰りっぱなしになったとしたら、果たして依田さんはどうするのだろう。女手なしで、ずっと暮らしていくつもりなのだろうかと、ふと思う。それにしても、あそこの夫婦はどうしてこんなにもすれ違いが多いというのか、一緒に過ごすことが出来ないのだろう。依田さん自身が引っ切りなしに留守にしている上に、今度はリクがいなくなったら、夫婦はいよいよ落ち着いて過ごすことなど、ほとんどなくなるではないか。リクもいない、依田さんも留守で、その間にも豚の子ばかり増えたら、一体どうなるのだろう。文三郎さんがすべて一人で面倒を見られるのだろうか。

翌日から依田さんは大津に行き、数日後に帰ってくると、その次の日、いよいよ馬がやってきた。丸木舟に乗せるわけにはいかないから、依田さんがセカチを手配して大津から陸路、連れてきたのだという。

「馬だ！」

「馬が来た！」

「思ったよりでけえな」

「こりゃあ力もありそうだ」

集まった村の人たちは馬を取り囲んで、口々に驚きの声を上げた。

「静かに、静かに。馬が怯えるといかん」

依田さんが皆を手で制する。それでも村の人々は、半ば怯えたような、それでいて嬉しそうな顔で容易に馬から離れようとしなかった。

「これで俺らの仕事も楽になるのかい」

「何とかいう道具を引っ張ってくれるんだろうな」

十分にあてにしている一方で、では取りあえず誰が馬を管理するかという話になったときには誰も手をあげようとしなかったことを思い出して、カネは少しおかしくなった。だから結局、兄上が当面は面倒を見ることになったのだ。だがその日、実際に兄上が馬を曳いていって、自宅の脇に作った馬小屋につなぐと、馬はその晩のうちに逃げ出してしまった。翌日、村の人が見つけて無事に連れ戻すことは出来たものの、その日のうちにまた逃げられた。要するに馬は逃げるものだということが、村中の人々の頭に焼きつけられた。

「そんなんで、本当に役に立つのかね」

「いざっていうときにいなくなるようじゃあ、どうしようもねえ」

ブツブツと文句を言う村人たちを横目に、勝や兄上たちも額を寄せ集めた。

「アイヌたちにも言っておいた方がいいな。もしもどこかで見かけたら、放っておかないで連れ戻してくれと」

「食われちゃたまらんもんで。あいつら、野にあるものは何でもかんでもカムイからの贈り物とか言うからな」

「晩成社の馬だってことを、ちゃんと札にでも書いて首から下げた方がええがや」

こうなったら、よほどしっかりした綱で、頑丈に結わえ付けておかなければならないなどと相談しあい、勝も小屋の補強を手伝いに行った翌日、今度は、依田さんの家でリクの送別会が開かれるという知らせが来た。

「何とも忙しなゃあな。馬との追っかけっこが始まったと思ったら、今度は依田くんのごっさんが行くか」

その日は朝から雨になった。カネはせんをしっかりと抱きかかえた上から蓑笠をかぶった格好で、依田さんの家を訪ねた。

「あ、カネさんも来たね」

赤ん坊のツネを負ぶっているきよが、にっこりと笑う。せんよりも半年ほど早く生まれた利八の子は、カネにとってはせんの成長を知るための一つの目安にもなっている。だから本当はもっと子どもの成長について話をしたいところなのだが、お互いになかなかそんな暇が作れない。たまに顔を合わせたかと思ったら、こんな別れの席なのだ。

「みんな、よく来てくれたな」

依田さんが、いつになく神妙な様子で皆を見回した。

「うちのは、もともと身体があんまり丈夫でねえとこにきて、ここんとこは妙な咳までしとるもんで、一度、帰らせて病気を治させることにした。元気になったら戻ってくると本人も言うとるもんで、そんときはまた、よろしく頼む」

依田さんが話す隣でリクは唇を嚙み、いかにも肩身が狭そうな様子で俯いている。カネは、その白い顔を眺めながら、彼女にとって、このオベリベリで過ごした月日は何だったのだろうかと思わずにいられなかった。

可愛い盛りの息子と引き離されて、挙げ句その子には死なれてしまい、頼るべき夫は一年の半分以上も家を留守にするし、そのせいでどの家と比べても畑の拓け具合は遅く、そして今度は姉の死を知らされた。聞けば親同士が兄弟という、いわば従兄妹《いとこ》同士の間柄で生家も依田の一族だから、やはり何不自由なく育ったのだそうだ。そんな人が、この何もない、気候風土の厳しい土地で暮らすのは、最初から無理だったのかも知れない。カネのように父上と兄上が人生最後の切り札として開拓を決意したのとも、ひと目見たときからこの人と添い遂げるのだと決めてしまった相手が待っていたのとも違うのだ。

帰る場所があるのなら、その方が幸せとも言えるのかも知れないけれど。

考えている間に、リクが「あの」と小さく声を出した。

「ふんとうに、色々ようしてもろうたのに、逃げ出すみたいで、すんません。きっとまた、帰ってくるに」

小さく頭を下げて、また涙ぐんでいる。集まった人たちも何を言うことも出来ず、座の空気は重く沈んだ。

「依田さんも一緒に行くだらか」

依田さんたちと歳の近い山田彦太郎が尋ねた。すると依田さんは、自分は大津で少し面倒な用事もあるから、それらを片づけた後で帰ることになると答えた。途中、札幌や青森《あおもり》にも寄っていくそうだ。

「鈴木くんと渡辺くんから建議が出ておる澱粉製造のことは、皆も多少は聞いとると思うが、それを本当に晩成社の柱とするためには、手作業なんかではとっても無理だら。そんなもんでは事業にはならん。だもんで、澱粉製造の機械についても、詳しく調べてくるつもりだ。それに、せっかく馬が来たもんで、プラウとかハローとか、そういう機械のことも、次の春までには届くように手配するつもりでおる」

しんとした空気に包まれていた空間が、その言葉に動いた。馬は来た。その馬に働いてもらうための道具の手はずは整えると依田さんは請け合った。そして、次は澱粉製造だ。ようやく何もかもが動き出す感じがする。そのために動いているのだと分かれば、誰も依田さんに不満など抱くことはなかった。

「さ、そうと分かったら、今日は食ってくれ。仕事のあるもんは、持って帰ってくれてもいい。ああ、子どものいる家は、土産にもな」

小さなちゃぶ台の上には、リクが作ったというぼた餅と、つい数日前に文三郎さんが初めてつぶした豚の肉がゆで豚になって並んでいた。一頭の豚をつぶすのがどれほど大変かという話は、勝がその作業を手伝ってきたからカネも聞いている。

「おう、肉だ、肉。こんなごっつぉう、そう食えるもんでねえぞ、おい」

山本初二郎が、勉強を教わりに来ている息子の金蔵を小突きながら、いつになく嬉しそうな声を上げたから、それを合図のように皆が料理に手を伸ばし始めた。やがて、男たちが車座になって酒を呑み始める脇で、女は女たちでまとまり、リクとの別れを惜しんだ。

「ふんとは、私らだって帰りたいよう」

きよが、頰の肉を揺らすようにして口を開く。すると他の女房たちも、それぞれにゆで豚やぼた餅を頰張りながら、うん、うん、と頷いた。

「ふんと、ごめんねえ」

リクがうなだれた。それでも、きよがさらに何か言おうとしたから、カネは彼女の腕に手を置いて目配せをした。ただでさえ気落ちしているリクに、それ以上のことを言うものではない。だが、他の女房が「そんでもさ」と口を開いた。

「しょんねえよ。依田さんとこは、うちらとは違うもん」

「そうだよ。うちらは何もかも引き払って、こっちに来たんだもん、帰ろうにも、もう帰る場所はないもんでね」

「そういうことだら。水呑《みずのみ》百姓なんて、そんなもんずら」

「船に乗るお金だって、ないもんねえ」

「第一、文字だって読めやしねえんだから、どっちに行きゃあいいのかも分かんねえずら。だまされて、売り飛ばされっかも知んねえ。ああ、恐ろしや」

「ちぃっと、あんた、子持ちのおばさんなんかを、どこに売ろうってんだよ」

言い合っては、あっはっはと笑っている。たくましい女房たちに囲まれて、リクはさらに小さく身を縮めているように見えた。

二日後、依田さんに伴われて丸木舟に乗り込み、リクは何度も頭を下げながら、川を下っていった。ただでさえ小さな村から、また人が減ったと思うと、何とも言えない侘しさがこみ上げてくる。だが、そんな感傷に浸っている暇はないとばかり、勝は畑仕事の合間を縫って自分のところにも馬小屋を作るからと、セカチらと必要な木材の伐り出しに取りかかる。兄上の方も畑仕事はもちろん、豚と馬などの世話をしながら、相変わらず澱粉製造のことで頭がいっぱいの様子だった。カネはカネで、起きるとすぐに鶏の様子を見ることから始まり、あとは一日中せんを負ぶいながら食事の支度に掃除洗濯、畑仕事に追われ、山羊と猫の餌やりに近所づきあいも忘れず、夜は夜で繕い物をし、子どもたちの勉強を見て、時間があれば家族や知人に便りを書く日々を送った。勝が酔って帰ってくるのは大体そんな時刻だから、最近では寝る前にシケレペニを水に浸しておくことも欠かせない。そうすれば翌朝、すぐに煎じて飲ませることが出来るからだ。こんな調子だから、いつでも夜の祈りを捧げた後は、疲れたと言う間もなく眠りに落ちる。毎日が飛ぶように過ぎていった。

九月二十七日には、せんの生後百十日にあたるということで「お食い初《ぞ》め」をしようと父上が来てくれた。簡素ながらも麦飯と汁物、鮭を焼いたものを用意して、父上がせんを膝に抱き上げ、簡単に食事の真似事をさせる。小さな口もとに、ちょこ、ちょこ、と食べ物をつけられても、せんはむずかることもなく、きょとんとした様子で、大人たちにされるままになっていた。

「こんな頃を、写真にでも撮れたらええんだろうがなあ」

勝もしみじみとした表情で父上の仕草を眺め、一連の儀式が終わると「まずは一献」と、自分で作ったビールを父上に勧めた。父上も、儀式の間は珍しく緊張した様子を見せていたが、ほっとした表情になり、泡の立つ黄金色《こがねいろ》の酒を呑んだ。

「去る人がいれば、こうして育っていく命もあるものじゃな」

ふう、と一つ息を吐いて、父上はあらためてせんを抱き上げ、自分の方を向かせて小さな顔に笑いかけている。その柔らかな眼差しは、孫にだけ向けられる特別なものだ。父上にこういう表情をしてもらえるだけでも、せんを産んでよかったと、カネはいつも思った。出来ることなら母上にもこうして笑ってほしい、母上のこんな表情を見てみたいと思うが、それは今のところ夢のまた夢だ。

　勝の言葉ではないが、せめて今のせんを写真に残すことが出来れば、それを送って成長を知らせることも出来ようというものだが、まず幼いせんを丸木舟に乗せて大津の写真館まで連れていくこと自体が、とても考えられない。以前、勝たちの舟が沈んだときのように、いつ何があるか分からないからだ。道がないとは、そういうことだった。そして、道がない限りは、こんなに広い土地にいながら、特にカネたち女房連中は囚われの身であるのと大して変わりはなかった。

　畑の収穫もあらかた終わり、冬の気配が漂い始めた十月、勝は兄上や高橋利八をはじめとする村の男たちと総出で村路を作り始めた。本当に澱粉の製造工場を建てるとなると、今のようなあぜ道に毛が生えたような道しか通っていないのでは、機械一つ運ぶのにも必ず不都合が生じる。これを機に一定の道幅を持ったきちんとした道を作ろうということになったのだ。

　半日は畑に出て、半日は道を作る。たまにヤマニが馬の背に荷を載せて野道を来るときがあると、ヤマニの馬に乗らせてもらうこともあった。これからは自分たちも馬に馴れていかなければならないという考えからだ。

「こらゃあ、結構な高さになるもんだがや！」

「そんた、おっき声出すんでね。馬っこ、びっくりするべ」

ヤマニを屋号としている大川宇八郎という人は、聞けば東北の出で安政二年の生まれだというから、勝よりも一つ年下だった。だが、十勝に来てからの年月がものを言うのか、または本人の気質によるものか、いかにもどっしりと構えている様は、勝より年長の依田さんよりも、さらに年上に見えるくらいだし、まるで生まれつきの土地の人間のような力強さに満ちていた。

「俺らぁ、何せ無学文盲だから、度胸と根性だけで、こうして生ぎできでるがら。俺の頼りっていえばあ、この腕だけだもの」

自分の腕をぽんぽんと叩いて見せながらヤマニは黄色い歯を見せてにまにまと笑う。商売人という点ではなかなか抜け目のないところがあるが、それでもカネたちが欲しいと言うものは鹿の皮でもアイヌの丸木舟でも、必ず見つけ出してきてくれるし、移民の先輩として色々と教えてくれることもある。晩成社もいよいよ馬を飼うことになったと知れば、こうして商売の合間に、少しでも馬に馴れるようにと協力してくれるような男だった。

「こいづぁ、頼りんなる。言葉は話さねえけど、人の思うごど、分がってるんでねえがど思うごど、いっぺあるがら」

ぎこちない様子で馬にまたがる勝を時折振り返っては、あれこれと注意を与えながら、ヤマニは綱を引いてしばらくその辺を歩いてくれる。

「馬っこは人のごど値踏みするがらな。なめられれば駄目だぁ。鈴木さんどっから年がら年中逃げるって聞いだども、そらあ、馬っこになめられでるがらでねえが」

カネは、いちいち感心してヤマニの話を聞き、一方で馬上の勝を眺めていた。もともと長身の勝がこうして馬に乗っている姿は、まるで西洋人のように立派に見える。服装さえ違っていれば、横浜の煉瓦道を通っていたって何の不思議もないだろう。やっぱりこの人は姿がいいと、カネは久しぶりに嬉しい気持ちになった。せんの目元は勝に似ている。将来は、ぱっちりとした眼の可愛い娘になるに違いない。

「手はかがるども、めんこいもんだ、馬っこは」

それなら馬の面倒も見てみてもいいかもしれないなどとカネが一人で考えていたある冷え込んだ朝、鶏の様子を見るために家から出てみると、庭先に八匹の子豚を連れた親豚が鼻を鳴らしてうろついていた。

「あなた、あなたっ」

「ああ――まだ早ゃんでなゃあか」

「起きて下さいな。豚ですよ。豚が帰ってきましたってば」

カネが「ねえ」と腕を揺すっても、最初は「ううん」とうるさそうに寝返りを打とうとしていた勝は、ようやく頭がはっきりしたらしく、「帰ゃあってきたか」と起き出した。

「こりゃあ、ええ。またまた『一つ鍋』の季節が来たがや」

依田さんの豚も生まれ、兄上のところの豚も生まれた。放牧という方法を選んだ我が家は果たしてどうなるのだろうかと心配だったから、カネもほっと胸を撫で下ろした。今はまだ愛らしく見える子豚たちも、次の春までには一人前に育つことだろう。それまではせっせと屑《くず》野菜やガラボシを煮て食べさせなければならない。依田さんは留守だが、兄上と二人でまた句会でも開けばいいなどと思っていたら、ある日、その兄上が急き込むようにやってきた。

「札幌に行ってくる」

いきなり札幌と聞いて、カネも、また勝も目を丸くした。

「依田くんから便りがあってな、澱粉工場の視察をしてきて欲しいというんだ。うまくいけば、購入だぞ！」

もう購入という話になるのかと、カネは勝と顔を見合わせ、いかにも意気込んでいるらしい兄上を改めて見た。

「いきなり、そんな話？」

「なあに、こっちの心づもりは十分に出来ている。せっかく依田くんが札幌で手づるを摑んできてくれたんだ。金も用意するという。だから、まず俺が行って、機械の使い方や澱粉の製造方法を見学してくる。大丈夫なようなら、手金を打ってきても構わないという話だ」

「そらまた、えらぁ具体的な話だがね」

「それにしても、いいわねえ、兄上。札幌なんて」

思わず本音が漏れてしまった。すると兄上は半ば困ったように、曖昧に口もとをほころばせた。

「まあ、そう言うな。これも仕事なんだ。その代わりに、必ず澱粉製造を成功させるから」

「当たり前《ま》ぁあだ。こうなったら晩成社の未来は、銃太郎、お前の肩にかかっとるでよう。気張ってちょうよ」

勝は兄上の肩を何度も叩きながら「頼むでよう」と繰り返す。

「その間に、こっちは雪が降るまでの間、少しでも道を作っておくでよ」

今回は、大津へ行くのとはわけが違う。兄上が出発する前日には、カネの家で送別会が開かれることになり、村中の人たちが集まった。その席で、兄上の留守中は、勝が晩成社の帳簿を預かることが発表された。それまで社の金銭の出入りはすべて兄上が管理しており、几帳面に帳簿をつけ続けていたから、それを預かるということは、勝にとっては少なからず負担になる。だがこの村に、他に帳簿のつけられる男はいなかった。

「まあ、うちの場合は、ほれ、このカネがおるで心配いらんがや。俺なんかより、よっぽどきっちりしとる」

勝は涼しい顔で笑っている。大鍋一杯に作った野菜と塩出しした豚肉の煮込みなどを振る舞いながら、カネはつい苦笑するより他なかった。これで勝が働かないのなら文句の言いようもあるが、このところは「八犬伝」も途中までしか読めていないいま、手に新たなマメをいくつも作りながら村路作りに励んでいるのを見ていれば、カネだって出来ることはしなければという気持ちになる。これ以上どうやって時間をやりくりすればいいのだろうかということは心配になるが、まあ、何とかなる、何とかなると自分に言い聞かせることにした。

「銃太郎さん、何年ぶりだね、大津より外に出るのは」

山田彦太郎に聞かれて、兄上は即座に「三年と四カ月」と答えた。ああ、兄上は今日までの日々を、こうして指折り数えていたのだろうかと、カネは胸に迫るものを感じないわけにいかなかった。

誰よりも早い時期に依田さんと二人、この地に入って、ただ蘆の原が生い茂るばかりだったところに住み着き、たった一人で長い冬を乗り切ったのだ。時代が変わって髷を落としたときと同じように、牧師という立場をきっぱり諦めて、最初は力と知恵を借りるばかりだったアイヌらに「泣き虫ニシパ」と呼ばれながら、今では彼らの救済策に奔走するまでになっている。兄上にとってのこの月日は、決して短いものではなかったはずだ。

「札幌で用事を済ませたら、すぐに戻ってくるのかい」

今度は山本初二郎が尋ねた。それには兄上は、ついでに内地へも行くつもりだとだけ答えた。

「何だい、嫁取りかい」

「それも考えねばな」

人々の間から笑いとも冷やかしとも、また声援ともつかないものが上がった。

今回、兄上は次弟の定次郎を訪ねるために高崎まで足をのばす予定でいる。母上や末の妹ノブが一緒に暮らしているせいもある。だが何よりも定次郎に後を託したい思いがあるのだろうということは、カネも感じていた。

口にこそ出さないが、鈴木家の嫡男である兄上は、内地を離れてでも鈴木家の再興を果たすと言いながら、未だに仕送りの一つも出来るようにならず、長男の務めを果たせないでいることを、ひどく気にしている。だからこそ、不甲斐ない自分に代わって鈴木家を頼むぞと、弟の定次郎に後を託すような気持ちになっているのに違いなかった。

「そんなら銃太郎さん。いいお嫁さんを探してもらっておいでよ」

「こんな土地に、そう簡単に来てくれる嫁ごがおるかな」

「下手な鉄砲も、だよ」

「行く先々で、頼んどいで。どっかに残りもんがいるかも知れないし」

村人たちから口々に言われて、兄上は苦笑いするばかりだった。カネも、もしも兄上がお嫁さんを連れて帰ってきてくれるなら、そんなにめでたいことはないと思った。ここは、定次郎にも頑張ってもらいたいところだ。

「とにかく、せっかく行くもんだで、色々と楽しんできたらええがね。ほんで、今の世の中がどんなことになっとるか、よう見てきてちょうよ」

勝が話題を変えて、とにかくもう一度乾杯をしようと言うと、兄上はようやくこの話題から解放されたという表情になって、いかにも気持ちよさそうに乾杯の茶碗酒を乾していた。

7

寒い朝には霜が降り、鮭が遡る季節になった。兄上が発った後は馬の面倒もカネのところで見ることになり、晩成社全体と各家の収支についても勝が調べて歩くようになったから、毎日は余計に忙しくなった。それでも十一月に入る頃には村に警察の巡回があり、また、大津の医師が初めて来てくれて、せんやツネはもちろん、村中の人たちの健康状態を診ていってくれた。それだけで村の人たちは大喜びだった。どちらも、まだ大津に留まっている依田さんが手配してくれたことだ。

「私たちが世の中から忘れ去られているわけではないということを、確かめられた気がしましたものね」

「当ったり前ゃあだ。誰が何と言っても、この村のことを一番に考えとるのは依田くんに間違がゃあなゃあ。いつでも、皆のことを気にかけとるがね」

勝は「それこそが依田くんだ」と自分の手柄のように自慢気にしていたが、その依田さんからの電報で、今度は勝が急遽、大津へ向かうことになった。電報には、出来るだけ早く来てほしいと書かれていたからだ。

「前々から、江政敏さんと、名越《なごし》友太郎《ともたろう》さんとの談判に手間どっとったもんで、今度ぁ、それの証人として立ち会って欲しいってことだがね」

他の村人たちは知らないことだが、実は依田さんは以前から世話になっている大津の江政敏さんに加えて名越友太郎という、やはり大津の漁業権を持っている二人に、金を融資してやっているのだそうだ。何しろ、依田さんの手元には晩成社の運営資金、つまり現金がある。一方、江さんや名越という人は大津では手広くやっているとはいえ、彼らの主な収入源は魚の漁獲高だ。不漁が続けば収入は減り、それで不景気になって町から人が減れば、他の商売からの売り上げも落ちて、さらに資金繰りにも困ることになる。大津は昨年からの不漁続きで、二人はそのあおりを受けているということだった。そこで、これまでのよしみもあるからと頼まれた依田さんが、金を用立てたのだそうだ。

「依田くんは、ああ見えて金離れがいいというか、なかなか気前のいいところがあるもんでね」

「やっぱり、お坊ちゃまなんですね」

「まあ、そういうことだわ」

ところが、貸したはいいものの、約束の期限が来ても金が返ってこない。いくら催促してものらりくらりとかわされるばかりで、そのうちにさすがの依田さんも、このままでは踏み倒されるのではないかと心配になってきたらしい。リクを送っていった後も大津に残っていた大きな理由とは、その返済を迫ることだったと勝から聞いていたが、どうやらその話がこじれているらしい。だからこそ依田さんは、未だに大津から離れられずにいるのだ。

「もしかすると足もとを見られたんでなゃあかって、前々から言っとったもんで」

旅の支度をしながら、勝は憂鬱そうな顔をしてため息をついた。

「何せ向こうは歳だって俺らよりようけいっとるし、言うなれば海千山千の、煮ても焼いても食えんような連中を束ねとるようなお人らだもんだでよ。自分らだって、そうそう一筋縄でいくようなお人でなやあ、強面だわ。それは、俺が見たって分かることだがや。依田くんは、しかつめらしい顔しとったって、要は素封家の坊ちゃまだもんで。江さんらから見りゃあ、まあ、世間知らずの青二才っていうところかも知れなゃあんだわ。言いくるめるなんてことは、赤子の手をひねるぐらゃあ、簡単なことかも知れんなぁ」

要するに体裁のいいことを言って依田さんから金を引き出し、後は頬被《ほおかぶ》りするつもりだったのかも知れないということだ。カネは、何という恐ろしい話なのだろうかと、思わず寒気さえ覚えた。第一、依田さんが立て替えたお金というのは、依田さん個人のものではなく、晩成社の運営資金だというのだから、つまり、そのお金が返ってこなければ、この村の全員にも何かしらの影響が出てしまうかも知れないということではないか。それに、日々の暮らしにも困っている村の人たちが、もしもそんなことが起こっているのを知ったら「俺たちには厳しく取り立てるくせに」と、また反発を買うに違いない。

「それが分かっとるもんで、依田くんも焦って電報を寄越したんだなぁ。一人では、もう、どうにもこうにも太刀打ち出来んと踏んでのことでなゃあかゃあ」

髭に囲まれた口をへの字に曲げて、腕組みをしている勝を見つめながら、カネの中には、では、勝が駆けつければ話はうまく運ぶのだろうかという新たな心配がこみ上げていた。勝だって、年齢そのものからして依田さんよりも下なのだし、いくら剛毅《ごうき》に見えていても、そんな海千山千の荒々しい男たちに太刀打ち出来るかどうかは、正直なところあやしいものだ。何せこのオベリベリに来るまでは、日々聖書をひもとき、あとは伊豆の学校の教壇に立って日々少年たちに日本の将来について熱く語っていただけの人だ。

「こういうときは、うちの父上に出て行ってもらった方がよろしくはないですか」

すると勝は「いかんいかん」と首を横に振る。依田さんは、江政敏さんたちに金を貸していることなど、他の誰にも知られたくないのだそうだ。

「まあ、喧嘩をしに行くわけじゃなゃあしよ。じっくりと腰を据えて話し合ってくるまでだ」

そうして十一月に入った雨の日、フシコベツから雇ったアイヌたちに舟を出してもらって、勝は大津へ向かっていった。これで、晩成社の三幹部がすべて不在になったことになる。こんな時、万に一つも火事など出しては大変だから、いつにも増して気を引き締めていこうと、高橋利八や他の家の人たちとも話をしつつ、カネは今回、一人で家を守ることにした。どちらの家にも家畜の世話があるから、父上に来てもらうというわけにもいかなければ、こちらから行くことも出来ない。せんもいるし、夜は子どもたちも来るお蔭で淋しいなどと言っている暇はなかったが、それでも狭い家の中は急に広くなったように感じられた。しかも、いつもなら五日から一週間もあれば帰ってくるはずが、今回は十日過ぎても帰ってくる気配がない。ついに雪の降る日もあって寒さは厳しくなり、いよいよ心配していたら、結局、二週間以上もたってから、勝は疲れた顔で帰ってきた。

「話はうまくいかなかったのですか？」

帰った翌日、朝から「酒」と言い出した勝に、カネは遠慮気味に聞いてみた。勝は、何度となくため息とも深呼吸ともつかないものを繰り返しながら、一度開いた「南総里見八犬伝」も読むつもりになれないらしく、結局、囲炉裏端でちびちびと酒を呑み始めた。

「そんなこと、あるもんか。この俺が行ったんだ、うまくいかんはずがなゃあ」

だが、とにかく気疲れする毎日だったのだと勝はまた大きく息を吐き出した。江政敏さんたちの言うことに嘘がないかどうかを確かめるため、ほぼ毎日、海に行っては漁の様子を見守り、その他は談判が続いたらしい。そんな日々の連続の中で、江さんの雇っている船頭が川に落ちて、外海にまで流されてしまうという事故もあったのだそうだ。

「助かったからいいようなもんの、陸から見えとって助けられねぁような有様で、もう大騒ぎになってな」

「恐ろしい、そんなことが」

「つくづく、何をするにせよ舟を使うしかなゃあというのは、あの世と背中合わせだと思ったもんだがや」

勝は話している途中で虚空を眺めるような表情になり、それからまた、大きなため息をつく。最終的には、依田さんと二人一緒に繰り返した談判でも現金は返してもらえず、その代わりとして江氏らが所有している漁場のうち、五カ所を依田さんの名義にすることで、何とか話は落ち着いたのだという。漁場が手に入ったことで、これからは毎年、その漁場代が依田さんに入るのだそうだ。

「とにかく、なゃあ袖は振れんて、これぱっかしだもんでね。何かっていうと『海を見ろ』『漁を見ろ』ばっかりで、まるっきり埒《らち》が明かんわ」

「でも、そうなるとこれからは毎年、鮭に困ることはなくなるのではないですか?」

「まあ、そういうことかも知れんが。それも、約束が守られれば、の話だがや」

途中で晩成社の支店を守っている吉沢竹二郎と過ごす日もあったし、ちょうど札幌の兄上から送られてきた手紙をいち早く受け取ることも出来たから、そういう意味ではよかったのだが、何しろ居心地が悪くて気疲れするばかりだったと、勝は手酌で酒を呑みながら繰り返した。

「江さんには最初っから世話んなってきとるし、それなりにお人柄も分かっとるつもりだったが、いざ金の話、商売の話となると、目つきそのものが、もうどえらゃあ変わることが、今度という今度はよう分かったがね。こう、蛇みたぁに空恐ろしくなってよう」

言いながら、身震いのような真似をする勝に、カネはつい笑ってしまった。何かというと「武士とは」「士族として」などと口にすることの多い勝だが、実は大の苦手がある。それが蛇だった。オベリベリで迎えた最初の春、初めて勝の悲鳴を聞いたときには、カネは何事が起きたのかとこちらの方が肝を潰すほどだったが、草むらから小さな蛇が出てきただけだと分かった途端に、あまりにも意外なことと、勝の逃げ方がおかしくておかしくて、一人で笑い転げてしまったことがあった。世の中に怖いものなど何一つとしてないような顔をしていながら、それが勝の弱点だった。

「そう、蛇みたいになるんですか」

「ほうだがね。蛇だぞ、蛇。特に、名越って人がなあ、もう、背筋が寒くなるような目をしとって」

カネは、蛇など恐ろしいと思ったことがない。だから、勝が逃げていった後で、小さな蛇の顔をとっくりと見つめたものだが、黒くて丸い、存外つぶらな瞳をしているものだと感心した記憶がある。だが勝にとっては、蛇の印象はあくまでも不気味で恐ろしいものらしかった。

談判などという慣れないことを何日もして、よほど気疲れしたのか、その日は一日中、だらだらと酒を呑んではごろ寝をして過ごした勝だったが、翌日からはまた普段通りに働き始めた。豚小屋を補強し、鶏小屋を作る。また、新たな納屋を作る。人手を借りる必要がある作業が続いたことから、利八やパノ、シノテア、チャルルコトックなどがやってきて、セカチらはそのまま泊まっていく晩もあった。そうかと思えばモチャロクや宮崎濁卑さんが来て、また酒を酌み交わし、プラウの話をしたり、兄上が文に書き送ってきた澱粉製造機械の話になったりする。一つの囲炉裏と二つの竈には常に大鍋がかかっていて、豚の餌にするのはもちろん、いつ誰が来ても何かしら口に入れられるように、カネはそのことばかり気にしながら、せんを負ぶって朝から晩まで動き回った。

幸い晴れる日が多かったから、勝は毎日のように鮭漁に出たし、カネもメノコらとホッチャレを拾い歩き、それらを捌いたり乾したり、また塩漬けにする作業が一日の中でも大きな仕事になっていた。勝は馬の餌が足りないからと、フシコベツまで草刈りに行く日もあれば、冬支度の薪を採りに歩く日もある。そうして師走も半ばを過ぎようという頃に、兄上が帰ってきた。実に二カ月ぶりだ。しばらく見ない間に何となくこざっぱりして、いかにも都会の水で洗われてきたように見える兄上を、カネは「おかえりなさい」と言いながら、一瞬、上から下まで眺め回してしまった。

「定次郎が、俺だと分からなかったのだ」

兄上は、半ば照れ隠しのように顔をしかめながら、札幌から内地へ渡り、高崎に着いたときの話をしてくれた。高崎駅からほど近い竜見町《たつみちょう》という、カネも文を送るから住所だけは知っているところに弟の家を探し当てていったところ、最初、定次郎は「どちらさん」とあからさまに警戒した顔つきで言ったのだそうだ。さらに定次郎の妻という女性などは家の奥に逃げ込んでしまって、障子の穴から兄上をこっそり観察したのだという。

「まあ、無理もなかったのだ。髪も髭も伸び放題で、まるで野人のようだったからな。これはいかん、と、すぐに散髪屋に行って風呂も使って、さっぱりしたよ」

すると定次郎は「確かに兄上だ」と納得して最初の非礼を詫び、母上や妹たちも数年ぶりの再会を大喜びしてくれたという。母上などは「何と人騒がせな」と怒ったふりをしながら、目に涙を浮かべていたそうだ。その様子が容易に思い描けて、カネは懐かしく、また胸に迫るものを感じた。

「女学校にも寄ってきて下さったのでしょう?」

「無論だ、行かれるところはすべて行った」

そうして兄上は、懐かしい名前をいくつも出しながら横浜や東京での話をしようとしたが、勝の方は、まずは札幌で見てきた澱粉製造機械の話を聞きたがった。

「それについては、土産のブランデーを呑みながら話さないか」

「ブランデー？　何の酒だ」

兄上が差し出したガラス瓶は、いかにも西洋のものらしい素敵な形をしていて、中の液体は琥珀《こはく》色に輝いていた。葡萄《ぶどう》から作られた酒だというから、カネも香りだけ嗅がせてもらったが、それだけで咳き込むほどの、何ともいえず強烈で芳醇《ほうじゅん》な香りの飲み物だった。

8

兄上は、札幌で無事に澱粉製造の機械を買い付けてきていた。

「岡田佐助《おかださすけ》という人の店でな、もう金も払った。こっちの準備が整い次第、送ってもらう手はずになっている」

その経緯を一通り聞いて勝は興奮し、さらにまた、自分はまだ一度も訪れたことのない札幌という街の様子や、新しく出会った人の話などを聞いて、しきりに感心したり面白がったりしていたが、呑み慣れないブランデーを調子に乗ってぐいぐい呑んだせいか、瞬く間に酔いが回ったらしかった。

「こらぁ、どえらゃあ旨まゃあ酒だが、いつも呑んどる酒とはまた、こう、加減がちがっとるもんで」

ふうう、と大きく息を吐き、とろんとした目を天井の梁に向けていたかと思うと、勝はそのまま炉端に横になってしまった。

「ああ、気持ちええでいかんわ。久しぶりに銃太郎の顔も見れて、澱粉の機械の話も聞けたもんで、こう、何やら心持ちがほうっと弛んどる。ちぃとだけ、こうしながら話を聞くがね」

その場で肘枕をし、目を閉じたまま、勝は少しの間は兄上の話に「ほんで」「なるほどなあ」などと相づちを打っていたが、少し間が開いたかと思うと、ほどなくして軽い寝息が聞こえてきた。

「いやだ。本当に眠ってしまって」

カネが「風邪をひきますよ」と声をかけたのを合図のようにして、ごろんと仰向けになり、勝はいかにも心地よさそうな表情で、今度は大きく胸を上下させ、軽いいびきまでかき始めた。お行儀の悪い、と言いそうになったカネを、兄上が「いいではないか」と引き留めた。

「寝かせておいてやれ。こういう姿を見ると、こっちも気持ちが和む。やっと帰ってきたんだなという気分になるよ」

兄上は、静かな表情で、まだ茶碗に残っているらしいブランデーを、ちびり、ちびりとなめるようにしている。

「せんも、少し見ない間に大きくなったじゃないか」

「そう見える？」

「ああ、大きくなった。こんなに何にもない土地でも、人は育つのだな」

本当にね、と頷いてから、カネは「それより」と兄上を見た。勝には直接関係のないことだし、さほど興味のない話かも知れないから、むしろ眠っていてくれる方が気をつかわずに済む。

「母上たちの話をもっと聞かせて。それから、横浜の話も」

話の相手をしながら繕い物でもしようと、カネは裁縫道具を引き寄せた。

「ねえ、定次郎の家ってどんなところにあるの？　高崎ってどんな場所？　城下町だっていうんだから、それなりに開けた町なんでしょうね。母上はどんなご様子だった？　高崎での暮らしには、もう慣れていらした？　ノブは？　あの子こそ、さぞ大きくなったでしょう」

兄上は「順繰りに話すから」と苦笑混じりで炉端に並べられた酒の肴に箸を伸ばし、髭に囲まれた口をもぐもぐと動かす。その静かな表情を見ていて、カネはふと、兄上の小さな変化を感じた。もともと激しい性格の人ではないが、だからといって取り立てて物静かというわけでもない。その兄上が、二カ月ぶりに会ったら妙に「ひっそり」とした雰囲気をまとっているように見える。物憂げというのでもないが、どこか侘しげな雰囲気だ。もしかすると、久しぶりに内地の空気に触れて、もうオベリベリには帰ってきたくなかったのではないか、やはり都会で暮らしていたいと感じたのではないだろうかと、カネの中に訝しい気持ちが広がった。兄上は、そのままの雰囲気で、定次郎のことや高崎のことなどを話してくれていたが、やがて箸を置くと、

「まあ、あれだ」と、一つ大きなため息をついた。

「要するに、俺にとってのこの三年と、内地で暮らしておる人らの三年とでは、時間の流れがまったく違うということだな。つくづく、それを感じたよ」

横浜も東京も、それは目をみはるほどの発展ぶりだそうだ。前にも増して人力車の数が増えたし、道行く人は誰も彼も忙しそうに動き回っていて、モタモタしていたらすぐにぶつかりそうになる。以前よりガス灯が増えたお蔭で、夜も明るい場所が多くなったと思ったら、これからは電灯という、火を使わない明かりも増えていくということだった。

「火を使わんから、火事の心配もいらない。風が吹いても消えんというし」

道行く人の中には洋装姿も多く見かけるようになった。女性の髪型なども変わって

きたように見えたという。二十年ほど前、彰義隊《しょうぎたい》が負けた戦の舞台となった上野《うえの》には新しく鉄道の駅が出来て、かつての惨状など忘れ果てたような賑わいだった。そこからは、今では栃木《とちぎ》県と呼ぶようになった下野《しもつけ》国の宇都宮《うつのみや》までも汽車で行くことが出来るようになったのだそうだ。さらに浅草《あさくさ》には「水族館」という、珍しい魚を見せる施設まで出来ていた。兄上の口から次々に出てくる話は、カネには想像もつかないような、華やかで変化に満ちていて、また珍しいものばかりだった。

「目が回りそうだわ」

「俺だって同じさ。まるで浦島太郎よろしく、何を見てもきょろきょろする有様だ」

自嘲気味に笑う兄上を見ているうちに、何とも言えず淋しい気持ちになってきた。女学校にいた当時、カネは自分の生活が一般の庶民に比べたら、ずっと西洋化されて進んだものであることを自覚していたし、誇りにも思っていた。また、礼拝の度に横浜の街を歩けば時代の変化というものを肌で感じることが出来た。自分は常に文明開化の真っ只中、いや、その前列にいるのだということを、常に感じられる日々だった。だがオベリベリに来て以来、そんなものとは一切、無縁になってしまった。

「そういう中でずっと暮らしておられる母上でさえ『とてもついていかれない』と言っておられたしな」

「そう――そうでしょうね」

つい、ため息をつきそうになって、今さら愚痴《ぐち》をこぼしてどうなるのだと、自分に言い聞かせる。切なく、空しくなるばかりのことは口にはしない。そう自分に言い聞かせている。

「それで、母上はどんなご様子だった？　高崎に引っ越されて、急に弱られたり、困っておられるご様子はなかった？」

気を取り直すように尋ねると、兄上は、あの母上がそう簡単に変わるはずがないだろうと小さく笑った。

「むしろ以前よりもシャキシャキしておられた。世の中がどう変わろうと、自分は武家の妻として夫の留守を守っているのだと、そう言っておられた」

「父上のお戻りを待っておいでなのね」

「そういうことだ。ご自分からこっちへ来る気は毛頭ないらしい」

その母上を引き取って、定次郎もよくやっているという。定次郎の妻という人も、まずまず出来た人のようだし、つましいながらもきちんと行き届いた暮らしを送っている様子だったと兄上は語った。末っ子のノブだけは母上と一緒だが、現在、その上のみつは横浜の共立女学校におり、次弟の安三郎《やすさぶろう》は築地《つきじ》にいる。つまり、兄弟姉妹みな散り散りになっていた。今回、兄上は、その弟妹たちとも全員と会うことが出来たことを、中でもいちばん喜んでいた。

「俺がしっかりしていないのに、みんな、頑張ってくれている」

そして、父上や兄上が自分たちを置いて北海道へ来てしまったことに対しても、誰一人として恨みがましい思いなど抱いていないことを確かめることが出来たと語ったときには、兄上は心底嬉しそうな、またほっとした表情をしていた。ことに定次郎は、最初に兄上が現れたときの野人のような姿を見ただけで、北の地でどれほど必死に生きているかを感じ取り、胸が熱くなったと言っていたという。

「『一日も早く、オベリベリの地に新たなる時代の鈴木家が根付くことを願っています』とも言われたよ」

「それなら安心した。定次郎はしっかり、役目を果たしてくれているのね」

「あいつは、俺が散歩中でもついつい畑に目が行くのに気がついて、近所の農家を訪ねてくれてな。それで俺も、高崎あたりの作柄から、今年の出来高やら土のことやら、あれこれと聞くことが出来た」

一方、横浜でも共立女学校は変わることなく、ピアソン校長やクロスビー先生たちは揃ってカネを懐かしがり、母親になったことを祝福し、いつも祈っていると伝えて欲しいと言われたと兄上から聞いて、カネは、また胸がざわめくのを感じた。

今の私を見て、どう思われるか。

いつの間にやら手も足もすっかり荒れて日焼けしており、着た切り雀の格好にアイヌのアットゥシなど羽織って、気がつけば髪だって朝から乱れたままでいることも珍しくない。それでも、今もランプの灯火を頼りに聖書を開くことを欠かしたことはなく、朝に晩に祈りを捧げながら生きていることに変わりはないのだ。女学校で教わった通り、可能な限り清潔を心がけて日々を過ごしているし、これほど何もない生活の中でも、何事もおろそかにせず、投げやりにならず、勉強を教わりに来る子どもたちにだって感謝のこころと、挨拶をはじめとする折り目正しさを教えている。この村の誰に対しても、またアイヌにも、いつでも誠実に、分け隔てなく接しようと努めているつもりだ。

だから、恥じることはない。決して。

そう自分に言い聞かせて、それからもカネは針を動かす手を休めずに、兄上の話をしばらく聞いていた。

「みんな、収まるところに収まっていくのかな」

ふと、兄上が呟いた。そのしみじみとした口調に、カネはつい針を持つ手を止めて顔を上げた。兄上はしばらくの間、囲炉裏の火をじっと眺めていたが、やがて「実はな」と口を開いた。

「札幌で、辻元《つじもと》という人と知り合ったんだ。薄荷《はっか》の製造をしようとしている人だが、肺を病んでいるとかで、難儀しているということだった」

さっき新しく足した薪が、ぱち、ぱち、とはぜて火の粉が踊った。カネは針を針山に戻して、わずかに姿勢を変えた。兄上は、手にした茶碗をゆっくりと揺らしている。薪のはぜる音と勝のいびきだけが、狭い小屋の中に広がった。きれいなガラス瓶に入っていたブランデーは、もうほとんどなくなろうとしている。この瓶を何に使えるだろうかと、頭の片隅でちらりと考えた。

「札幌にいる間に何度か会って飯も食ったし、色々と世話になった」

「いいご縁だったのね」

「その人がな」

兄上は、ブランデーをそっと口に含んだ後、一つ息を吐き出した後で、「その人が」と繰り返した。

「俺が独り身だと知ったら、こう言うんだ」

「何て?」

「妻《めと》を娶るんなら、下等社会から選んではどうかと」

思わず「下等?」と兄上の顔に見入ってしまった。下等社会。何という嫌な響きの言葉だろう。話の続きを聞かなくても、愉快な話ではないことが感じられる。実際、兄上自身、まるで口に合わないものを食べてしまったときのような、何ともいえない顔になっていた。

「うちだって、惨めな没落士族だ。しかも、こんな、道の一本も通っておらんような僻地中の僻地で鍬を振るって生きている。そんな男のところに、内地から条件の揃った婦人が嫁に来るはずがないと、こう言うんだ。だから、下等社会に暮らす婦人はどうだと」

そして、辻元という肺を病んでいる薄荷商は、実は一人、心当たりがあると言ったのだそうだ。会津《あいづ》生まれの十九歳になる娘で、見た目も悪くない上になかなか賢いところもあり、裁縫のうまい娘だという。

「つまり、縁談を持ち込んで下さったの？　その――下等社会の娘さんとの」

兄上はちらりとこちらを見て、小さく頷く。

「辻元さんが言うには、その娘は幼いときに両親を亡くして、行き場を失ったんだそうだ。そのせいで色々と苦労もあったんだろうが、結局いまは――札幌で人の妾《めかけ》になっているということだった。だから、もとはどうだか知らんが、今は下等社会の娘というわけさ」

「ちょっと待って。じゃあ、人のお妾さんを、兄上のお嫁さんにどうかっていうこと？」

「まあ、そういうことだ」

兄上は、憂鬱そうに口もとを歪めてため息をついている。

「どういう縁で、辻元さんと知り合いなのかは聞かなかったが、とにかくその娘が言うんだそうだ。出来ることなら妾なんかやめて、ちゃんとした人の妻になりたいと」

「だからって、兄上に？　今も、お妾さんなんでしょう？　そんな――」

「無論、辻元さんにしてみれば、親切のつもりで言ったんだろう」

「それで、兄上は何と答えたの？」

「そんなもの、すぐに答えられるはずがないじゃないか」

その話が出た日の晩は、もともと札幌を発って小樽に移動することになっていたから、話はそのままになっているという。だが、おそらく辻元という人は、兄上にその気さえあるのなら、きっと連絡があると考えて、今ごろは返事を待っているはずだと、兄上はため息をついた。

「どうするの？　旅をしている間に考えたんでしょう？」

「どうするもこうするも、本人と会ったわけでもないしな。俺は――下等社会とか、人の妾とか、そういうことにこだわろうとは決して思わないんだが――思ってはならぬと自分に言い聞かせているんだが――だからといって、そういう人を鈴木の家に迎えるのはどうなのかと考えたりもするし――それが主の思し召しなら、受け入れるまでとも思うし」

兄上が悩むのも無理もない話だ。最初から「下等」呼ばわりされていると知っていて、さらにまた、誰かの囲われものだと承知していて、何のわだかまりもなく妻に出来るものだろうかと、カネだって考えないわけにいかない。第一、その娘が悪い人ではないにしても、噂はきっと駆け巡るに違いない。誰がどこで聞きつけてくるか分からないが、オベリベリの鈴木家では人の妾を嫁にもらったと、きっと言われることだろう。噂には尾ひれがつき、好奇の目を向けられ、あるいは蔑《さげす》まれることさえあると思う。そんな状態に、兄上も父上も、そして、その娘自身が耐えられるものだろうか。第一、この環境だ。札幌で、人のお妾さんとして暮らしている人なら、おそらく物質的には何不自由なく生活しているのに違いない。この何一つない僻地で汗を流し、土にまみれて生活など出来るものか。

カネがあれこれと考えている間に、兄上は残りのブランデーを茶碗に注いで、それからまたため息をついた。

「俺だって、もう三十だからな。人が心配するのも分からないではないのだ」

実際、高崎の定次郎の家に行ったときにも、おそらく母上が尻を叩いたからだろうが、定次郎はあれこれと縁談を探しては、歩きまわっていたのだそうだ。この機会を逃しては、また当分、嫁をもらえる望みが絶たれることを、母上も案じているのに違いない。

「近所でも評判だという世話焼きのおばさんのところを訪ねたり、知り合いにも声をかけたり、色々としてくれた。嫡男としては、何とも面映ゆいというか格好がつかんところだったが」

「それで、そっちは、どうだったの？」

兄上は、力ない笑みを口もとに浮かべて首を横に振る。

「北海道と聞いただけで、にべもないとさ。おそらく、五、六軒には声をかけてくれたと思うが、まず、そこだったそうだ。北海道。しかも、武家は武家でも没落士族で開拓農民。この二つで、どこもかしこも門前払いに近かったそうだ」

「――それに言い返せるだけの材料も、ないのは確かだものね」

「母上は『だから言わないことではない』と、何年かぶりで会ったというのに、もう目を三角にしてな、その三角の目に涙さ。まいったよ」

これが横浜にいるときならば、兄上ほどの人のところへなら女学校の関係でも教会関係でも、お嫁さん候補など苦もなく探せたと思うのだ。だが、何しろここはオベリベリだった。正直なところカネだって、同性として「是非いらっしゃい」とは言い難い。西洋の文化がどんどんと入ってきて、日々、便利になっていく生活に慣れてしまっている人から見たら、信じられない環境だ。苦労は目に見えている。カネ自身、いくらここで生き抜く覚悟をしているつもりだとは言え、それでも「愚痴は言うまい」と自分に言い聞かせるのは日常茶飯事だし、もしも勝や父上たちが「もうやめた」と言ってくれたら、どれほど嬉しいだろうかと思うことが、数え切れないほどある。

「まあ、独りなら独りで、それも俺の人生だとは、思ってはいるんだがな」

少しして、兄上は半ば諦めたように呟いて、長いため息をついた。

「それに、やっとの思いで嫁さんを探し出してきたとしても、あっという間に逃げ出されたのでは余計に困ることになる。何しろ、女は豹変《ひょうへん》するから」

「そんな女の人ばかりじゃないわ」

「もともと俺には、要するに女運がないのかも知れんのだ。牧師時代にも一度、手痛い目に遭っているわけだし」

そんな淋しいことを言わないでちょうだいと言いたかったが、単なる気休めのような気もして、口に出せない。カネに出来ることがあればいいのだが、それも思いつかなかった。

「――じゃあ、今度の旅は、楽しいばかりじゃなかったのね」

「いや、楽しかったさ。どこに行っても得るものばかりの、実に収穫の多い旅だった。ただ、そういうこともあったということを、カネくらいには聞いて欲しくてな」

兄上は大きく背をそらすようにしてようやく表情を和ませた。

「ここにいれば、やることは次から次へとある。正直なところ、嫁のことなど考えている暇はないさ」

「それはそうだけど――」

「まあ、なるようにしかならん。それも、主の思し召しだ」

カネがどう応えようかと思いを巡らせていたとき、勝が急に大きく咳き込んだ。身体を折り曲げるようにして、苦しげな顔で何度か咳をしていたが、それでも目を覚ますことはなく、咳が治まればまた深い寝息を立て始めた。カネは、兄上と顔を見合わせて笑ってしまった。

「寝ていても人騒がせな奴だ」

「駄目ね、このままじゃあ本当に風邪をひくわ」

立ち上がって掛け布団だけでも持ってこようとしかけたとき、兄上も「よし」と腰を浮かせた。

「俺も、帰って寝るとするか」

「――そう？　帰る？」

「父上も、待っておられるだろう」

少しばかりおぼつかなくなっている足取りで、兄上は火棚に手を伸ばし、乾かしてあった蓑笠や藁靴を下ろす。

「さすがに、こっちは寒いな」

「もう、根雪になっているんだもの。帰り道、滑らないでね。大分、呑んだわ」

「心配いらん、身体が覚えてるよ」

ゆっくりと身支度を整えてから、兄上は「じゃあな」と軽く手をあげて父上の待つ家へと帰っていった。兄上が出ていった代わりに、土間には冷たい師走の夜風に飛ばされた細かい雪が舞い込んでいた。

（上巻、了）

本書は二〇二〇年六月に小社より単行本として刊行されました。

この小説は実在の人物、史実を基にしたフィクションです。作中の記述に、今日から見て不適切と思われる箇所がありますが、それらは作品の時代背景と歴史的意義を考え、当時の文献資料などから忠実に表現したものです。

|著者| 乃南アサ　1960年東京生まれ。'88年『幸福な朝食』が第1回日本推理サスペンス大賞優秀作となる。'96年『凍える牙』で第115回直木賞、2011年『地のはてから』で第6回中央公論文芸賞、'16年『水曜日の凱歌』で第66回芸術選奨文部科学大臣賞をそれぞれ受賞。主な著書に、『ライン』『鍵』『鎖』『不発弾』『火のみち』『風の墓碑銘《エピタフ》』『ウツボカズラの夢』『ミャンマー 失われるアジアのふるさと』『犯意』『ニサッタ、ニサッタ』『自白 刑事・土門功太朗』『すれ違う背中を』『禁猟区』『いちばん長い夜に』『新釈 にっぽん昔話』『それは秘密の』『旅の闇にとける』『美麗島紀行』『ビジュアル年表 台湾統治五十年』『六月の雪』『犬棒日記』『続・犬棒日記』など多数。

チーム・オベリベリ(上)

乃南《のなみ》アサ



2022年7月15日第1刷発行

講談社文庫
定価はカバーに
表示してあります

発行者──鈴木章一
発行所──株式会社　講談社
東京都文京区音羽2-12-21　〒112-8001
電話　出版（03）5395-3510
　　　販売（03）5395-5817
　　　業務（03）5395-3615

KODANSHA

デザイン──菊地信義
本文データ制作──講談社デジタル製作
印刷───大日本印刷株式会社
製本───大日本印刷株式会社

Printed in Japan



ISBN978-4-06-528598-5

# 講談社文庫刊行の辞

二十一世紀の到来を目睫に望みながら、われわれはいま、人類史上かつて例を見ない巨大な転換期をむかえようとしている。

世界も、日本も、激動の予兆に対する期待とおののきを内に蔵して、未知の時代に歩み入ろうとしている。このときにあたり、創業の人野間清治の「ナショナル・エデュケイター」への志を現代に甦らせようと意図して、われわれはここに古今の文芸作品はいうまでもなく、ひろく人文・社会・自然の諸科学から東西の名著を網羅する、新しい綜合文庫の発刊を決意した。

激動の転換期はまた断絶の時代である。われわれは戦後二十五年間の出版文化のありかたへの深い反省をこめて、この断絶の時代にあえて人間的な持続を求めようとする。いたずらに浮薄な商業主義のあだ花を追い求めることなく、長期にわたって良書に生命をあたえようとつとめるところにしか、今後の出版文化の真の繁栄はあり得ないと信じるからである。

同時にわれわれはこの綜合文庫の刊行を通じて、人文・社会・自然の諸科学が、結局人間の学にほかならないことを立証しようと願っている。かつて知識とは、「汝自身を知る」ことにつきていた。現代社会の瑣末な情報の氾濫のなかから、力強い知識の源泉を掘り起し、技術文明のただなかに、生きた人間の姿を復活させること。それこそわれわれの切なる希求である。

われわれは権威に盲従せず、俗流に媚びることなく、渾然一体となって日本の「草の根」をかたちづくる若く新しい世代の人々に、心をこめてこの新しい綜合文庫をおくり届けたい。それは知識の泉であるとともに感受性のふるさとであり、もっとも有機的に組織され、社会に開かれた万人のための大学をめざしている。大方の支援と協力を衷心より切望してやまない。

一九七一年七月

野間省一

西尾維新 ネコソギラジカル(中)〈赤き征裁 vs.橙なる種〉
西尾維新 ネコソギラジカル(下)〈青色サヴァンと戯言遣い〉
西尾維新 ダブルダウン勘繰郎《かんぐろう》 トリプルプレイ助悪郎《スケアクロウ》
西尾維新 零崎双識の人間試験
西尾維新 零崎軋識《ぜろざききしき》の人間ノック
西尾維新 零崎曲識の人間人間
西尾維新 零崎人識の人間関係 匂宮出夢との関係
西尾維新 零崎人識の人間関係 無桐伊織との関係
西尾維新 零崎人識の人間関係 零崎双識との関係
西尾維新 零崎人識の人間関係 戯言遣いとの関係
西尾維新 xxxHOLiC アナザーホリック ランドルト環《かん》エアロゾル
西尾維新 難 民 探 偵
西尾維新 少女不十分
西尾維新 本 題〈西尾維新対談集〉
西尾維新 掟上今日子《おきてがみきょうこ》の備忘録
西尾維新 掟上今日子の推薦文
西尾維新 掟上今日子の挑戦状
西尾維新 掟上今日子の遺言書
西尾維新 掟上今日子の退職願
西尾維新 掟上今日子の婚姻届
西尾維新 掟上今日子の家計簿
西尾維新 新本格魔法少女りすか
西尾維新 新本格魔法少女りすか2
西尾維新 新本格魔法少女りすか3
西尾維新 人類最強の初恋
西尾維新 人類最強の純愛
西尾維新 人類最強のときめき
西尾維新 り ぽ ぐ ら!
西村賢太 どうで死ぬ身の一踊り
西村賢太 夢 魔 去 り ぬ
西村賢太 藤澤清造追影
西村賢太 瓦礫の死角
西川善文 ザ・ラストバンカー〈西川善文回顧録〉
西川 司 向日葵《ひまわり》のかっちゃん
西 加奈子 舞 台
貫井徳郎 新装版 修羅の終わり(上)(下)
貫井徳郎 妖 奇 切 断 譜
額賀 澪 完 パ ケ!
A・ネルソン「ネルソンさん、あなたは人を殺しましたか?」
法月綸太郎 雪 密 室
法月綸太郎 法月綸太郎の冒険
法月綸太郎 新装版 密 閉 教 室
法月綸太郎 怪盗グリフィン、絶体絶命
法月綸太郎 怪盗グリフィン対ラトウィッジ機関
法月綸太郎 キングを探せ
法月綸太郎 名探偵傑作短篇集 法月綸太郎篇
法月綸太郎 新装版 頼子のために
法月綸太郎 誰《たそ》 彼《がれ》〈新装版〉
乃南アサ 不 発 弾
乃南アサ 地のはてから(上)(下)
野沢 尚 破線のマリス
野沢 尚 深 紅
野村克也 宮本慎也 師 弟
乗代《のりしろ》雄介《ゆうすけ》 十《じゅう》七《しち》八《はち》より
橋本 治 九十八歳になった私
原田泰治 わたしの信州
原田泰治 原田武雄 泰治が歩く〈原田泰治の物語〉

林　真理子　みんなの秘密
林　真理子　ミスキャスト
林　真理子　ミ　ル　キ　ー
林　真理子　新装版 星に願いを
林　真理子　野　心　と　美　貌〈中年心得帳〉
林　真理子　正　妻(上)(下)
林　真理子　大《お》原《はら》御《ご》幸《こう》〈帯に生きた家族の物語〉〈慶喜と美賀子〉
林　真理子　さくら、さくら〈おとなが恋して〈新装版〉〉
林　真理子／見城　徹　過剰な二人
原田宗典　ス　メ　ル　男〈新装版〉
帚木蓬生　日　御　子(上)(下)
帚木蓬生　襲　来(上)(下)
坂東眞砂子　欲　情
畑村洋太郎　失敗学のすすめ
畑村洋太郎　失敗学実践講義〈文庫増補版〉
はやみねかおる　都《ま》会《ち》のトム&ソーヤ(1)
はやみねかおる　都《ま》会《ち》のトム&ソーヤ(2)〈乱！　RUN！　ラン！〉
はやみねかおる　都《ま》会《ち》のトム&ソーヤ(3)〈いつになったら作戦《ミッション》終了？〉
はやみねかおる　都《ま》会《ち》のトム&ソーヤ(4)〈四重奏《カルテット》〉
はやみねかおる　都《ま》会《ち》のトム&ソーヤ(5)〈IN《イン》塀戸《VADE》〉(上)(下)
はやみねかおる　都《ま》会《ち》のトム&ソーヤ(6)〈ぼくの家へおいで〉
はやみねかおる　都《ま》会《ち》のトム&ソーヤ(7)《怪人は夢に舞う〈理論編〉》
はやみねかおる　都《ま》会《ち》のトム&ソーヤ(8)《怪人は夢に舞う〈実践編〉》
はやみねかおる　都《ま》会《ち》のトム&ソーヤ(9)〈前夜祭《EVE》内人《ないと》side〉
はやみねかおる　都《ま》会《ち》のトム&ソーヤ(10)〈前夜祭《EVE》創也《そうや》side〉
原　武史　滝山コミューン一九七四
濱　嘉之　警視庁情報官〈シークレット・オフィサー〉
濱　嘉之　警視庁情報官 ハニートラップ
濱　嘉之　警視庁情報官 トリックスター
濱　嘉之　警視庁情報官 ブラックドナー
濱　嘉之　警視庁情報官 サイバージハード
濱　嘉之　警視庁情報官 ゴーストマネー
濱　嘉之　警視庁情報官 ノースブリザード
濱　嘉之　ヒトイチ　警視庁人事一課監察係
濱　嘉之　ヒトイチ　画像解析〈警視庁人事一課監察係〉
濱　嘉之　ヒトイチ　内部告発〈警視庁人事一課監察係《デカ》〉
濱　嘉之　新装版 院　内　刑　事
濱　嘉之　新装版 院　内　刑　事〈ブラック・メディスン〉
濱　嘉之　院　内　刑　事〈フェイク・レセプト〉
濱　嘉之　院内刑事　ザ・パンデミック
濱　嘉之　院内刑事　シャドウ・ペイシェンツ
馳　星周　ラフ・アンド・タフ
畠中　恵　アイスクリン強し
畠中　恵　若様組まいる
畠中　恵　若様とロマン
葉室　麟　風　渡　る
葉室　麟　風　の　軍　師〈黒田官兵衛〉
葉室　麟　星　火　瞬　く
葉室　麟　陽《かげ》炎《ろう》の　門
葉室　麟　紫　匂　う
葉室　麟　山月庵茶会記
葉室　麟　津　軽　双　花
長谷川　卓　嶽《がく》〈上・白銀《しろがね》渡り〉〈下・湖底の黄金〉神《じん》
長谷川　卓　嶽《がく》神《じん》伝《でん》　鬼《き》哭《こく》(上)(下)
長谷川　卓　嶽神列伝　逆《さか》渡《わた》り
長谷川　卓　嶽《がく》神《じん》伝《でん》　血　路
長谷川　卓　嶽《がく》神《じん》伝《でん》　死　地

## 講談社文庫 目録

長谷川 卓 嶽神伝 風花(上)(下)
原田マハ 夏を喪くす
原田マハ 風のマジム
原田マハ あなたは、誰かの大切な人
畑野智美 海の見える街
畑野智美 南部芸能事務所 season5 コンビ
早見和真 東京ドーン
はあちゅう 半径5メートルの野望
はあちゅう 通りすがりのあなた
早坂 吝《やぶさか》 ○○○○○○○○殺人事件
早坂 吝 虹の歯ブラシ〈上木《かみき》らいち発散〉
早坂 吝 誰も僕を裁けない
早坂 吝 双《そう》蛇《じゃ》密室
浜口倫太郎 22年目の告白〈—私が殺人犯です—〉
浜口倫太郎 廃校先生
浜口倫太郎 AI崩壊
原田伊織 明治維新という過ち〈日本を滅ぼした吉田松陰と長州テロリスト〉
原田伊織 列強の侵略を防いだ幕臣たち〈続・明治維新という過ち〉
原田伊織 〈明治維新という過ち・完結編〉虚像の西郷隆盛 虚構の明治150年
原田伊織 三流の維新 一流の江戸〈明治は「徳川近代」の模倣に過ぎない〉
葉真中《はまなか》 顕《あき》 ブラック・ドッグ
原 雄一 宿命〈國松警察庁長官を狙撃した男・捜査完結〉
平岩弓枝 花嫁の日
平岩弓枝 はやぶさ新八御用旅(一)〈東海道五十三次〉
平岩弓枝 はやぶさ新八御用旅(二)〈中仙道六十九次〉
平岩弓枝 はやぶさ新八御用旅(三)〈日光例幣使道の殺人〉
平岩弓枝 はやぶさ新八御用旅(四)〈北前船の事件〉
平岩弓枝 はやぶさ新八御用旅(五)〈諏訪の妖狐〉
平岩弓枝 はやぶさ新八御用旅(六)〈紅花染め秘帳〉
平岩弓枝 新装版 はやぶさ新八御用帳(一)〈大奥の恋人〉
平岩弓枝 新装版 はやぶさ新八御用帳(二)〈江戸の海賊〉
平岩弓枝 新装版 はやぶさ新八御用帳(三)〈又右衛門の女房〉
平岩弓枝 新装版 はやぶさ新八御用帳(四)〈鬼勘の娘〉
平岩弓枝 新装版 はやぶさ新八御用帳(五)〈御守殿おたき〉
平岩弓枝 新装版 はやぶさ新八御用帳(六)〈春月の雛〉
平岩弓枝 新装版 はやぶさ新八御用帳(七)〈寒椿の寺〉
平岩弓枝 新装版 はやぶさ新八御用帳(八)〈春怨 根津権現〉
平岩弓枝 新装版 はやぶさ新八御用帳(九)〈王子稲荷の女〉
平岩弓枝 新装版 はやぶさ新八御用帳(十)〈幽霊屋敷の女〉
東野圭吾 放課後
東野圭吾 卒業
東野圭吾 学生街の殺人
東野圭吾 魔球
東野圭吾 十字屋敷のピエロ
東野圭吾 眠りの森
東野圭吾 宿命
東野圭吾 変身
東野圭吾 仮面山荘殺人事件
東野圭吾 天使の耳
東野圭吾 ある閉ざされた雪の山荘で
東野圭吾 同級生
東野圭吾 名探偵の呪縛
東野圭吾 むかし僕が死んだ家
東野圭吾 虹を操る少年
東野圭吾 パラレルワールド・ラブストーリー
東野圭吾 天空の蜂
東野圭吾 どちらかが彼女を殺した

2022年6月15日現在